SARAS SPIEL

Ein Thriller

ERNIE LINDSEY

Übersetzt von

ALEXIS COFFEY

»Sag noch einmal: Es ist nur ein Spiel. Los, mach schon! Du traust dich ja doch nicht.«

-Anonym

KAPITEL 1

Sara

SARA KAM WIEDER MAL ZU SPÄT.

Sie rannte in ihr Büro und wurde von dem überwältigenden Geruch von Eau de Cologne und Haargel begrüßt. Teddy Rutherford, der klischeehafte Thronfolger und widerwärtige Vizepräsident für Forschung und Entwicklung, spielte dieses kleine Computerspiel mit Hunden, Katzen und riesigen Kanonen. Ihre Kinder liebten es, aber ihr hat es nie gefallen.

Als Vizepräsidentin für Marketing eines wachsenden Videospielunternehmens in Portland, Oregon, war es ihre Aufgabe, die *Juggernaut*-Serie möglichst erfolgreich zu vermarkten. Und nachdem sie nach einem Jahrzehnt von 100-Stunden-Wochen zuerst zur Testerin und dann zur VP befördert worden war, stieg der Umsatz bei LightPulse Productions in den letzten acht Monaten höher, als in den letzten fünf Jahren.

Marketing war ihr angeboren und niemand in der Branche hatte ihren Aufstieg kommen sehen. Sie war von zahlreichen Zeitschriften interviewt worden, schaffte es in die obere Hälfte mehrerer *Top 40 Under 40* Listen, unterschrieb einen

Vertrag für eine monatliche Kolumne für *Professionelle Mütter* und das alles, während sie ihre Zwillingsmädchen und deren jüngeren Bruder alleine aufzog, seit dem Tag, als deren Vater ins Fitnessstudio gegangen war, und danach nie mehr auftauchte.

Sie bekam unglaubliche Angebote von *Fortune 500* Unternehmen, aber LightPulse war ihr Zuhause. Es war die Firma, an deren Aufbau sie mitgearbeitet hatte und sie hatte nicht die Absicht sie zu verlassen.

Auch wenn es bedeutete, dass sie täglich mit einem privilegierten, verwöhnten Idioten wie Teddy zusammenarbeiten musste.

Er sagte: »Diese Jungs sind einfach genial, oder? Nichts als Animation, leuchtende Farben und die Chance, den Feind mit einem einzigen Klick zu vernichten. Und die Leute spielen es stundenlang. Unglaublich.«

Er war aufdringlich, blasiert und kindisch: ein dreißigjähriges Kind, das ohne seinen Vater aufgewachsen war. Jim verbrachte mehr Stunden im Büro mit dem Leiten der Firma als zu Hause, und keine seiner drei Ex-Frauen hatte das Kaliber, Teddy zu einem respektablen Mann zu erziehen.

Aber die Tatsache, dass er dreist genug war, sich in ihren Arbeitscomputer einzuhacken, war mehr als ein Eingriff in ihre professionelle Privatsphäre. Sie wäre wahrscheinlich weniger entrüstet gewesen, wenn er seine Hand in ihre Bluse gesteckt hätte. Sie holte tief Luft, dann noch einmal und ihr blieb das, was sie eigentlich sagen *wollte*, im Hals stecken. Stattdessen fragte sie: »Wie kommst Du in mein System?«

Er ignorierte die Frage. »Ich meine, schau es dir an. Ich klick es an, es macht *Peng*, Holzstücke fliegen. Klick, *Peng*, fertig. Wenn Juggs 3« – *wieder dieser kindische Spitzname*, dachte Sara – »herausgekommen ist, sollten wir uns überlegen, auch sowas zu machen. Das Personal reduzieren, die Kosten reduzieren. Mit Apple Kontakt aufnehmen. Dad sagte - ich meine, Jim sagte - sie wollen unbedingt mit uns arbeiten. So etwas im App Store veröffentlichen und einen Dollar pro Stück berechnen? Wir können alle in den Ruhestand gehen, Martinis auf unseren Booten schlürfen, und Frauen tauschen.« Er zwinkerte ihr zu.

Sie blickte auf den schweren Kristallglas Briefbeschwerer auf ihrem Schreibtisch und fragte sich, wie groß die Beule an seinem Kopf sein würde.

»Jetzt übertreibst Du aber, Teddy. Steh jetzt auf und geh weg von meinem Computer.«

Teddy stand auf, hob resigniert die Hände und legte sie dann jovial auf ihre Schultern, und ging zur anderen Seite.

Gott, dieser Typ ist eine Plage und die Rolex ist auch nicht echt. Wenn er das jemals mit den Hardcore Gamer Frauen vom 'Belly' versuchen würde, wäre er erledigt.

»Entschuldige«, sagte er, »aber du solltest dein Passwort nicht auf einem Notizzettel rumliegen lassen. Und außerdem kommst Du zu spät. Mir war langweilig.«

»Trotzdem nicht in Ordnung, Kleiner.« Er war das jüngstes Mitglied des Führungsteams und Sohn des Inhabers, was eher ein Stigma als eine Ehre war und sie wussten alle, dass der Spitzname der perfekte Weg war, Teddy von seinen Plateauschuhen runterzuholen, wenn er mal wieder aus der Reihe tanzte. Da er ziemlich klein war, musste er gut zehn Zentimeter zu Sara aufschauen.

Er richtete den Kragen seines Poloshirts auf, glättete seine Khakihosen und schnaubte missbilligend, sagte aber nichts weiter.

Sara grinste.

Wie warmer Knet.

Sie legte ihre alte abgenutzte Lederbrieftasche auf den Schreibtisch und nahm sich Zeit zum Auspacken und ließ Teddy absichtlich warten, damit seine Ungeduld und seine ADHS den absoluten Höhepunkt erreichen konnten. Natürlich wollte sie ihn nur provozieren, aber es war eine berechtigte Vergeltung, und er schwieg.

Und obwohl das Wort *Schuld* in seinem Vokabular nicht existierte, oder er jemals so etwas wie ein schlechtes Gewissen hatte, dachte sie, er sei sich jetzt zumindest bewusst, dass das Eindringen in ihre Privatsphäre total unakzeptabel war.

Sie setzte sich, zog einen Notizblock aus ihrem Schreibtisch und wählte, mit übertrieben langer Überlegung, einen Kuli aus ihrem Stiftebecher, sodass Teddy fast zitterte vor Ungeduld. Schließlich sagte sie: »Ich kann keinen Marketingplan ausarbeiten ohne ein Produkt. Also sag mir mal, warum du zwei Monate im Rückstand bist!?«

Die direkte, persönliche Anschuldigung reichte schon. Teddy fand schnell eine Vielzahl von Ausreden, für die er fast eine Stunde brauchte.

* * *

Als er dann endlich fertig war, und sie ihn genug gefoltert hatte und es ihr keinen Spaß mehr machte, erstellten sie zusammen einen Plan, den sie Jim vorlegen konnten. Ein paar zusätzliche Stunden für Teddys Angestellte und alles würde in einem Monat wieder nach Plan laufen. Sara hätte alles was sie brauchte, um eine erfolgreiche Marketingkampagne zu starten. Wenn alles so klappen würde wie geplant, würde *Juggernaut 3* den Erfolg der beiden vorherigen Veröffentlichungen bei weitem übertreffen. Aber sie mussten fertig werden. Der öffentliche Ärger über Produktionsverzögerungen war nie gut und Sara hatte keine Erfahrung im Umgang mit frustrierten Kunden. Das sollte man den PR-Leuten überlassen.

Teddy stand auf, aber bevor er gehen konnte, hielt ihn Sara an der Tür an. »Teddy!«

»Was?«

»Wenn ich dich jemals wieder an meinem Computer erwische ...«

Mehr brauchte sie nicht zu sagen. Er ließ den Kopf hängen, starrte auf die Spitzen seiner glänzenden Markenschuhe und murmelte betroffen: »Kommt nicht wieder vor«, bevor er regelrecht aus ihrem Büro floh.

Nachdem er gegangen war, steckte ihre Assistentin Shelley scheu ihren Kopf zur Tür hinein. Sara lächelte und winkte sie herein. Shelley ging wie auf Eiern durch die Tür.

Es ist definitiv Dienstag, dachte Sara. *Jede Woche dasselbe blaue Oberteil.*

Shelleys Stilgefühl lag irgendwo zwischen *schicker Nonne* und *Fünfziger Jahre Mode*. Sie band ihr glattes Haar zu einem festen Pferdeschwanz zusammen. Eine Brille hing an einer Kette um ihren Hals und machte sie zwanzig Jahre älter. Schlichte Oberteile, neutrale Hosen und bequeme schwarze Mokassins, die zu allem passten - außer dienstags, wenn ein blaues Teil ihre Garderobe belebte, was für Shelley genauso unangenehm sein musste wie das Malen außerhalb der Linien im Kindergarten.

Sara hatte noch nie ihre Stimme gegen Shelley erhoben, aber die junge Frau verhielt sich immer, als würde sie jeden Moment explodieren, sie beschimpfen und beleidigen. Shelley war so schüchtern, dass sie Probleme hatte, sich in der Außenwelt zurechtzufinden, aber sie war eine brillante Marketingfrau und hatte ein Gespür für Texterstellung. Sie konnte selbst einen Politiker davon überzeugen, auf seine Wahlkampffinanzierung zu verzichten.

Sie arbeitete mehr als alle anderen im Betrieb, verfeinerte ständig Werbetexte und Pressemitteilungen, suchte nach den perfekten Worten, um die Geschichte von LightPulse zu vermarkten und studierte die Werbegiganten der Vergangenheit wie David Ogilvy oder John Caples. Mehr als einmal hatte Sara sie am Schreibtisch, nach einer durchgearbeiteten Nacht, schlafend vorgefunden. In den letzten zwei Monaten arbeitete die Frau wie ein Perpetuum Mobile, aber ihr soziales Leben bestand lediglich daraus, ihre Wohnung am Sonntagmorgen zu verlassen, um den Warteschlangen bei Voodoo Doughnuts und Powell's City of Books zu trotzen.

Sara war sicher, dass Shelley die klügste Person im Büro war und versuchte sie davon zu überzeugen, aber die jüngste Absolventin der San Diego State University weigerte sich, das Kompliment anzunehmen. Das war das erste und einzige Mal, dass sie Selbstvertrauen zeigte, obwohl es, in Saras Augen, total in die falsche Richtung ging.

Dennoch war ihre Begabung, unter Saras Führung, ein wesentlicher Faktor für den Erfolg ihrer Werbe- und Marketingkampagnen für ihre letzte Veröffentlichung. Falls Sara sich entscheiden würde einmal neue Wege einzuschlagen, plante sie Jim zu bitten Shelley zu ihrer Nachfolgerin zu befördern, statt eines der erfahreneren Teammitglieder. Aber das würde alles von Shelleys Fähigkeit abhängen, ihre Ängste zu überwinden. Sara wollte langsam daraufhin arbeiten. Langsam.

Jeder Schubs, der erzwungen und zu aufdringlich war, würde in die falsche Richtung gehen. Sara hatte es schon einmal gesehen und war vorsichtig bei ihren Versuchen, das Selbstbewusstsein ihrer introvertierten Assistentin aufzubauen.

Sara sprach sie an: »Wie geht es dir, Sarge?« Die Abkürzung von Shelleys Nachnamen Sergeant, schien ihr zu gefallen, als Sara ihn das erste Mal benutzte, also blieb es dabei und sie war seitdem *Sarge*.

Shelleys Stimme klang wie ein lautes Flüstern. »Jacobs Schule rief an. Sie sagten, es sei dringend.«

Sara hörte angespannt hin. Als sie das letzte Mal anriefen, war der Junge von der Kletterstange gefallen und kam mit einer Beule an der Stirn nach Hause. Sie sagte: »Und du hast den Anruf nicht weitergeleitet? Haben sie gesagt, worum es geht?« Sie wusste sofort, dass sie zu schroff war.

Shelley wich einen Schritt zurück und spielte mit den Rüschen an ihrem blauen Oberteil. »Es tut mir so leid, Mrs. Winthrop. Sie waren mit Teddy beschäftigt und ich wusste, dass das Meeting wichtig ist und ich wollte nicht unterbrechen und – und – .«

»Hey, nein, es ist schon in Ordnung. Du hast nichts falsch gemacht. Kann sein, dass einfach wieder ein Käfer in seiner Nase steckt.«

Dieser Arztbesuch damals, hat viele bei LightPulse zum Lachen gebracht und die Angestellten riefen ihn seither den ‘kleinen Naseweis’. »*Wie geht es dem kleinen Naseweis? Zieht er sich in letzter Zeit irgendwelche Käfer aus der Nase?*« Der Junge war fünf Jahre alt; da war immer irgendetwas.

Shelley sagte: »Diesmal rief die Rektorin an, nicht die Schulkrankenschwester.« Shelley ging einen weiteren Schritt zurück, und gab zu erkennen, dass es wichtiger schien als ein Käfer in der Nase.

»Wie bitte? Wirklich? Hat sie gesagt, worum es geht?«

»Nein, aber sie war recht frustriert, als ich sie nicht sofort mit Ihnen sprechen ließ.« Shelley zog sich bis zur Tür zurück.

»Seltsam«, sagte Sara. »Ich rufe sie an. Vielen Dank, dass du mich so gut von allen unwichtigen Anrufen abschirmst. Aber, selbst wenn ich in einer Besprechung bin ist es immer in Ordnung die Rektorin durchzustellen. Gebrochene Knochen sind berechtigt. Käfer schon weniger.«

Shelley bestätigte mit einem scheuen Lächeln.

Sobald sie sich zurückzog, rief Sara die Schule an und fragte sich, in welche Schwierigkeiten Jacob diesmal geraten war, dass es einen Anruf der Rektorin benötigte.

* * *

»GUTEN TAG, Rektorin Bennets Büro, Dave am Apparat.«

»Dave, hallo, hier spricht Sara Winthrop, Jacobs Mutter? Meine Assistentin sagte ...«

»Oh, Gott sei Dank, ich stelle Sie durch.«

Oh, wie bitte? Was ist hier los?

Die fröhliche Warteschleifenmusik half ihrer wachsenden Nervosität überhaupt nicht. Dreißig Sekunden vergingen, eine Minute, zwei Minuten. Sie versuchte, sich abzulenken, indem sie ihre E-Mails durchlas.

Mrs. Bennett kam endlich ans Telefon. Sie klang gehetzt und außer Atem. »Mrs. Winthrop? Hallo? Sind Sie da?«

»Ja«, sagte Sara und wandte sich von Jims E-Mail ab, in der er zur Mitarbeiterversammlung um 10 Uhr in den 'Belly' einlud.

Das war ihr Lieblingsplatz in der Firma, der offene Raum bei LightPulse mit den vielen Schreibtischen, wo sie so viele Jahre mit den Programmierern und Testern verbrachte, um nach Programmfehlern zu suchen, und Vorschläge für einen flüssigeren Spielablauf zu machen. »Was ist passiert? Alles in Ordnung mit Jacob? Ihr Sekretär klang besorgt.«

»Wir haben ein kleines Problem.« Das Wort ‚Problem' klang voller Unbehagen.

»Ein Problem?«

»Bitte bleiben Sie ruhig. Wir glauben, dass alles in Ordnung ist.«

Sara setzte sich aufrecht hin und machte sich auf weitere böse Nachrichten gefasst. »Sie *glauben*? Er ist doch nicht verletzt, oder?«

Mrs. Bennett sagte: »Ich bin sicher, dass es keinen Grund zur Sorge gibt. Am letzten Schultag geht es hier immer verrückt zu. Die Kindergartenklassen waren draußen und spielten Verstecken. Als Mr. Blake seine Kinder zählte, war Jacob nicht in der Gruppe.«

Sara sprang von ihrem Stuhl auf und versuchte sich, mit ein paar tiefen Atemzügen zu beruhigen, bevor sie sagte: »Habt ihr ihn schon gefunden?«

Die Pause am anderen Ende der Leitung war lang und beunruhigend. »Nein«, sagte Mrs. Bennett, »aber wir haben viele Leute hier die ihn suchen: Unsere Assistenten, unsere Lehrer, und sogar der Hausmeister, Mr. Burns. Wir sind uns sicher, dass er nicht wusste, dass er sich nicht mehr verstecken sollte. Wir werden ihn finden, aber ich denke, es wäre das Beste, dass Sie trotzdem herkommen.«

»Ich komme sofort.«

Sara legte den Hörer auf und griff nach ihren Schlüsseln und ihrer Handtasche. Sie fühlte wie die Angst leise in ihr hochkroch, aber versuchte es zu ignorieren und die Kontrolle zu behalten. Dasselbe hatte er vor Monaten schon einmal gemacht, als sie im Haus Versteck spielten. Er kletterte unter eine staubige grüne Plane im Keller und war dort eingeschlafen, während sie und die Mädchen ihn über eine Stunde lang suchten. Sie geriet in Panik und war kurz davor, die Polizei anzurufen, als Callie versehentlich über ihn stolperte.

Ohne diese Erinnerung, die sie jetzt davon abhielt in Panik zu geraten, wäre sie sofort losgelaufen und hätte alle Leute überrannt, die ihr in den Weg kämen. Stattdessen nahm sie einen großen Schluck aus ihrer Wasserflasche und ging dann gelassen zu Shelleys Schreibtisch, um ihr mitzuteilen, was passiert war und wohin sie ging.

Sie hörte, wie Shelley in ihr Headset murmelte und sagte: »Ja ... Oh, wow, Sie sind heute schon der zweite – Ich stelle Sie durch – warten Sie, hier ist sie.«

Sara hob die Augenbrauen. »Für mich? Wer ist es?«

Shelley deckte das Mikrofon ab und sagte: »Ein Mr. Braun? Er sagt, er sei der Rektor von Laceys und Callies Schule.«

»Er auch?« *Was ist heute mit meinen Kindern los? Meine Güte.* »Ich nehme den Anruf hier an.«

Shelley nickte.

Sara nahm den Hörer, drückte den Knopf für Leitung Eins und sagte: »Mr. Braun? Sara Winthrop hier, Laceys und Callies Mutter.«

Nach dem anschließenden Gespräch ließ Sara den Telefonhörer fallen und an der Schnur hängen und überrumpelte mindestens einen Mitarbeiter der flach auf den Rücken fiel; möglicherweise noch mehr. Alles war so verschwommen.

Sara riss die großen Glastüren des Gebäudes auf und rannte den Bürgersteig entlang zum Parkplatz. Die Sonne ließ den morgendlichen Regen verdampfen und erhöhte die Luftfeuchtigkeit. Die Luft war wie Sirup – schwer zu atmen. Hinzu kam die Erkenntnis, dass sie ohne ihren Ehemann niemanden hatte, der ihr jetzt helfen könnte.

Ich brauche dich, Brian. Verdammt, ich brauche dich. Warum bist du nicht hier, wenn ich dich brauche?

Zwei Jahre waren jetzt schon vergangen seit Brians Verschwinden und es gelang ihr endlich die Furcht, Angst und Panik, die sie tage-, wochen-, und monatelang plagten, in den Griff zu bekommen. Im Laufe der Zeit sind schlaflose Nächte zu schlaflosen Stunden und dann zu unruhigen Träumen und schließlich zu widerstrebender Akzeptanz geworden. Die Sohlen ihrer flachen Schuhe hallten auf dem Beton als sie rannte und der Gedanke, dass ihre Kinder entführt wurden, kam hoch wie ein scharfer Wind der einen Waldbrand schürt.

Nicht schon wieder. Ich kann das nicht noch einmal durchleben.

Etwas Weißes unter dem Scheibenwischer ihres Minivans erregte ihre Aufmerksamkeit. Sie dachte, es sei wieder eine Werbung für die lokale Pizzeria und riss ihn ab, um ihn zu zerknüllen.

Die neon-orange Fettschrift war gerade grell genug, dass sie sich den Zettel näher anschaute.

Sieben Wörter mit einer Frage, die noch mehr Fragen brachte.

BIST DU BEREIT, DAS SPIEL ZU SPIELEN?

KAPITEL 2

Sara

SARA ÖFFNETE die Fahrertür und stieg ein; taub von Kopf bis Fuß. Lacey, Callie und Jacob, waren alle drei verschwunden und an ihren Schulen vermisst. Und jetzt diese Nachricht, was auch immer sie bedeuten sollte.

Ihr Herz schlug heftig in ihrer Brust, rhythmisches Klopfen in ihren Ohren. Sie musste sich beeilen. Schneller gehen, gehen, gehen. Das Stück Papier schien eine tiefere, bedrohlichere Bedeutung zu haben als ein paar Worte, die eine einfache Frage stellten.

Sie starrte auf die Nachricht und las sie immer wieder.

Bist du bereit, das Spiel zu spielen? Bist du bereit, das Spiel zu spielen?

Bist du bereit? Bist du bereit? Bist du ...

Sie schaute auf die Rückseite und erwartete, etwas anderes zu finden, eine Nachricht, wie: *Nur ein Scherz! Viel Glück bei der Veröffentlichung!* Aber nein. Nichts. Nur diese grelle, brennende Frage. Es war sicher nur ein Zufall, oder? Irgendein unpassender, übler Streich, der ein Mitarbeiter von LightPulse mit ihr spielte? Sicher hatte dieser drohende Zettel nichts mit dem Verschwinden ihrer Kinder zu tun, oder?

Natürlich tut es das. Sei kein Idiot.

Aber was bedeutete das? Das Spiel? Was für ein Spiel?

Sara warf den Zettel auf den Beifahrersitz. *Nicht jetzt. Ich muss los.*

Sie drehte den Schlüssel in der Zündung und startete den leisen Hybridmotor des Sienna. Bevor sie rückwärts herausfuhr, warf sie einen letzten Blick auf LightPulse. Shelley stand draußen vor der Tür und beobachtete sie aus der Ferne. Sie winkte und zeigte Sara, dass sie die Daumen drückte, als ob sie sagen wollte: *Alles wird gut.*

Sara zwang sich zurückzuwinken, dann verließ sie den Parkplatz und fädelte sich in den leichten Vormittagsverkehr ein.

* * *

»*KOMM SCHON, KOMM SCHON*!«, rief sie und wollte, dass sich der Stau vor ihr auflöst. Der leichte Verkehr wurde durch den Straßenbau drei Blocks weiter angehalten und sie saß im Stau, so fest zwischen zwei Autos eingeklemmt, dass ein Fußgänger Schwierigkeiten gehabt hätte, sich zwischen den Stoßstangen durchzuquetschen. »Fahrt doch endlich!«

Sie schlug mit der Handfläche auf das Lenkrad. Sie warf einen Blick auf den Zettel neben ihr, wo er schlaff und leblos, aber ahnungsvoll und voller Fragen lag. Sie schüttelte den Kopf. *Dreckschw…!*

»Fahrt doch endlich!«, schrie sie wieder.

Ihre Forderungen blieben unerfüllt. Sie saß gefangen in der Autoschlange, in ihrem Minivan eingesperrt und hatte keinen Ausweg. Sie konnte nur warten, bis das Universum seine

Meinung änderte. Sie überlegte kurz, den Van stehenzulassen, und weiter zu laufen. Sie hatte eine gute Kondition. Sie könnte es schaffen. Drei Meilen jeden Abend auf dem Laufband, während die Kinder ihre Hausaufgaben machten, waren keine Garantie dafür, einen Marathon zu schaffen, aber es reichte, ihre Kondition beizubehalten und ihren Stoffwechsel auf Touren zu halten, damit sich nicht zu viele Pfunde auf den Hüften ansammelten.

Der Gedanke daran, aus dem Auto herauszuspringen und zu laufen, machte ihr plötzlich klar, dass sie gar nicht wusste, wohin sie zuerst gehen sollte. Sie trat aufs Gaspedal und fuhr weiter mit dem Gefühl sich auf etwas Schreckliches *zuzubewegen*, wie ein Soldat, der den Kampfgeräuschen und Schüssen entgegenrannte.

Wie entscheidet man, wo man zuerst hingehen soll, wenn zwei ebenso schreckliche Dinge gleichzeitig passieren?

Sie versuchte, die Optionen abzuwägen. Laceys und Callies Schule war näher, aber Jacob war der jüngste. Aber war er wirklich verschwunden oder versteckte er sich nur, bis ihn jemand finden würde?

Nein, offensichtlich nicht Letzteres, nicht mit den Mädchen, die auch verschwunden waren. Und der Zettel. Die dumme, bedrohliche Nachricht, die auf dem Beifahrersitz lag.

Bist du bereit, das Spiel zu spielen? Bist du bereit, das Spiel zu spielen?

Mr. Brown, Rektor der Whitetree Elemtary School, wo Lacey und Callie im fünften Schuljahr waren, sagte, dass eine Gruppe von Lehrern ihre Klassen zur Belohnung in die kleine Eisdiele neben der Schule mitgenommen hatten. Es war der letzte Schultag vor den Ferien und Sara dachte an Shelleys Mahnung, die schriftliche Erlaubnis zu unterschreiben.

Genau wie mit Jacobs Versteckspiel, hatten diese Lehrer

auch Probleme, alle Kinder in den Augen zu behalten, sowohl innerhalb als auch außerhalb des engen Raums der Eisdiele mit ihren drei Tischen und vier Hockern. Lacey und Callie wurden vermisst, als die Lehrer, vor der Rückkehr zur Schule ihre Schüler zählten.

»Bewegt euch!«, schrie Sara noch einmal, während das Auto vor ihr im Schneckentempo voranschlich. Sie blieb sitzen und hoffte, mit ein paar Zentimetern mehr Abstand, aus dem Stau herausbrechen zu können und eine Seitenstraße entlang zu sausen, und den langen Weg durch die umliegende Nachbarschaft zu nehmen. Es war nicht der kürzeste Weg, aber es wäre besser, als da steckenzubleiben, wo sie war.

Soweit sie wusste, wurden alle drei Kinder gegen neun Uhr vermisst, während ihres Meetings mit Teddy. Zwei getrennte Fälle, zwei getrennte Standorte, genau zur gleichen Zeit.

Das war organisiert - wurde ihr klar. *So muss es gelaufen sein.*

Das bedeutete, dass etwas Größeres vorging, als sie ursprünglich dachte. Sie hatten es auf die Kinder abgesehen. Sie hatten es auf sie abgesehen. Das war also kein Zufall.

Sie wurden entführt. Ach du lieber Gott.

Jetzt wo sie einen Moment hatte, um darüber nachzudenken, war es offensichtlich. Zuvor war sie in einer solchen Panik, dass sie keine Zeit hatte alle Details genau zu erwägen.

Warum sie? Warum ihre Kinder?

Und wer? Wer würde ihr und den Kindern so etwas antun? Sie versuchte an jeden zu denken, der einen Grund haben könnte und fand nichts. In letzter Zeit gab es in der Nachbarschaft keine fremden Fahrzeuge, keine betrunkenen Obdachlosen in ihrem Lieblingspark, keine Meldungen über Entführungen, soweit sie sich erinnern konnte. Aber, wer hat als Alleinerziehende, die sich um drei wilde Kinder kümmert, schon Zeit solche Dinge im Auge zu behalten. Wie sollte sie denn wissen, ob der grüne Volvo, der in der Nachbarschaft herumfährt, die Gegend erkundet, oder einfach nur jemanden besucht?

Der Gedanke löste Schuldgefühle aus; sie fühlte sich, als hätte man ihr in den Magen geboxt.

Es ist meine Schuld. Ich hätte mir mehr Zeit nehmen sollen. Ich hätte genauer hinsehen sollen. Hätte besser aufpassen sollen. Aber wie? Wann?

Nachdem Brian gegangen war, hing alles an ihr. *Sie* war diejenige, die sich um alles kümmern musste. Das nächtlichen Einnässen im Bett. Die Hausaufgaben. Richtige Ernährung. Haus putzen. Wäsche waschen. Kinder-Baseball und Ballettunterricht. Absolut alles und dann noch die 50-Stunden-Arbeitswochen. Sie ärgerte sich über Brian, weil er weg war und sie sich um alles alleine kümmern musste.

Es war egal, wo er war, wohin er ging, was geschehen war. Er war weg und jetzt waren es auch die Kinder. Sie war alleine und ihr wurde klar wie machtlos sie war.

Sie versuchte, nicht zu weinen. Es klappte nicht.

Das Auto vor ihr schlich vorwärts und Sara drehte den Minivan nach links, aber es reichte nicht.

Komm schon, nur noch ein kleines Stückchen.

Sara hatte das Gefühl, als würde sie ersticken. Sie ließ das Fenster herunter, um etwas frische Luft zu schnappen, schloss die Augen und atmete ein. Die Luft war dick mit dem Gestank der Stadt und dem Geruch von frischem Asphalt. Sie hustete, ließ aber das Fenster trotzdem offen. So verschmutzt die Luft auch sein mag, das Gefühl des offenen Fensters war besser, als das Gefühl im Van eingesperrt zu sein.

Sie wartete. Und wartete. Ihre Panik wuchs zu einem pulsierenden Zittern und sie fragte sich, ob sie dafür bestraft wurde, weil sie früh am Morgen Teddy auf die gleiche Weise gefoltert hatte. Karma. Schlechtes, schlechtes Karma.

Sie versuchte, sich an irgendetwas Außergewöhnliches zu erinnern in den letzten Tagen, und suchte in ihren Erinnerungen nach Hinweisen, die darauf hindeuteten, warum sie und die Kinder das Ziel einer organisierten Entführung sein könnten. Zumindest war es eine Art, sich produktiv zu fühlen, während sie unbeweglich dasaß und kurz und ängstlich atmete.

Sara hatte keine Feinde. Sicher, sie war ein paar Leuten auf den Schlips getreten, als sie LightPulse in das nationale Rampenlicht rückte, aber es war alles nur für das Geschäft, nichts Persönliches und es gab keine Feindseligkeiten. Sie war bei allen Mutterschaftsgruppen und im Lehrer-Eltern Verband sehr beliebt – mehr als beliebt. Es gab einmal einen kleinen Vorfall, als sie sich mit der Mutter eines Mädchens auseinandersetzte, das Lacey immer wieder ärgerte, aber regelrechte Feinde?

Das Wort war zu stark. Und es passte nicht. Auf keiner Ebene.

Sie dachte wieder an den Park und ihre Spaziergänge hinunter zu Miss Willow – der grauhaarigen Babysitterin. Einmal im Monat fuhren sie zu McDonalds, um dort Eis zu essen und eine Stunde auf dem bunten Spielplatz zu spielen. Die Mädchen liebten die Rutschbahnen und die miteinander verbundenen Röhren, in denen sie sich vorstellten, sie seien Hamster, und rannten von einer Stelle zur nächsten. Jacob verbrachte die meiste Zeit in der Ballgrube, vergrub sich unter den roten, blauen und grünen Bällen und hüpfte dann wie ein Delphin im Zoo auf und ab, schrie vor Freude und hielt die Hände hoch in die Luft.

Diese Erinnerungen brachten sie wieder zu Tränen. Sie

versuchte sich an Momente zu erinnern, in denen sie, in letzter Zeit, alleine war.

Das einzigen Male, wo sie in letzter Zeit alleine *war*, waren, wenn sie ohne die Kinder einkaufen ging. Sie verhielten sich im Allgemeinen brav, aber in dem nahe gelegenen Lebensmittelladen musste sie die Kinder so oft ermahnen etwas zurückzulegen oder nicht wieder nach der Schokolade zu greifen, dass sie aufhörte mit ihnen einkaufen zu gehen, und lieber nach der Arbeit schon alles erledigte, bevor sie die Kleinen bei Miss Willow abholte.

Sara überflog verschiedene Situationen in ihren Gedanken und das einzige, was bemerkenswert war, das einzige, was sich *eigenartig* anfühlte, passierte während ihres letzten Einkaufs vor über einer Woche. Sie erwischte einen großen, gutaussehenden Mann in einem weißen (oder war es grau?) Hemd dabei, wie er sie anstarrte. Sie erinnerte sich an seine erstaunlich blauen Augen. Kurzes dunkles Haar. Gebräunte Haut. Groß. Es war schwer zu glauben, dass er sie tatsächlich so *musterte* in ihrer zerknitterten Hose und ihrer heraushängenden Bluse. Sie sah, nach einem langen Tag bei LightPulse, müde und ungepflegt aus. Es war ein kurzer Augenkontakt. Er blieb stehen. Lächelte. Und dann ging er weiter.

Es war das erste und einzige Mal seit Brians Verschwinden, dass sie sich erlaubte zu denken: ‚Was wäre wenn ...?' Aber sie verdrängte den Gedanken, ging und kaufte eine frische Packung Bio-Müsli.

Wieder nichts. Nichts Ungewöhnliches. Nichts, was sie hätte glauben lassen, dass es zu solch einem Diebstahl, solch einem qualvollen Raub, der wichtigsten Dinge in ihrem Leben, führen würde.

Sie griff nach ihrer Handtasche, holte ihr Handy heraus, um Miss Willow anzurufen, aber bevor sie die Gelegenheit dazu hatte, rollte das Auto vor ihr noch einmal vorwärts und es blieb genug Platz, um aus dem Stau zu kommen.

Sie hatte nur fünf Minuten in der Schlange gestanden, aber Sara fühlte sich wie ein Tier, das gerade aus der Gefangenschaft befreit wurde. Sie ließ ihr Handy wieder in die Handtasche fallen, gab Vollgas in Richtung Süden und quetschte sich durch eine Lücke, um den Gegenverkehr zu vermeiden.

Ein roter Honda verfehlte ihre hintere Stoßstange nur um wenige Zentimeter. Der Fahrer drückte auf die Hupe, als sie in die Seitenstraße fuhr und ein geparktes Motorrad knapp um ein paar Zentimeter verfehlte. Sie kam ins Schleudern und fuhr fast einen Ladewagen auf der gegenüberliegenden Seite an. Sara kämpfte mit dem Lenkrad, peitschte mit den Armen hin und her und steuerte endlich den Minivan geradeaus, als ein sich näherndes Auto anhielt. Der Fahrer starrte sie an. Sara schlich an ihm vorbei und murmelte »Verzeihung«, aber sein giftiger Blick deutete darauf hin, dass er ihre Entschuldigung nicht akzeptierte.

Auf dem Weg und jetzt etwas mehr unter Kontrolle, soweit es ihre empfindliche psychische Verfassung zuließ, fuhr Sara so schnell sie es wagte, durch die bürgerliche Nachbarschaft und betete, dass sie nicht angehalten würde. Jetzt mit einem Polizisten zu sprechen, wäre zwar gut, aber sie wollte die Verzögerung nicht riskieren. Nicht bevor sie mehr wusste. Nicht bevor sie in Jacobs Schule war und sich absolut *sicher* war, dass er verschwunden war und nicht in irgendeinem Versteck ein Nickerchen machte.

Sie wusste, dass die ersten drei Stunden nach dem Verschwinden eines Kindes die wichtigsten waren. Diese Tatsache blieb ihr in Erinnerung von der Literatur, die jedes Jahr von den Schulen verteilt wurde. Während sie durch die ruhigen Straßen raste dachte sie, dass fünfundvierzig Minuten schon vergangen waren, seit dem Verschwinden ihrer Kinder. Möglicherweise länger, wenn es eine Weile gedauert hatte bis die Lehrer es bemerkten. Sie könnten schon eine Stunde oder länger weg sein.

Sara trat fester aufs Gaspedal.

KAPITEL 3

Sara

SIE MACHTE SICH keine Mühe, einen Parkplatz zu finden. Sie hielt das Auto vor dem Eingang der Rosepetal Grundschule an. Sie griff nach dem Zettel, schob ihn in ihre Handtasche, stieg aus und rannte los sobald ihre Füße den Boden berührten. Sie stieß die Holztür auf, rannte in das Gebäude und roch die nach Kiefern duftende Reinigungslösung, die alle Schulen benutzten. Genau derselbe Geruch, der vor über dreißig Jahren auch die Hallen und Räume ihrer Grundschule im Osten des Landes erfüllte. Manche Dinge ändern sich nie.

Die Flure waren leer. So ganz anders als all die anderen Male wo sie die Schule besuchte. Selbst wenn der Unterricht in vollem Gange war, konnte man sonst Kinder und Eltern sehen. Jungen mit zu viel Energie, die zur Strafe auf den Flur verbannt wurden. Eine Mutter, die ihre Tochter, handhaltend, an den Kunstwerken vorbeiführt, die stolz an den Wänden ausgestellt wurden. Oder eine Gruppe von Kindergartenkindern die, wie Jacob am Morgen zuvor, auf dem Weg nach draußen waren, um Verstecken zu spielen.

Spielen. Spielen …

Bist du bereit, das Spiel zu spielen?

Aber jetzt war die Schule verlassen. Rosepetal schien geschlossen zu sein. Die Türen jedes Klassenzimmers waren geschlossen und sie fragte sich, wie lange sie gebraucht hatten alle Schotten dichtzumachen, wie viel Zeit vergangen war, bis ihnen klar wurde, dass etwas nicht in Ordnung war.

Zuerst überprüfte sie das Büro der Rektorin, falls Mrs. Bennett dort auf sie wartete. Dort war es auch ruhig und leer, bis auf einen Mann in den späten Zwanzigern mit Spitzbart, Hipster Brille und Holzfällerhemd. Die typische Portland-Uniform.

Er sah sie und sprang von seinem Platz auf. »Mrs. Winthrop?«, fragte er.

Sie eilte zum Schreibtisch und stürzte einen Stapel Post um. Er versuchte sie gebührend zu grüßen, aber sie hatte Fragen über Fragen. Unkontrolliert. Hemmungslos. »Bist du Dave? Habt ihr ihn schon gefunden? Wo sind alle? Sind sie alle auf der Suche? Habt ihr *eine Ahnung*, wo er ist?«

Er kratzte sich an der Wange und fuhr dann mit der Hand über den rasierten Kopf.

Sie fragte: »Ihr wisst gar nichts, oder?« Und die Erkenntnis kam wie ein Blitz aus heiterem Himmel. »Ihr Idioten. Wie kann denn so etwas passieren?«

Dave war auf ihre Reaktion vorbereitet. In einem ruhigen, entschuldigenden Ton, der sich anhörte, als hätte er nichts gegen die Anschuldigung oder Beleidigung einzuwenden, sagte er: »Es tut mir leid, Mrs. Winthrop. Ich kann mir gar nicht vorstellen, wie schrecklich es sein muss und ich werde Sie nicht beleidigen, indem ich Sie auffordere, sich zu beruhigen. Das wäre dumm …«

»Verdammt richtig, es wäre dumm«, sagte sie mit genug Verachtung, um ihn hinter seinem Schreibtisch zu halten, wo er sicher war.

Er nickte. Er sah wahrscheinlich genug wütende Mütter, um zu erkennen, wann es Zeit war, den Schwanz einzuziehen und sich zurückzuhalten.

»Wir verschwenden Zeit hier. Wo ist Mrs. Bennett?«

»Sie und der Rest des verfügbaren Personals sind hinter der Schule und suchen ihn immer noch. Die Klassenlehrer befolgen unsere Standardvorschriften. Die Schule ist offiziell geschlossen. Wissen Sie, für den Fall, dass etwas war – für den Fall, dass hier jemand war – ein Mann. So wollte ich das nicht sagen. Eben für den Fall, dass etwas passiert ist …«

»Dave?«

»Ja?«

»Halt den Mund!«

»Ja, Mrs. Winthorp.«

»Ich möchte, dass du jetzt sofort die Polizei anrufst!«

»Mrs. Bennett sagte, das wäre noch nicht nötig, bis …«

»Wenn du nicht in drei Sekunden zum Telefon greifst und den Notruf wählst, springe ich über den Tisch hier und reiß dir diesen gottverdammten Ohrring aus dem Ohr. Verstanden?« Es schien ihr so fremd, ihm so zu drohen, aber es war seine offensichtlichste Schmerzquelle. Sie war selbst überrascht von der Intensität ihrer Drohung und entschuldigte sich. Dann sagte sie: »Der Fall über den du dich da gerade verplappert hast, der ist in vollem Gange. Meine Töchter werden auch von ihrer Schule vermisst. Ruf jetzt die Polizei, sodass sie Leute zu Whitetree und welche hierherschicken. Sage ihnen, ich glaube, die Kinder wurden entführt und das schon vor einer Stunde.«

Sie wartete nicht auf seine Antwort.

Sara rannte aus dem Büro, den Flur entlang und durch die Türen, die zum hinteren Spielplatz führten.

* * *

DRAUSSEN durchsuchten einige Angestellte Bäume und Büsche, während andere unter die geparkten Autos, in der nahe gelegenen Straße, schauten. Andere arbeiteten paarweise, gingen den Bürgersteig auf und ab, riefen Jacobs Namen und checkten die Vorgärten auf der anderen Straßenseite.

Sara rief, »Jacob? Mami ist hier«, mit schwacher Stimme. »Komm bitte aus deinem Versteck.«

Mrs. Bennett – Wanda für diejenigen, die sie gut genug kannten – stand bei den Schaukeln und beobachtete das Geschehen von ihrem Posten aus. Sie war eine große, imposante Frau, die ein strenges Auftreten hatte, wenn es darum ging die Kinder zu disziplinieren und den Schulbetrieb reibungslos zu gestalten. Aber in Gesprächen zwischen Erwachsenen war sie absolut liebevoll, immer bereit zu helfen, mit einem Lachen, und einer Umarmung. Sie war früher auch Laceys und Callies Rektorin und brachte sogar, eine Woche nachdem Brian verschwunden war, eine Lasagne vorbei. Sara mochte und bewunderte sie, musste jetzt aber den Drang unterdrücken, die Frau anzuschreien.

Sie wusste, dass sich Mrs. Bennett auf alle Einzelheiten konzentrieren musste. Sie anzuschreien würde nichts bringen. Sie anzuschreien würde jetzt in keiner Weise helfen.

Sara ging zu ihr hinüber und konnte sehen, dass die Frau bereits durch ihre hellblaue Bluse schwitzte. Als sie eine Hand hob, um ihre Augen vor der Sonne zu schützen, sah man die

Schweißringe, die sich wie ein Halbkreis unter ihren Achseln bildeten.

»Mrs. Bennett!«, rief Sara.

Bitte, gib mir irgendwelche Neuigkeiten. Irgendwas Gutes.

Mrs. Bennett winkte und eilte zu ihr, um sie auf halbem Weg zu treffen. »Oh, Sara«, sagte sie und streckte eine Hand aus, überlegte es sich aber in der letzten Sekunde anders und umarmte sie.

In der Umarmung spürte Sara die Wärme ihres Körpers und den feuchten Schweiß auf dem Rücken der Frau. Sie trat einen Schritt zurück und fragte: »Gibt es etwas Neues?« Aber tief in ihrem Herzen war ihr klar, dass es sinnlos war zu fragen, weil die Mädchen auch verschwundenen waren und wegen dieses rätselhaften Zettels. *Bist du bereit, das Spiel zu spielen?*

Mrs. Bennett sagte: »Nein, noch nicht. Wir suchen so intensiv wie wir es nur können. Er *muss* ja hier irgendwo sein. Noch nie ist ein Kind, unter meiner Aufsicht, vermisst worden und es wird auch jetzt nicht passieren.«

»Sie sollten die Leute zurückrufen.«

Mrs. Bennett blinzelte sie an und versuchte zu entziffern, was sie hörte. »Sie zurückrufen? Wieso?«

»Weil er ...« Die nächsten Worte gingen nur schmerzhaft über ihre Lippen, »... entführt wurde.«

Mrs. Bennett sagte bezweifelnd: »Wie bitte? Nein, denken Sie bitte nicht sowas. Wir werden ihn finden, da bin ich mir sicher. Mein Bauchgefühl sagt, dass wir ihn bald finden.«

Aber Sara konnte am Klang ihrer Stimme erkennen, dass Mrs. Bennett sich nur bemühte, positiv zu denken, und in gewisser Weise glaubte sie auch nicht, was sie sagte. Die Tatsache, dass die Frau sie zu beruhigen versuchte, ließ die Wut in ihrem Bauch aufsteigen. Am liebsten wollte sie die Rektorin an den Schultern packen und sie so heftig schütteln, dass ihr Kopf hin und her fliegen würde wie bei einer Wackelpuppe.

»Es ist schlimmer als Sie denken«, sagte sie. Sie erzählte Mrs. Bennett von Lacey und Callie und, dass sie auch vermisst wurden und wie sie ungefähr zur gleichen Zeit wie Jacob verschwunden waren. Sie erzählte ihr von dem rätselhaften Zettel und was sie davon hielt.

Eine warme Brise blies Haarsträhnen in Saras Gesicht. Sie steckte sie hinter ihr Ohr und wartete auf Mrs. Bennetts Reaktion auf diese neue Information.

Mrs. Bennetts Mund versuchte eine Antwort hervorzubringen, aber es kamen keine Worte heraus. Lippen, Zunge, Kiefer, alles bewegte sich, aber keine Worte kamen heraus. Sie war so verblüfft, als ob sie in eine Endlosschleife geraten wäre, genau wie eine Art von Fehler im Code eines Programmierers, wenn der Charakter in einem Computespiel immer die gleichen Schritte macht.

Sara wurde nervös. Jede vergeudete Sekunde war eine weitere Sekunde in dem langsam-verschwindenden Zeitraum von drei Stunden, der sich inzwischen schon auf weniger als zwei verkürzt hatte. Aber Tatsache war, dass sie keine Ahnung hatte, was sie als Nächstes tun sollte, wohin sie gehen sollte, wen sie anrufen könnte. Mit der Polizei zu sprechen wäre ein Fortschritt, aber was dann? Würden sie sie zum Revier bringen, damit sie Fragen beantwortet? Würden sie ihr eine Tasse Kaffee und einen leeren Raum anbieten? Was würde das nützen?

Sie konnte die von allen Eltern in ihrer Nachbarschaft eingerichtete Telefonkette benutzen. Ihnen sagen, sie sollen die Augen offenhalten, falls ihre Kinder wie durch ein Wunder dort auftauchen. Lacey und Callie gerieten zweimal in Schwierigkeiten, weil sie ihre Rollen tauschten. Sie trugen oft die gleichen Kleider, nur um einen Streich zu spielen. Sie waren kluge, kleine Spaßvögel... etwas, das sie von ihrem Vater geerbt hatten. War es möglich, dass sie einen Plan ausheckten hatten am letzten Tag die Schule zu schwänzen? Belauschte Jacob sie und beschloss, dass er auch ihr Spiel spielen wollte?

Hör auf nach Strohhalmen zu greifen. Sie würden es nicht wagen, einen solchen Scherz zu machen. Oder? Mal ganz im Ernst? Würden sie das machen?

Das Hamsterrad in Mrs. Bennetts Kopf, kam endlich zum Stillstand. Sie sagte: »Aber wer könnte so eine Nachricht hinterlassen?«

»Ich habe keine Ahnung.«

»Wir müssen sofort die Polizei rufen.«

»Dave macht das bereits. Sie müssten bald hier sein.«

»Gut. Gut«, sagte sie. Sie griff an ihren Nasenrücken und rieb ihn. »Wir hätten das schon früher tun sollen.«

»Sie hätten es nicht wissen können.«

»Nein, das liegt in meiner Verantwortung. Wir hätten anrufen sollen, sobald hier alles abgesperrt war. Aber - aber ich wollte Ihnen keine Sorgen machen. Das war dumm und dickköpfig und ich versuchte, meinen eigenen Ruf zu schützen. Nicht unter meiner Aufsicht, nicht wahr?«

Am liebsten wollte Sara sagen: *Verdammt richtig, es war unter deiner Aufsicht*, aber sie begriff, dass es nicht Mrs. Bennetts Schuld war, und sagte: »Machen Sie sich keine Vorwürfe, die Schuld liegt bei dem Arschloch, der die Kinder entführt hat.«

»Ich hätte viel aktiver sein sollen«, sagte sie. Mrs. Bennett blickte zum hinteren Teil der Schule und zeigte in die Richtung. »Die Polizei ist hier. Gehen Sie, wir werden weitersuchen. Und sagen Sie ihnen, dass sie mich hier finden können, wenn sie fertig sind. Ich übernehme die volle Verantwortung.« Sie umarmte Sara noch einmal.

»Das ist nicht notwen…«

»Ich könnte nicht mit mir leben. Es ist okay, Sara, wirklich. Gehen Sie jetzt. Er winkt Ihnen zu. Setzen Sie sich in mein Büro, wenn Sie es brauchen.«

KAPITEL 4

Sara

»MRS. WINTHROP…«

»Sara reicht«, sagte sie, »Zwei Silben weniger.« Sie kicherte nervös und bereute den Kommentar sofort. Es blieb keine Zeit für bedeutungslose Kommentare, die einer Erklärung bedurften. Sie benutzte diese Bemerkung jahrelang, um auf Formalitäten zu verzichten und als Gesprächseinstieg, und es war schwer, mit dieser Gewohnheit zu brechen.

Frag nicht, was es bedeutet… komm einfach zur Sache.

Es war ein Scherz zwischen ihr und Brian. Eines Nachts, ungefähr eine Woche nach ihrer Hochzeit, hatten sie einen lautstarken Streit über die effizienteste Art, den Geschirrspüler zu laden. Brian sagte, »Effizienz ist die Seele der Intelligenz, Sara« und sie antwortete, »Es ist die Kürze, du Blödmann. Kürze ist die Seele der Intelligenz und sie ist effizienter, weil sie weniger Silben hat.«

Von diesem Tag an, wenn eine bevorstehende Meinungsverschiedenheit drohte, außer Kontrolle zu geraten, sagte einer von ihnen: »Zwei Silben weniger«, und das beschwichtigte die Situation.

Detective Jonathan Johnson grinste sie an und schrieb etwas in seinen Notizblock. »Ich weiß, wir haben es eilig, aber wenn Sie wollen, können Sie mich gerne 'DJ' nennen. Detective Johnson. Oder JonJon, wenn Sie ein vierjähriger Junge sind, wie mein Neffe.«

»Das hilft«, log sie.

»Ich weiß nicht, warum ich es Leuten erzähle ...«

Sara unterbrach ihn. »Können wir anfangen? Tut mir leid, ich bin sicher, es ist ... die Zeit ist irgendwie ...« besorgt rieb sie ihre feuchten Handflächen an ihrer Hose trocken.

Seine Wangen wurden rot. »Natürlich, natürlich.«

Sie saßen sich gegenüber auf den unbequemen Stühlen mit den geraden Rückenlehnen in Mrs. Bennetts Büro, auf denen oft Eltern saßen, oder unbändige Schüler, wenn sie auf ihre Strafe warteten.

Detective Johnson, *DJ*, war jünger als erwartet. Jünger als erhofft und sie fragte sich, wie neu er in seiner Position war. Da ihre Kinder verschwunden waren und ihre Welt um sie herum explodierte, wollte sie den Besten. Jemanden mit Erfahrung. Jemanden mit mehr erfolgreichen Fällen, die den Stempel 'Gelöst' trugen, als denjenigen, dessen Fälle ungeklärt blieben. Sie wollte ihr eigenes Traum-Team wie Michael Jordan und Magic Johnson.

Stattdessen saß ihr ein Mittdreißiger gegenüber, der aussah, als wäre er es gerade in den letzten sechs Monaten zum Detektiv befördert worden.

Oh, lieber Gott, die haben einen Anfänger geschickt, um nach meinen Kindern zu suchen. Unglaublich.

DJ beugte sich nach vorn. »Wie heißen Ihre Kinder?«

»Lacey und Callie. Die Zwillinge. 10 Jahre alt. Und dann Jacob. Er ist fünf.«

»Okay«, sagte er und machte sich Notizen. »Wann sind Ihre Kinder, Ihrer besten Schätzung nach, verschwunden Sara?«

»Ich schätze, heute Morgen gegen neun Uhr, basierend auf dem, was die Rektoren mir erzählten. Sie haben auch jemanden zu Whitetree geschickt, oder?« Sie rutschte auf ihrem Platz hin und her und fühlte sich schuldig, weil sie nicht gleichzeitig an beiden Orten sein konnte.

Der junge Mann schrieb noch einmal in sein Notizbuch. »Schon gemacht. Und bei Detective Barker sind sie in guten Händen. Er macht das schon länger als ...«

»Und Sie machen es schon – wie lange?« Ihr Herzschlag verlangsamte sich etwas bei dem Gedanken an jemanden mit Erfahrung, aber sie konnte nicht widerstehen zu fragen.

DJ lächelte, als hätte er gewusst, dass die Frage kommen würde. Zweifellos wurde er schon öfter gefragt. »Ich weiß, ich sehe so aus, als sei ich noch grün hinter den Ohren«, sagte er, »aber ich bin seit fünf Jahren bei der Vermisstenstelle, wo ich sehr eng mit Detective Barker zusammenarbeite. Die Leute nennen ihn Bluthund, also können Sie mir vertrauen ...«

»Hätten Sie noch weitere Fragen, Detective? Sara rutschte an den Rand ihres Stuhles. »Ich will Sie nicht unterbrechen, aber meine Kinder ... Ihre Fragen?«

»Sicher. Ich habe es genauso eilig wie Sie, also werden wir alles so schnell wie möglich durcharbeiten, okay?«

»Ja, tut mir leid, fahren Sie fort.«

DJ ging die Standardfragen durch, um herauszufinden, wie die Kinder verschwanden, ob sie jemals zuvor weggelaufen waren, ob es sich um Freunde oder unmittelbare Familienangehörige, Babysitter mit einer besonderen Vergangenheit handeln könnte, ob sie Feinde hätten oder ob sie in der Nachbarschaft fremde Fahrzeuge bemerkt hatte. Sie beantwortete alle so detailliert wie möglich und bevor sie die rätselhafte

Nachricht erwähnen konnte, traf sie die nächste Frage mit voller Wucht.

»Und der Vater der Kinder? Wo ist er?«

»Weg«, war alles, was sie sagen konnte.

»Weg? Wie? Vorläufig weg, geschieden weg – verstorben weg?« Er fügte das Letzte mit ein wenig Besorgnis hinzu.

»Müssen wir darüber reden?«

»Wenn Sie glauben, dass er eine Person von Interesse sein könnte, brauchen wir diese Details, damit wir jede mögliche Alternative untersuchen können.«

Bevor ihr klar wurde, wie lächerlich diese Vorstellung war, tauchte die Möglichkeit auf, dass Brian daran beteiligt sein könnte.

Brian? Auf keinen Fall ... Brian?

»Das würde er nicht«, sagte sie.

»Wie bitte?«

Sie hörte die verwirrte Frage nicht. *Was ist, wenn es Brian ist? Sie hatten nie eine Leiche gefunden und ein paar Leute dachten sogar, sie hätten ihn gesehen – Könnte er daran beteiligt sein? Könnte er zurückgekommen sein, um die Kinder abzuholen? Ist er gerade auf dem Weg zum Haus und hofft, mich zu überraschen? Gott, das wäre eine grausame Art wieder zurückzukommen. Und nach so langer Zeit. Ich würde ihm dermaßen in den Arsch treten, damit er genau dahin zurückfliegt, wo er herkam, wenn das der Fall ist.*

»Sara?«

»Ja bitte?« Sie kam zur Gegenwart zurück und konzentrierte sich wieder.

»Alles in Ordnung?«

»Was – wie war die Frage?«

»Ihr Ehemann?«

»Richtig, richtig. Brian«, sagte sie und nahm sich ein paar Sekunden Zeit sich zu sammeln. Dann fügte sie hinzu: »Er hat nichts damit zu tun, Detective. Er wird seit zwei Jahren vermisst.«

»Vermisst? Haben wir eine Akte von dem Fall?«

»Vor zwei Jahren ging er eines Morgens ins Fitnessstudio und kam nie wieder zurück. Die Polizei hat damals sein Auto auf dem Parkplatz eines Lebensmittelgeschäfts gegenüber von *Hollywood Bowl* gefunden. Im Bericht stand, es gäbe keine Anzeichen für ein Verbrechen, kein Blut, keine fremde DNA. Keine Hinweise. Er ist einfach verschwunden.«

»Ich erinnere mich an diesen Fall. Das war Ihr Ehemann?«

»Leider.«

»Ich habe das Gefühl, dass ich mich dauernd nur entschuldige, aber es tut mir leid, das zu hören.« DJ nutzte die Gelegenheit, um erneut in sein Notizbuch zu schreiben. Er räusperte sich. »Ich werde später einen Blick auf die Akten werfen, aber jetzt müssen wir uns wirklich konzentrieren ...«

Ein Klopfen an der Tür unterbrach ihn. »Herein!«

Die Tür öffnete sich gerade weit genug, dass Dave seinen Kopf hereinstecken konnte. »Da ist ein Telef – «

Sara platzte heraus: »Habt ihr ihn gefunden?«

Dave schüttelte den Kopf. »Ein Telefonanruf für Sie auf der zweiten Leitung, Mrs. Winthrop.«

»Für mich? Wer ist es?«

»Stellte sich nicht vor. Eine Frau. Sie sagte, sie müsse mit Ihnen sprechen. Sie können es dort an Mrs. Bennetts Schreibtisch annehmen.«

Sara tauschte verwirrte Blicke mit dem Detective aus. »Soll ich rangehen?«

»Ja, natürlich. Es könnte eine gute Nachricht sein.«

»Ich hoffe, Sie haben recht.« Sie stand auf und eilte zum Schreibtisch. »Hallo, Sara Winthrop am Apparat.«

Die Stimme am anderen Ende der Leitung war nicht weiblich. Sie war tief. Elektronisch. Synthetisiert.

Sie sagte: »Das Spiel beginnt jetzt. Du hast zwanzig Minuten, um zum Rose Garden Park zu gelangen. Alleine. Stell das Auto ab. Lass deine Schlüssel in der Zündung stecken und lass den Motor laufen. Lass alle persönlichen Sachen drin. Du erhältst dann weitere Anweisungen. Sag der Polizei nicht, wohin du gehst. Wenn du den Beweis dafür benötigst, dass dies echt ist, höre jetzt genau hin.«

Sie wurde fast ohnmächtig, als sie den Schrei hörte.

* * *

IM AUTO spielte sie es immer und immer wieder in ihrem Kopf ab.

»*Mami!*«

Die darauffolgende Stille signalisierte sowohl das Ende als auch den Anfang.

Sara erkannte Laceys Stimme. Sie und Callie klangen am Telefon sehr ähnlich, aber Laceys Stimme war eine Note höher als die ihrer Schwester. Sie hatte Angst und sie hatte Schmerzen.

Die Stimmen aller ihrer Kinder hatten einen bestimmten Ton, wenn sie verletzt waren. Als Mutter kannte sie den Unterschied zwischen dem Aufschrei ihrer Kinder, wenn der Zeh verstaucht oder der Arm gebrochenen war. Laceys Schrei lag irgendwo dazwischen.

Saras Gewissensbisse schwollen in ihr an wie bei einem Vulkan kurz vor dem Ausbruch.

Sie fuhr schnell, nahm jede erdenkliche Abkürzung, wich dem Verkehr aus und fuhr über die Parkplätze, um Ampeln und lange Schlangen zu vermeiden. Sie nahm den Fuß vom

Gas, als sie einen, in die Gegenrichtung fahrenden, Polizeiwagen sah und trat erneut kräftig aufs Pedal, als er außer Sicht war. Sie verfluchte die mangelnde Beschleunigung des Hybridautos und den Gruppenzwang ihrer Freunde, umweltbewusst zu werden.

Naturschutz hatte nichts mit ihrer Situation zu tun, sie wusste es, aber sie musste ein Ventil für ihre Wut haben, oder sie riskierte, jetzt auf ihrem Sitz zu explodieren. Da sie keine Ahnung hatte, wer hinter diesem dummen Spiel steckte, hatte sie nichts und niemanden, worauf sie die Schuld schieben konnte, also brauchte sie vorerst etwas anderes, worauf sie wütend sein konnte.

Sie wollte den Entführer erwürgen, aber bis sich diese Chance bot, konnte sie nur ihr Umweltbewusstsein verfluchen.

Sie nahm den Weg über die Burnside Brücke und warf einen Blick auf die Uhr im Minivan.

Noch zehn Minuten. Schaffe ich nie im Leben.

Sie fragte sich, was Detective Johnson wohl gedacht oder getan hat, als sie in aller Eile aus dem Büro rannte. Sie knallte den Hörer auf und die Röte in ihren Wangen und die Spannung in ihrem Gesicht zeigten, dass der Anruf nicht die gute Nachricht war, auf die sie gehofft hatte.

Bevor er sie fragen konnte, sagte sie: »Ich muss gehen. Folgen Sie mir *nicht*. Aber hier ist ihr erster Hinweis.« Sie holte den Zettel aus ihrer Handtasche und drückte ihn in seine Hände. »Finden Sie heraus, woher das kommt. Ich rufe Sie an, sobald ich kann.«

Er versuchte zu protestieren, aber sie verließ das Büro viel zu schnell, um ihn noch zu hören.

Und jetzt, als sie über die Brücke fuhr, wünschte sie sich, sie hätte Zeit gehabt, ihm mehr Informationen zu geben; ihm zu erzählen, was die Stimme am Telefon gesagt hatte, und um einen Plan auszuarbeiten, damit sie nicht so ganz ohne Unterstützung in das hineineilen würde, was sie im Rose Garden erwartete.

Dieses sogenannte Spiel alleine zu spielen.

Sara überlegte, Miss Willow anzurufen, nur um eine beruhigende Stimme zu hören, aber es ergab keinen Sinn der Frau auch einen Schrecken einzujagen und zu riskieren, zu viel Information weiterzugeben. Aber die Stimme sagte nur: »*Kein Wort zur Polizei.*« Sollte sie das Risiko eingehen, mit noch jemandem zu reden?

Nein, noch nicht. Wer weiß, was sie den Kindern antun würden, wenn sie es herausfänden.

Sie.

Plural. Definitiv mehr als nur die Person am Telefon angesichts der zeitlichen Koordination. Was bedeutete, dass sie es mit einer *Gruppe* von Leuten zu tun hatte. Sie könnte eine Person bewältigen, wenn sie die Chance dazu hätte. Möglicherweise.

Sara spielte es in ihren Gedanken ab: Ein gut platzierter Tritt in die Eier oder mit der Stirn gegen die Nase knallen, dann mit dem Knie auf den Kehlkopf, wobei sie ihn mit dem gesamten Gewicht herunterdrückt. Es wäre machbar. Aber mehr als einer? Auf keinen Fall. Sie stellte sich vor, umzingelt zu sein und in der Mitte des Kreises zu stehen. Sie prügelt einen und wird dann selbst von einem Haufen bösartig-grinsender Verbrecher verprügelt.

Sie nahm die Ausfahrt und kam an einer jungen Frau vorbei, die langsam vorbeirannte.

Eine Frau.

Warum drang die Tatsache, dass es um eine Frau handelte, aus ihrem Unterbewusstsein hervor? Was war der Auslöser und warum schien es wichtig zu sein?

Dave sagte, eine Frau *sei für mich am Telefon.*

Eine Frau.

In ihrer Eile hatte sie dieses besondere Detail vergessen. Aber war es ein Lockvogel? Verwendeten sie den Sprachsynthesizer, um die wahre Stimme der Person als die einer Frau zu maskieren? Wenn es eine Frau *wäre*, würde das die Liste der Möglichkeiten um die Hälfte einschränken.

In der Schulbroschüre stand, dass es sich bei den Entführern meist um Männer, Freunde oder Familienmitglieder handelte, und sie kannte definitiv keine Frauen, die dazu fähig wären.

Sie hatte keine Familie in der Gegend. Alle wohnten in Virginia. Brian kam aus einer kleinen Familie von Winthrops im US Staat Washington. Seine Eltern waren verstorben. Seine Schwester lebte in Des Moines. Die übrigen Tanten (und Onkel und Cousinen) waren, im fast ewig regnerischen Seattle, geblieben. Ihre Freunde mochten ihre Kinder. Ihre Assistentin Shelley, ihre Mitarbeiter und alle anderen Frauen bei Light-Pulse waren gutmütig und freundlich. Sogar die Kollegen, die schon länger da waren als sie, zeigten keinerlei Verbitterung als sie zur Vizepräsidentin befördert wurde. Warum auch?

Es konnte einfach niemand sein, den sie kannte, oder?

Hinter verschlossenen Türen sind Leute ...

Nein, das war nicht möglich. Keine nahestehende Person. Es musste eine Fremde sein. Musste.

Aber was wäre, wenn es nicht so ist?

Sie fuhr Nob Hill hinauf in Richtung Rose Garden, kam immer näher, checkte alle Möglichkeiten ab, überprüfte jede Frau, die sie kannte und verwarf jede einzelne Idee, jede aus verschiedenen Gründen. Die meisten hatten Jobs und ihr Leben war busy. Einige waren Hausfrauen und Mütter, die nur darauf aus waren, das Chaos zu beherrschen, das ihre kleinen

Kinder tagtäglich verursachten. Die hatten keine Zeit eine organisierte Entführung zu planen.

Das aber würde keine von ihnen davon abhalten, einen Anruf zu tätigen, aber keine von ihnen hat ein Motiv dafür. Keine einzige von ihnen hätte einen guten Grund – oder?

KAPITEL 5

Sara

SARA KAM, eine Minute bevor die Frist abgelaufen war im Rose Garden an. Sie fand einen Parkplatz, stieg aus und ließ, wie befohlen, den Schlüssel in der Zündung stecken, und den Motor laufen.

Sie stand mit verschränkten Armen da und versuchte sich die Umgebung einzuprägen. Sie wusste nicht warum, aber es schien das Richtige zu sein in dem Moment. Sie war nur einmal hier gewesen. Vor zwölf Jahren.

Es war bei ihrem ersten Rendezvous mit Brian. Sie kamen nach dem Mittagessen und einer Nachmittagsvorstellung von *Gladiator* hierher.

Das war auch der Ort, an dem sie sich zum ersten Mal küssten. Wenn Brian irgendetwas mit der Sache zu tun hätte, wäre dies ein sehr passender Ort.

Sie schob den Gedanken beiseite.

Sich selbst auf eine falsche Fährte zu bringen, würde ihren Stress nur erhöhen und sie musste jetzt für alles einen klaren Kopf behalten.

Die vielen Rosen vor ihr genossen das Sonnenlicht. So ein

glückliches, friedliches Leben hatten die Blumen. Standen den ganzen Tag untätig herum und wurden bewundert.

Tausende von Menschen und Autos strömten jeden Monat hierher, um diesen unglaublich schönen Garten zu bewundern und heute war es nicht anders. Die Ferien hatten begonnen und der Park war mit Besuchern, die Sandalen mit kniehohen schwarzen Socken und rosafarbene Sonnenvisiere trugen, überflutet. Es wimmelte von glücklichen Familien in ihren glücklichen Familienurlauben und man hörte ihre Oohs und Aahs, während sie glücklich Fotoaufnahmen machten.

Man konnte nur neidisch werden.

Warum so ein überfüllter Ort? Sie würden mir hier nichts tun, wenn so viele Leute zuschauen, oder?

Sie musste nicht lange auf ihre Antwort warten.

Ein weißes Auto mit stark getönten Scheiben hielt vor ihr an. Ein großer Mann mit einer schwarzen Skimaske, Jeans und einem grünen Hoodie sprang heraus, trat zwei Schritte auf sie zu und steckte ihr ein Stück Papier in die Hand. Er war viel grösser als sie, aber sie sah flüchtig seine durchdringend blauen Augen.

Dann, als das weiße Auto wegfuhr, sprang er an Sara vorbei und stieg in ihren Minivan. Der gesamte Austausch dauerte weniger als fünf Sekunden und die Wahrscheinlichkeit, dass jemand einen maskierten Mann bemerkt hatte, war gering.

Er fuhr rückwärts raus und hätte Sara fast die Knie gestreift.

»Warte!«, rief sie, beschloss aber keine Hilfe zu rufen. Das könnte gegen die Spielregeln verstoßen, was auch immer die sein mögen.

Der Bote fuhr davon und nahm die Ski Maske ab. Sara versuchte einen besseren Blick auf ihn zu bekommen, hatte aber wenig Glück. Das einzige, was sie sah, war eine Seite seines Gesichts. Ein normales Ohr. Ein normaler Kopf. Das Haar war kurz und dunkel.

Es konnte jeder und keiner sein und war definitiv nicht jemand den sie erkannte, wenn es überhaupt nach einem so kurzen Blick möglich wäre, jemanden zu erkennen.

Sara schaute auf den gefalteten Zettel in ihrer Hand. Bevor sie ihn öffnete und die erwarteten Anweisungen enthüllte, versuchte sie, ihn auf Hinweise zu untersuchen. Die Hand, die ihr den Zettel in die Hand drückte, trug Handschuhe, sodass es keine Fingerabdrücke gäbe. Gefaltet, ungefähr 8 cm breit und 8 cm lang. Standard weiß, keine Linien, gedruckt. Eine klare Falte am Rand. Nichts Besonderes, nichts wie zum Beispiel ein erkennbares Wasserzeichen.

Es war einfach nur ein dummes Stück Papier.

Eine Verbindung zwischen ihr und dem Spiel. Eine Verbindung zwischen ihr und der Rettung ihrer Kinder.

Der Zettel lag wie ein Ziegelstein in ihrer Hand.

Auf diesem einzelnen Blatt Papier steckten unendlich viele Möglichkeiten, unendlich viele Resultate. Der Gedanke erinnerte Sara an die Bedienungsanleitung, die mit den Open-World und Open-Adventure Einstellungen von *Juggernaut 2* geliefert wurden, in denen den Spielern Tausende von Optionen geboten wurden, um ihre sonst langweiligen, einfachen Charaktere zu schwer bewaffneten Mördern der Außerirdischen zu entwickeln.

Hunderte verschiedener Aufgaben wurden ihnen angeboten, um ihre Stärke und Beweglichkeit zu steigern, größere und stärkere Waffen zu sammeln und Fantasien auszuleben, sich in etwas zu verwandeln, das sie im wirklichen Leben niemals werden könnten.

Es war egal, wohin sie gingen oder welchen Weg sie

dorthin nähmen, solange die Hauptaufgabe abgeschlossen war: die Erde zu retten.

Aber Saras Spiel hatte ein anderes Ziel, das nicht mit ausgefallenen Schriftarten und klaren Anweisungen beschrieben werden konnte.

Sie öffnete das gefaltete Papier und las:

Finde Shakespeare

Finde Shakespeare? Wirklich? Das ist alles? Was bedeutet das überhaupt, finde Shakespeare?

Sie war sich nicht sicher, was sie erwartet hatte und sie wusste, dass es nicht einfach sein würde, aber das? Diese zwei unbedeutenden, verwirrenden Worte ...?

Wo zum Teufel waren die *richtigen* Anweisungen? Das war alles nicht wie die Games, mit denen sie vertraut war. Die Spiele, die sie monatelang und jahrelang für LightPulse testete. Die Spiele, die eine bestimmte Mission mit erreichbaren Zielen hatten, die man in einer Checkliste abhaken konnte, mit einer Sicherheitszone, wo erneute Versuche erlaubt wurden und wo man das Spiel erneut, mit neuen Erkenntnissen über die möglichen Ergebnisse, spielen konnte.

LightPulse arbeitete schwer daran, ein akzeptables Maß an künstlicher Intelligenz für die feindlichen Kämpfer zu schaffen, aber die Technologie hatte Grenzen und am Ende waren die Ziele immer dieselben. Geh hier hin, tu dies, zieh den Hebel, spring über die Lücke, töte diesen zweiköpfigen, schleimigen, spinnenartigen Außerirdischen mit Speichel-beschichteten Reißzähnen und doppelten Laserpistolen. Zerstöre das Mutterschiff.

Zurück zur Realität, Sara. Reale Welt, ein anderes Spiel. Keine einfachen Regeln. Wenn man Fehler macht, kann man nicht zur Sicherheitszone zurückkehren und von vorne anfangen.

Finde Shakespeare.

Zwei Worte, die für sie keine Bedeutung hatten. Bedeutete das, dass sie eine Sammlung seiner Stücke finden sollte? Müsste sie zurück in die Bibliothek gehen? Sie versuchte sich zu erinnern, ob irgendwo in der Stadt Aufführungen stattfanden, oder vielleicht eine Ausstellung in einem Museum.

Wertvolle Sekunden vergingen und es fiel ihr nichts ein.

Sie hatten einen Grund mich hier zu treffen. Shakespeare. Shakespeare. Finde Shakespeare. Von allen Blumen ist die Rose ... Romeo und Julia? Stimmt das? Shakespeare ... Rosen ... Rosen ... Gibt es da nicht...

Alte Erinnerungen tauchten wieder auf. Sie drehte sie sich um, suchte und rannte den Weg bis zum Garteneingang entlang und blieb vor dem Parkplan stehen. Ein Pfeil wies den Weg zum Shakespeare Garten.

* * *

VON DORT WO SIE SICH BEFAND, lag ihr Ziel in der hinteren rechten Ecke des Parks.

Sie ging los. Lief nicht ganz, rannte nicht ganz. Wenn es wichtig wäre, wenn es eine Bedingung des Spiels wäre, wollte sie nicht zu viel Aufmerksamkeit auf sich lenken. Würde sich diese Leute an eine eilige, gequälte Frau erinnern? Zweifelhaft. Sie waren zu sehr damit beschäftigt, die Blumen zu bewundern und Fotos zu machen, um zu bemerken, dass Sara fast in Verzweiflung geraten war.

Bleib ruhig. Wie lautet das Sprichwort über die Ente? An der Oberfläche immer schön ruhig, aber unter Wasser immer ordentlich paddeln. Wenn es ein Endspiel gibt, kannst du es gewinnen.

Aber warum ein Spiel? Das muss *etwas bedeuten. Okay, es muss jemand sein der weiß, dass ich bei LightPulse arbeite. Das ganze Spielmotiv ist kein Zufall.*

Sie kam an der Stelle vorbei, an der Brian sich zum ersten Mal über sie beugte und sie zum ersten Mal ihre Augen schloss. Unter anderen Umständen hätte sie angehalten und sich eine Minute Zeit genommen, um ein kleines Gebet für seine Rückkehr zu sagen. Aber in der Vergangenheit zu leben und eine Münze in den Wunschbrunnen der Zukunft zu werfen, würde ihr jetzt nicht helfen das zu retten, was ihr noch von ihm blieb.

Und das waren Lacey, Callie und Jacob.

Die Kinder waren alles, was zählte.

Sie näherte sich dem Shakespeare Garten und ging langsamer. Die Nervosität, einen Ort zu betreten der zu leise war, war für sie, die stundenlang Spiele testete, eine Selbstverständlichkeit. Man betritt einen ruhigen, unauffälligen Raum, sucht nach einer Belohnung und wird unvermeidlich von Feinden angegriffen.

Aber ein solcher Angriff kam nicht. Sie stand in der Nähe des Eingangs und sah, dass der Fußgängerverkehr im Shakespeare Garten gering war, und keiner der Blumenbetrachter schien an ihrer Ankunft interessiert zu sein schien.

Was jetzt? Soll ich einfach warten? Soll ich wie ein Huhn gackern und mit den Armen flattern, ihr Scheißkerle?

Anstatt sich lächerlich zu machen, rief sie »Ich bin hier«, in den offenen Raum.

Ein Ehepaar mittleren Alters warf ihr einen neugierigen Blick zu, dann erwiderte ein älterer Herr energisch: »Herzlichen Glückwunsch!«

Klugscheißer.

Sie stand still und wartete. Wartete. Wartete lange genug

und glaubte schon, dass sie sich geirrt hätte und dies nicht der Shakespeare war, den sie finden sollte. Das gedämpfte Geräusch eines klingelnden Telefons kam von irgendwo hinter ihr. Sie erwartete, dass einer der Männer oder Frauen in der Nähe antwortete, aber es klingelte weiter.

Ist das für mich?

Das Klingeln war direkt hinter ihr. Sie drehte sich um und sah die Shakespeare-Gedenktafel an der Mauer. Eine Büste des großen Dichters und ein Zitat mit der Aufschrift: *Von allen Blumen ist die Rose doch die herrlichste*.

Darunter befand sich eine Ansammlung von Zweigen, Blättern und kleinen Steinen. Sie kniete nieder, kramte durch den Haufen und entdeckte ein älteres Modell eines silbernen Flip Handys.

Sie klappte es auf und antwortete mit einem gedämpften »Ich bin... ich bin hier.«

»Willkommen zum ersten Level, Sara. Ich nenne es ... *Demütigung*.«

KAPITEL 6

Sara

»ES GIBT DREI LEVEL. Eines für jedes Kind. Beende alle drei erfolgreich und du *könntest* gewinnen.«

»Ich *könnte* gewinnen?«

»Das hängt davon ab, ob sich dein Prinz und deine Prinzessinnen in einem anderen Schloss befinden oder nicht.« Die Stimme kicherte und klang, digitalisiert, noch unheimlicher.

Sara erkannte die Anspielung auf *Super Mario*. Als Kind war es eines ihrer Lieblingsspiele gewesen. Die langen Stunden, die sie damit verbrachte, es zu meistern, Münzen zu sammeln und Pilze zu vernichten, waren ein paar ihrer glücklichsten Jugenderinnerungen, aber auch ein paar der verrücktesten. Frustschreie, mit anschließend hingeworfenen Nintendo-Controllern und einem kaputten Fernsehbildschirm, führten zu unzähligen elterlichen Maßnahmen gegen das Spiel. Aber sie dauerten nie lange, da ihre Eltern ihrer Siegesfreude nicht widerstehen konnten.

Sie sah sich um. Niemand beobachtete sie. Sie sagte: »Hör zu, ich weiß nicht, wer du bist…«

»Nein, Sara, *du* hörst zu.«

Eine kurze Stille gefolgt von einem »*Aua*!«

Ihr Sohn diesmal.

Ihr wurde schwindelig.

Die Stimme sagte: »Hast du das gehört?«

Sara biss die Zähne zusammen. »Ja.«

»Das hast du von deinem Ungehorsam. Ich *warne dich*.«

»Das mache ich nicht mehr. Ich verspreche es. Aber tu ihm nicht wieder weh. Bitte?«

»Das hängt davon ab, wie du das Spiel spielst, Sara. Es gibt Regeln und in diesem Fall können sie *nicht* gebrochen werden. Verstanden?«

»Ja, aber was – wenn ich fragen darf, sind denn die Regeln?«

»Du wirst sie schon verstehen. Denke daran: Fehler sind teuer und es gibt keine Gegenangriffe in diesem Spiel.«

Gegenangriffe. Was bedeutete das? Gegenangriffe? Das ist ein Juggernaut Ausdruck.

Saras Gedanken rasten. Dieses verdrehte Weib am anderen Ende der Leitung, wer auch immer sie war, war mit ihrem neuesten Computerspiel vertraut genug, um zu wissen, dass ein 'Gegenangriff' ein Bonus war, der es einem Spieler ermöglichte, eine Minibombe zu zünden und alles innerhalb eines Stadtblocks zu vernichten wodurch er der Gefangennahme, oder dem Tod durch eine vorrückende Armee von außerirdischen Spinnentieren, entkommen konnte.

Wenn es eine Frau ist.

Aber war diese Bermerkung ein Ausrutscher? Oder war es beabsichtigt? War es genug, für einen handfesten Hinweis?

LightPulse war stolz auf die starken weiblichen Fans. Nur weil eine von ihnen genug mit dem Produkt vertraut war, um einen erkennbaren Begriff zu verwenden, bedeutete das noch lange nichts. Das schränkte die Möglichkeiten auf tausende und abertausende Frauen auf der ganzen Welt ein. Besonders in Japan. Der gegenwärtige Trend in der japanischen Subkultur der Gamerinnen bestand darin, sich ihre Avatare auf den unteren Rücken tätowieren zu lassen, und sie als total fanatische Fans zu bezeichnen, war eine Untertreibung.

Das war auch nichts Konkretes. Es war alles zu weit hergeholt.

Aber plötzlich kam ihr ein Gedanke. Etwas Konkretes. Etwas unglaublich Wichtiges.

Die Funktion eines Gegenangriffs wurde erst mit der Veröffentlichung der *dritten* Auflage von *Juggernaut* eingeführt. Die war noch in der Entwicklung und unter Verschluss. Sie war im gesamten Unternehmen noch immer durch Geheimhaltungsvereinbarungen geschützt.

Es ist jemand von LightPulse. Ach du Scheiße, Teddy war derjenige der auf diese Idee mit der Minibombe kam!

Als die Informationsflut sich über sie ergoss, als wäre sie selbst von einer Minibombe getroffen worden, unterbrach die Stimme ihre Gedanken. »Also, bist du bereit? Kann das erste Level beginnen?«

Was Sara sagen *wollte*, war: »Bist du das, Teddy?«, aber anstatt aufzudecken, was sie vermutete, antwortete sie: »Ich habe ja offensichtlich keine Wahl.«

»Genau, du hast keine Wahl. Hör jetzt genau zu, denn die Anweisungen für jedes Level werden nur einmal gegeben. Dein Telefon wird überwacht. Versuche nicht irgendwen anzurufen. Behalte es immer bei dir und antworte, sobald es klingelt.«

»Ich werde tun was du sagst.«

»Du wirst beobachtet. Du wirst verfolgt. Versuche nicht herauszufinden wer es ist, denn das wäre eine Zeitverschwendung. Es könnte der alte Mann sein, der gerade die Hand seiner Frau, etwa zehn Meter links von dir, hält.«

Sara sah sich um. Es war derselbe Klugscheißer, der: »Herzlichen Glückwunsch!« sagte. Und sie sah ihn wütend an, auch wenn es unwahrscheinlich war, dass er eine Rolle spielte. Ihr Peiniger versuchte ihr nur klarzumachen, dass er es ernst meinte. Auf sie waren unsichtbare Augen gerichtet, die sogar in diesem Moment von irgendwoher in der Nähe kamen. Ihr standen die Haare zu Berge.

»Vertrau mir, Sara, jeder Versuch, von den Spielregeln abzuweichen, hat Folgen, die deine kleinen Engel ertragen müssen. Das kann ich dir versichern.«

Sara wünschte, es gäbe eine Bank in der Nähe. Sie musste sich setzen. Sie sagte: »Ich tue alles, was du sagst.«

Die Stimme kicherte. »Wenn das Leben deiner Kinder nicht auf dem Spiel stünde, würdest du diese Worte sicher in ein paar Minuten bereuen.«

»Ich mache alles!«

Was auch immer, Teddy, du kleiner Scheißer. Ich hätte dir heute Morgen den Schädel einschlagen sollen, als ich die Chance dazu hatte.

»Ich mag deine Einstellung. Sie könnte heute drei Leben retten. Bevor ich dir die Anweisungen für dieses Level gebe, werde ich dir Folgendes anbieten: Du hast die Möglichkeit in jeder Runde eine Frage zu stellen. Sozusagen eine *Bonusrunde*. Du darfst am Anfang oder am Ende des Levels fragen. Das bestimmst du selbst. Wie lautet deine Entscheidung?«

Sara zögerte, aber die unmittelbare Frage, die ihr in den Sinn kam, würde ihr jetzt mehr bringen als später in diesem rätselhaften Spiel. Sie musste darauf bauen, dass sie jedes Rätsel, das ihr präsentiert wurde, ohne Hilfe raten, oder lösen könnte. »Ich will jetzt fragen«, sagte sie.

»Das ist vielleicht nicht die beste Entscheidung, so früh im Spiel, aber – frag' los.«

»Warum tust du das?«

Die anhaltende Stille der Stimme ließ die anderen

Geräusche um sie herum umso mehr in ihr Bewusstsein eindringen. Die Vögel zwitscherten. Die Bienen summten um die Rosen herum. Der Wind raschelte die Blätter über ihr. Sie hörte das Klackern von hohen Absätzen auf den Gehwegen. Irgendwo hinter ihr lachte ein sorgloser Tourist.

»Ich denke, ich könnte einfach sagen: 'Weil ich kann', aber das macht ja wenig Spaß. Hier ist meine Antwort, Sara: Du weißt noch nicht, was es ist, aber du hast mir etwas weggenommen, etwas sehr Wichtiges, und dies ist erst der Anfang meiner Rache.«

Was habe ich Teddy jemals weggenommen?

Sie redete viel zu oft mit ihm von oben herab, aber das war nie böse gemeint. Sie wollte ihm nur klar machen, dass sie sich nicht für ihn interessierte oder, dass sie kein Fußabtreter sei, nur weil er der Sohn des Besitzers ist. Nannte sie ihn zu oft Kleiner? Hatte sie sein Ego zu oft gekränkt? Wäre das ein ausreichender Grund dafür, ihre Kinder zu entführen und ihr Leben zu bedrohen?

Nein, das kann doch nicht sein. Könnte es sein?

Alle anderen älteren Mitarbeiter nennen ihn so. Wenn das der Grund wäre, hätte er es auch auf sie abgesehen.

Bevor sie weiter nachdenken konnte, fragte sie spontan: »Was habe ich dir weggenommen?«

Eine Pause und dann noch ein Schmerzensschrei. Diesmal von Callie. Sara hielt ihre Hand vor den Mund, um nicht zu schreien.

»Du hast eine Regel gebrochen, Sara. Nur eine Frage pro Runde.«

»Ich weiß. Tut mir leid. Aber tu' den Kindern bitte nicht mehr weh.«

»Das hat jetzt alles schon zu lange gedauert. Mir ist langweilig«, sagte die Stimme mit einem tiefen Seufzer. »So langweilig, Sara. Ich möchte jetzt spielen.«

Es war fast kindisch. Jammernd. Infantil. Genau wie Teddy. Sara sagte: »Sag mir, was ich tun soll.«

»Oh fein. Das wird lustig. Hier ist dein Ziel für das erste Level, *Demütigung*. Ich gebe zu, dass es das einfachste ist, aber sind das nicht alle Spiele auf dem ersten Level? Ich möchte dich nicht fertigmachen, bevor du überhaupt erst richtig anfängst. Gut – dann: Zieh dich jetzt auf der Stelle aus. Zieh jedes einzelne Kleidungsstück aus. Geh in die Mitte des Shakespeare Gartens und steh fünf Minuten bewegungslos da. Egal, wer sich dir nähert, du darfst mit keinem sprechen. Inzwischen musst du dieses Rätsel lösen, das dich zu deinem nächsten Ziel führt. Das Rätsel lautet: *Die scharlachroten Pfeiler enthalten den Schlüssel, wo der Osten auf den Westen trifft.* Nimm das Telefon mit. Ich rufe an, wenn deine fünf Minuten abgelaufen sind.«

Der Anruf wurde abgebrochen und die Stimme war weg. Sara war noch nie so wütend auf einen anderen Menschen gewesen. Sie wollte gen Himmel schreien und das Telefon zerschmettern. Sie wollte mit bloßen Händen die Ziegelmauer niederreißen. Sie wollte die Blütenblätter jeder Rose einzeln abreißen und deren Schönheit in ihren Fäusten zerquetschen.

Sie wurde jedoch überwacht und die Welt um sie herum zu zerstören, kam nicht in Frage.

Demütigung. Okay. Okay, ich schaffe das. Für die Kinder.

Sie wiederholte das Rätsel langsam: »Die scharlachroten Pfeiler enthalten den Schlüssel, wo der Osten auf den Westen trifft.«

Okay, das finde ich später heraus. Ich werde beobachtet. Fünf Minuten. Was ist das Schlimmste, das passieren könnte? Ich werde vom Sicherheitspersonal abgeholt? Haben sie hier einen Sicherheitsdienst?

Sie könnten die Polizei rufen. Und dann? Hör auf zu analysieren! Dafür hast du keine Zeit!

Sara sah sich um. Einige Betrachter hatten sich fortbewegt. Andere glotzten die Blumen an. Eine neue Gruppe von Touristen kam an.

Tu es. Du hast keine andere Wahl.

Sie knöpfte ihre Bluse auf. Ihre Finger, die sonst schnell und wendig waren, von Jahrzehnte langem klicken auf Spiel-Controllern, waren jetzt steif und ungeschickt. Sie wurde so ungeduldig, dass sie ihre Bluse aufriss und die letzten beiden Knöpfe ins Gras fliegen ließ. Sie schlüpfte aus ihren flachen Schuhen und sah sich um. Noch schaute niemand zu. Sie zog ihre Hose aus, dann ihren BH, dann den Schlüpfer.

Trotz der Sonnenwärme hatte sie Gänsehaut am ganzen Körper, als eine kühle Brise aufkam. Sie versuchte, ihre Blöße zu bedecken, aber es war ungefähr so effektiv, als würde man eine Krawatte als Decke verwenden. Mit einem Arm verdeckte sie ihre Brüste, mit der anderen die Stelle zwischen ihren Schenkeln.

Sie war sich nicht sicher, wie viel Zeit nach dem Anruf vergangen war, aber sie war sicher, dass die fünf Minuten noch nicht angefangen hatten.

Beweg dich, Sara. Geh. Geh jetzt. Tu es!

Sie trat auf den Gehweg hinaus, nackt, aber in keiner Weise frei.

* * *

SARA GING AUF DEN ZEHENSPITZEN in die Mitte des Shakespeare Gartens und blieb mitten auf dem Weg stehen. Die Männer in der Nähe begannen zu spüren, dass etwas nicht stimmte. Sie drehten ihre Köpfe in ihre Richtung. Verstohlene

Blicke krochen über ihre Haut, unverschämt musterten sie ihren Körper, betrachteten das Muttermal an ihrem linken Oberschenkel, das Grübchen an ihrer rechten Pobacke und die leichte Rundung am Bauch, die niemals verschwinden würde, egal wie viel sie joggte. Sie hatte das Gefühl gemustert zu werden, wie Vieh auf einer Auktion.

Zumindest bis ihre Frauen oder Freundinnen sie ebenfalls bemerkten und ihre Männer aufforderten, wegzuschauen oder weiterzugehen. Ein Mann stolperte und fiel über seinen Hund. Eine Frau schimpfte von weitem und schrie sie an, sie solle sich etwas anziehen.

Wenn du nur wüsstest, meine Liebe.

Die einzigen Augen, die ihren nackten Körper in den letzten zwei Jahren gesehen hatten, waren ihre eigenen. Und davor, bevor die Zwillinge kamen, machten sie und Brian einen abenteuerlichen Ausflug zum Cougar Stausee, wo sie in die heißen Quellen eintauchten, die zwischen den Wasserfällen und den immergrünen Pflanzen versteckt waren. Das war anders. Das war beabsichtigt. Und es war nicht so schamhaft, denn alle anderen saßen auch nackt herum, räucherten Weihrauch und wärmten sich in den künstlichen Pools.

Aber das hier - das war die reine *Demütigung.*

Die müssen denken, ich sei aus einer Anstalt ausgebrochen. Teddy, was habe ich dir je angetan, um das zu verdienen?

Saras Fußsohlen brannten auf dem heißen Pflaster und sie bewegte sich, um einen Stein zu entfernen, der sich in ihren Fuß grub. Wie viel Zeit war vergangen? Wie lange musste sie noch warten? Dreißig Sekunden? Eine Minute? Sie fragte sich, wie lange jemand brauchen würde, um einen Parkangestellten zu finden und ihm von einer nackten Cracksüchtigen dort bei Shakespeare zu berichten.

Höchstens ein paar Minuten, dann noch ein paar Minuten. Die

Polizei wird gerufen. Ich schaffe das. Hör auf mich anzustarren, Arschloch. Mach dein verdammtes Foto. Liebe Frau, ich weiß, ich muss mich anziehen! Hör auf zu schreien. Das erregt nur noch mehr Aufsehen! Im Ernst, ich werde dir in dein fettes Hamburgergesicht schlagen, wenn du nah genug herkommst.

Ein jüngerer Mann mit Kopftuch, Basketballtrikot und tätowierten Armen, drehte sich um, um zu sehen, worum es bei der Aufregung ging. »Aber Hallo!«, rief er und dann schlug seine Freundin ihm auf die Schulter.

Wenn Demütigung das einfachste Level ist, möchte ich nicht wissen, wie der Rest dieses Spiels aussehen wird. Spiel. Spiel. Verdammt, das Rätsel! Wie war es nochmal? Scharlachrote Pfeiler. Der Schlüssel. Der Osten trifft auf den Westen. Pfeiler. Okay, eine Art Brücke. Stimmt's? Eine Brücke? Gibt es hier in der Nähe eine scharlachrote Brücke? Es muss irgendwo in der Nähe sein, irgendwo hier in Portland.

Sara dachte an die vielen Brücken, die den Willamette Fluss überquerten. Die Fremont Brücke. Die Hawthorne Brücke. Die Stahlbrücke und die Morrison Brücke. Und dann waren da noch die Broadway– und Burnside Brücke.

Scharlach. Scharlach ist rot. Sind diese Brücken rot? Die Broadway Brücke ist irgendwie rot ... könnte das sein? Ja, aber es wäre nicht so einfach. Er sagte ausdrücklich scharlachrot. Was hat scharlachrot mit einer der Brücken zu tun?

Sara dachte verzweifelt nach und verlagerte ihr Gewicht von einem Bein auf das andere, während die Leute glotzten und ihren Körper anstarrten. Es war schwierig, sich zu konzentrieren, mit all dem Aufruhr um sie herum. Die Menschen betraten den Shakespeare Garten und machten eine Pause, um die Show zu genießen. Sie standen entweder mit verschränkten Armen da und schauten zu, oder rannten davon und bedeckten die Augen ihrer Kinder.

Zumindest habt ihr eure Kinder noch. Ihr würdet das Gleiche machen. Ah, wie viel Zeit habe ich noch? Zwei Minuten? Drei?

Ein Mann ging auf sie zu und blieb einen Meter vor ihr stehen. Er lächelte und klatschte in die Hände. Dann stemmte er seine Hände in die Hüften und sah nach unten. Sara konnte spüren, wie er ihre Füße ansah und ihren abgesplitterten Nagellack. Ungeachtet der Tatsache, dass sie völlig nackt war, war sie beschämt über die neon-rote Farbe, die sie vor über einem Monat für die Pediküre ausgesucht hatte. Eine so kleine Entscheidung etwas Lustiges zu tun, führte jetzt zu einem Gefühl der Scham das für einen Moment sogar ihre Nacktheit überwog, selbst an so einem öffentlichen Ort.

Ich weiß, ich weiß. Ich hatte keine Zeit, für eine Pediküre. Jetzt geh weg. Ich muss mich konzentrieren. Bitte. Bitte geh weg.

Sein Blick schweifte über ihre Beine, ihren bedeckten Genitalbereich, über ihren Bauch und ihre Brüste, dann sah er ihr in die Augen. Sara wusste nicht, ob er ihren Schmerz und ihr Unbehagen spüren konnte oder nicht, aber seine Worte brachten ein leises Gefühl von Trost mit sich. In einem tiefen, südländischen Ton sagte er: »Ich weiß nicht, was Sie hier tun, ob Sie verrückt sind, oder wahnsinnig mutig, aber wir brauchen mehr Menschen wie Sie in dieser Welt. Dafür braucht man Mut. Jedenfalls mehr Mut als ich aufbringen könnte.«

Er ging weg.

Sara sah ihm nach—wollte ihn bitten, nicht zu gehen.

Verrückt und mutig. Und ich würde dir eine Million Dollar geben, nur um jetzt deine Baseballkappe zu tragen. Was ist das auf der Rückseite? Ist das ein 'A'? Was ist das? Atlanta? Ein großes rotes 'A', genau wie Der Scharlachrote Buchstabe. Wie angemessen wäre das? Schande. Demütigung. Ich hasste das Buch »Der Scharlachrote Buchstabe«. Was Hawthorne in dem Buch dieser armen Frau angetan hat - oh mein Gott.

Der scharlachrote Buchstabe. Nathaniel Hawthorne. Die Hawthorne Brücke.

Moment, die Brücke ist grün, aber die Pfeiler sind rot. Und die Hawthorne Brücke wurde nach einem Arzt benannt ... ist egal. Das muss es sein. Es ist ein zu großer Zufall. Der Demütigungs-Faktor. Scharlach. Daran dachte er. Die scharlachroten Träger enthalten den Schlüssel, wo der Osten auf den Westen trifft. Der Schlüssel, von dem er sprach, muss in der Mitte sein, wo die Brücke hochgefahren wird. Wo der Osten der Stadt auf den Westen trifft.

Sie war so erleichtert, dass sie in die Hände geklatscht hätte, wenn es sie nicht komplett entblößt hätte.

Jetzt muss ich nur noch die restlichen paar Minuten durchstehen...

»Sie da! Hallo?!«

Sara sah eine Frau, eine Parkangestellte, mit einem Walkie-Talkie, auf sie zugehen. Sie stampfte so heftig, dass sie Fußspuren in den Ziegelsteinen hätte hinterlassen können.

Nun gut. Das hat ja nicht so lange gedauert. Jesus, was passiert mit den Kindern, wenn ich im Gefängnis bin?

Lacey, Callie und Jacob, an einem geheimen Ort, leiden in den Händen eines Verrückten. Flehten, ihre Mutter zu sehen. Kleine Hände mit rauem Seil gefesselt. Was würde mit ihnen passieren? Was würde er ihnen antun, wenn sie verhaftet wird, wenn sie das Spiel nicht zu Ende spielen kann? Sicherlich rechnete Teddy damit und war für alle Eventualitäten gerüstet, falls etwas schief gehen sollte. Das Spiel gehörte ihm und er wollte, dass es gespielt wird. Es würde ihm keinen Spaß machen, wenn es vorbei wäre bevor es erst richtig losging.

Zehn Meter entfernt sagte die Parkangestellte: »Ich muss Sie jetzt bitten sofort ...«

Das Telefon klingelte in Saras Hand. Sie klappte es auf und hielt es an ihr Ohr.

Die Stimme sagte: »Meine Kontaktperson sagt mir, dass du

gleich in Schwierigkeiten geraten wirst. Lache einfach. Entschuldige dich. Sag ihr, dass du eine Wette verloren hast. Bleib am Telefon.«

Sara tat, was ihr gesagt wurde. Mit einem erzwungen Lächeln entschuldigte sie sich bei der Angestellten. »Es tut mir leid – es tut mir leid. Ich wollte keine Szene verursachen. Ich habe eine Wette verloren.«

»Gehen Sie! Jetzt!«

Die Frau griff nach Saras Arm, aber sie drehte sich weg und sagte: »Ich gehe schon – keine Sorge«, und rannte dann den Weg zu ihrer Kleidung hinunter. Sie ging ans Telefon und sagte: »Okay, ich bin frei.«

»Ich hörte es. Und das hat mir sehr gut gefallen, Sara. Du hast gut gespielt. Gute Partie.«

»Geht es den Kindern gut?«

»Sch ... sch ... sch ... Sara. Nur eine Frage pro Runde. Aber ich werde diese eine durchgehen lassen. Das ist eine natürliche Reaktion.«

Sara näherte sich der Stelle, an der sie ihre Arbeitskleidung ausgezogen hatte, aber an deren Stelle war jetzt Joggingkleidung. *Ihre* Joggingkleidung und *ihre* Laufschuhe.

Er war in meinem Haus. Wie hat er das gemacht mit all den Alarmanlagen?

Das superteure Sicherheitssystem wurde nach Brians Verschwinden installiert für den Fall, dass entführt worden war und sich der Täter nicht mit nur einem Winthrop in seiner Sammlung zufriedengäbe. Abgesehen von ihr und den Kindern, die sich sowieso nie daran erinnerten, waren die einzigen anderen zwei Personen denen sie den Code anvertraut hatte, Miss Willow und Shelley, die vorbeischauen durften, um Kleidungsstücke für die Kinder zu holen oder Dinge abzuholen, die sie im Büro brauchte.

Hast du eine von ihnen gefoltert, um den Code zu bekommen, Teddy? Hast du sie auch dazu gebracht, dein dummes Spiel zu spielen?

Sara konnte sich nicht vorstellen, was er einer ihrer beiden engsten Vertrauten hätte antun müssen, damit sie dieses Geheimnis preisgibt.

Shelley war heute Morgen noch okay. Oh nein, Willow!

Die Stimme fragte: »Hast du das Rätsel gelöst?«

»Ja. Die Hawthorne Brücke. In der Mitte. Wo der Ostteil der Stadt auf den Westteil trifft.«

»Ich wusste, dass du es schaffst. Siehst du? Ich habe dir gesagt, dass dieses Level einfach ist. Vor dir liegt deine Joggingkleidung. Du hast 45 Minuten Zeit, um dein Ziel zu erreichen. Wenn du den Schlüssel gefunden hast, ist das erste Level abgeschlossen. Behalte das Telefon. Warte auf weitere Anweisungen.«

Sara zog sich an.

Und dann rannte sie los.

KAPITEL 7

DJ

DETECTIVE JOHNSON, DJ, saß, über seinen Schreibtisch gebeugt und las Brian Winthrops Akte. Er versuchte, den Lärm um sich herum zu ignorieren und sich zu konzentrieren, aber die raschelnden Papiere und klingelnden Telefone und der nahezu ständige Verkehr zwischen den Schreibtischen, behinderten seine Bemühungen. Er hob seine Kaffeetasse und schluckte den letzten Rest des Kaffees, der nach Ölraffinerie-Resten schmeckte.

Barker, alias *der Bluthund*, starrte ihn durch seine Bifokalbrille an. »Mit dem Zeug könntest du Farbe von der Wand schälen, JonJon. Stell dir vor, was es mit deinem Magen macht.«

DJ schaute von der Akte auf. »Schon wieder?«

»Schon wieder was?«

»Schon wieder der Spitzname - JonJon.«

»Es ist deine Schuld, Cowboy. Ich weiß nicht, wie das Leben da drüben in Texas aussieht, aber hier bietet man einem Mann keine Schlinge an, mit der man selbst gehängt werden kann.«

»Du musst an diesem Akzent arbeiten. Ein echter Texaner würde dir in den Hintern treten, für diesen lahmen Versuch.«

»Sagst du jetzt, dass du kein echter Texaner bist?«

DJ schüttelte den Kopf und grinste. Ein ähnlicher Austausch fand mindestens einmal am Tag statt und er nahm dieses Necken als Zeichen dafür, dass Barker ihn, nach fünf Jahren, doch sympathisch fand. Bis vor ungefähr einem halben Jahr war alles, was über ihre Beziehung gesagt werden konnte, nur 'Dasselbe Auto, derselbe Job'. Aber als DJ einen Fall löste, der selbst den großen und mächtigen Bluthund ratlos machte, öffnete sich in dem älteren Detective eine mikroskopische Naht in der Rüstung. Sie waren noch keine Freunde, aber zumindest sah DJ etwas Respekt, wenn auch nur in der Ferne, und nur mit einem Fernglas.

Und in Wahrheit war 'Respekt' vielleicht zu viel gesagt. Er hatte das Gefühl, als hätte er es verdient, aber die Art und Weise, wie Barker ihn behandelte, deutete darauf hin, dass das noch nicht der Fall war. Nicht von Barker, nicht von den anderen Detektiven. Aber eines Tages würden sie ihn respektieren und zu ihm aufschauen. Eines Tages.

Die drei-Stunden-Frist für Entführungen endete vor dreißig Minuten. Barker bestand darauf, ins Büro zurückzukehren und die Akte des vermissten Mannes zu überprüfen, da ihm sein Instinkt sagte, dass Brian Winthrop der Katalysator in dem Fall war. DJ willigte fraglos ein, teils aus Respekt vor dem leitenden Detektiv, teils weil er die Zuverlässigkeit von Barkers Instinkt so oft miterlebt hatte, dass er wusste, dass er so zuverlässig war, wie der Sonnenaufgang.

Das Hauptmantra von Barker – das zu so vielen gelösten Fällen führte, war einfach: *Die Natur gab uns die Werkzeuge, aber nicht jeder von uns weiß, wie man sie richtig einsetzt.*

Aber jetzt, mit einer kleinen Akte und keinen neuen

Spuren, wünschte sich DJ, er hätte sich mehr Mühe gegeben im Außendienst tätig zu sein, zu suchen und Fragen zu stellen. Anstatt einen der verworrensten Fälle zu durchforsten, den die Abteilung in den letzten zehn Jahren gesehen hatte, sollten sie sich lieber auf die Gegenwart konzentrieren. Detective Wallace, der vor einem Jahr in den Ruhestand getreten war, war vom völligen Verschwinden von Brian Winthrop so verblüfft, dass er in seinen Unterlagen folgendes vermerkte: *»Bessere Chance, Amelia Earhart zu finden.«*

Barker sagte mit der Toleranz eines gutmütigen Großvaters: »Hör auf, auf die Uhr zu schauen, DJ. Ich weiß, wie spät es ist. Hättest du Mrs. Winthrop nicht gehen lassen, hätten wir jetzt wenigstens eine Spur.«

»Ich habe es dir schon gesagt, sie gab mir den Zettel und rannte hinaus. Was sollte ich tun, sie auf dem Parkplatz festnehmen?«

»Du hättest sie verfolgen können. Weniger auffällig.«

Das war jetzt schon das dritte Mal, dass sie das diskutierten. »Wie ich schon sagte, sie bat mich, ihr nicht zu folgen.« Er erwähnte nicht, dass sie ihm *befahl*, ihr nicht zu folgen.

»Seit wann hörst du auf jemanden der ein Verdächtiger sein könnte?«

»Seit *du* mir beigebracht hast, meinen Instinkten zu vertrauen. Und sie ist nicht verdächtig.«

»Leute lügen, DJ ...«

»...selbst, wenn sie glauben, die Wahrheit zu sagen.« Ich weiß, Barker, aber was auch immer es war, es hatte mit diesem Zettel und ihren Kindern zu tun. Zweifellos.«

»Sie könnte inzwischen tot sein.«

DJ hatte keine Antwort darauf, aber er hoffte, dass das nicht der Fall war. Er sah auf seinen Schreibtisch, auf die Nachricht, die Sara auf ihrer Windschutzscheibe gefunden hatte und die jetzt als Beweisstück in einer Asservatentüte lag.

Bist du bereit, das Spiel zu spielen?

Er hielt es hoch und fragte: »Also, was haben wir hier? Was ist das?«

Barker nahm die Brille ab und kaute am Bügel. »Rätsel«, sagte er. »Es ist ein Zeichen dafür, dass wir es mit etwas anderem zu tun haben als einem gewöhnlichen Entführer, der nach Lösegeld trachtet. Was wir hier haben, ist ein Soziopath, der mit dieser Frau spielen will. Er spielt ein Spiel – aus Mangel an einem besseren Wort – und wenn es das bedeutet, was ich denke, ist er schlauer als ein durchschnittlicher Möchtegern, der Fehler machen würde.«

»Was glaubst du, was das bedeutet?«

»Er hat das Spiel erfunden, er kann die Regeln ändern«, sagte er. »Das, Cowboy, ist weder für uns, und noch für Mrs. Winthrop, ein gutes Zeichen, fürchte ich.«

»Denkst du, es ist der Ehemann? Ist er der Grund, warum wir hier sitzen und diesen nutzlosen Bericht durchgehen?«

»Geduld. Was ich *weiß* ist, dass, wenn es um Fälle wie diese geht ...«

»*Zufälle bringen Täter hinter Gitter und garantieren unser Gehalt.*« DJ schnaubte und legte den Zettel wieder auf den Schreibtisch. Er starrte ihn an und dachte an das Interview mit Sara und den Anruf, der für sie kam. »Eine Frage.«

»Eine Antwort.«

»Du sagst immer wieder *er*, aber woher wissen wir, dass es keine *sie* ist? Der Sekretär der Schule sagte, dass eine Frau Sara anrief.«

»*Mrs. Winthrop*. Unterschätze sie nicht. Es hätte eine Komplizin sein können am Telefon. Das solltest du immer in Erwägung ziehen. Außerdem besagt die Statistik, dass das

Verhältnis etwa acht zu eins beträgt, männlich zu weiblich. Zahlen lügen nicht...«

Zahlen lügen nicht, Leute lügen.

»Und je früher du das lernst, desto einfacher wird meine Arbeit. Lies die Winthrop Akte nochmal durch. Wir müssen etwas übersehen haben.« Er lehnte sich zurück, setzte seine Brille wieder auf und las weiter. Nur mit einer Pfeife, einem Smoking Jackett, und ein paar teuren Hausschuhen, hätte er noch entspannter aussehen können. Vielleicht noch mit einem Kamin und einem Bücherregal aus Mahagoni ...

Du bist auf der falschen Spur, Bluthund. Wir verschwenden Zeit.

Aber er sagte nichts mehr. Mit null festen Anhaltspunkten und einer Mutter, von der sie nicht wussten wo sie ist und die nicht ans Telefon ging, hatten sie keine handfesten Spuren. Er und Barker beklagten sich darüber, wie wenig hilfreich die Aussagen der Mitarbeiter beider Schulen waren. Und die Babysitterin, Willow Bluesong, nahm seine Anrufe nicht an und war nicht zu Hause, als sie auf dem Rückweg zum Revier bei ihr vorbeigingen.

DJ gab sich damit ab, die Akte noch einmal zu lesen und entschied, dass er, wenn er fertig war, zu LightPulse gehen würde. Mit oder ohne Barker.

* * *

BRIAN JACOB WINTHROP war gerade 38 Jahre alt geworden, als er an einem Freitagmorgen im Mai verschwand. Er war zwei Jahre älter als seine Frau Sara und Vater von Zwillingsmädchen und einem Jungen. Er arbeitete als Finanzanalytiker für eine kleine Investmentgesellschaft und führte ein eigenes Geschäft im Ostteil von Portland, das jeden Wochentag von 8 bis 17 Uhr geöffnet war. Er aß im Sandwich-Shop nebenan zu

Mittag und spielte an den Wochenenden Softball, wenn er keine familiären Verpflichtungen hatte. Die Aufzeichnungen des Sportzentrums zeigten, dass er jeden Montag, Mittwoch und Freitag eine Stunde schwamm und an den Tagen, seit fünf Monaten kein Training verpasste. In der Woche zuvor, in der er sie verpasste, war er laut seiner Frau auf einer Konferenz in San Diego.

Er war nicht vorbestraft, außer zwei Strafzetteln. Er hatte keine ausstehenden Schulden, keine Hypothek und sie standen in mancher Hinsicht finanziell recht gut, sogar ziemlich gut da. In der Rezession kämpfte er darum neue Kunden zu gewinnen, aber er investierte das Geld seiner bestehenden Kunden mit Bedacht. Kein verlorenes Geld, auch kein böses Blut.

Keine Spielsucht, keine fragwürdigen Transaktionen, keine Strip Clubs. Kein Grund, sich auf dubiose Geschäfte einzulassen. Seine Frau, Sara, gab zu, dass sie auf ihrer Hochzeitsreise einmal Marihuana geraucht hatten, aber das sei das letzte Mal gewesen. Drogen waren kein Faktor und sie tranken selten, sodass Alkoholismus und seine destruktiven Nebenwirkungen wahrscheinlich auch keine Faktoren waren. Sie hatten, wie die meisten Paare, Meinungsverschiedenheiten über Finanzen und Verpflichtungen, aber es war in letzter Zeit nichts passiert, was ihn dazu gebracht haben könnte, seine Familie zu verlassen.

Von dem, was DJ so sah, war der Typ ein normaler Ehemann und Vater, und völlig sauber.

Er erinnerte sich an ein weiteres Sprichwort von Barker. »Es gibt keine perfekten Engel auf Erden.« Manchmal stand die Art wie er versuchte weise zu sein, seinen eigentlichen Botschaften im Weg.

Könnte es das sein? War er zu sauber? Ist es das, wonach Barker sucht? Ich sehe, verdammt nochmal, gar nichts auffälliges.

DJ schlug die nächste Seite auf.

Winthrop packte an diesem Morgen seine Fitness Klamotten, küsste seine Frau und ging dann ins Studio. Das war das letzte Mal, dass Sara ihn gesehen hatte, und drei Tage später wurde sein Fließheck-BMW auf dem Parkplatz eines Lebensmittelgeschäfts gefunden. Es gab keine merkwürdigen Fingerabdrücke: nur seine, die seiner Frau und die ihrer drei Kinder. Keine sekundären DNA-Spuren, kein Blut, keine ungewöhnlichen Haarproben. Keine Anzeichen für ein gewaltsames Eindringen in das Auto. Überhaupt keine Anzeichen für ein Verbrechen.

Das einzig Merkwürdige, das Detective Wallace damals bemerkte, war die Tatsache, dass das Auto innen so sauber war und es so aussah, als wäre es erst an diesem Tag gewaschen worden. Er war der Ansicht, dass das Auto eines Vaters mit drei kleinen Kindern, voller Krümel, Pommes Frites und genug Müll sein sollte, um ein Baseballfeld damit zu abzudecken. Wallace überprüfte die Kreditkartentransaktionen, um einen Zeitrahmen für seinen Verbleib zu erstellen, aber dabei kam auch nichts heraus.

Es wurde nie Geld von ihren Bankkonten abgehoben und es gab keine zusätzlichen Pings bei der Kreditkartennutzung. Kein Kleidungsstück, das er besaß, fehlte in seinem Schrank. Wohin Brian auch ging, die einzigen Dinge, die er mitgenommen hatte, waren seine Schlüssel, seine Brieftasche, seine Sporttasche und den Trainingsanzug, den er an dem Tag trug.

Bis auf eine Reihe von unzuverlässigen Augenzeugenberichten hatte sich Brian Winthrop in Luft aufgelöst.

»Barker«, sagte er.

Sein Partner schaute von seiner Kopie des Berichts auf.

»Ich finde nichts. Der Typ ist ein Geist, Mann. Schwupp ... weg.«

Barker sagte: »Du hast teilweise recht.«

»Wieso?«

»Er ist weg.«

»Wohin?«

»Sieht irgendetwas in diesen Augenzeugenberichten verdächtig aus?«

»Abgesehen von der Tatsache, dass sie unzuverlässig sind?«

»Sieh sie dir nochmal an.«

DJ hasste es, wenn Barker versuchte, ihn zu testen, aber er spielte mit. Er überprüfte die Liste erneut. »Stadtrand von Portland, einen Tag nach dem sie sein Auto gefunden haben. Jemand dachte, sie hätten ihn danach in Eugene gesehen. Grants Pass. Eureka. Der letzte war in San Francisco, drei Wochen nachdem er verschwunden war. Wer würde sich drei Wochen später noch daran erinnern, was für einen Kerl er gesehen hat?«

»Und?«

»Und was, Barker? Ein Meter achtzig groß, braunes Haar, braune Augen. Na toll, wir haben unsere Möglichkeiten auf die Hälfte der männlichen Bevölkerung in den USA beschränkt. Es hätte jeder sein können. Du sagst es ja immer: Was die Leute sehen und was sie zu sehen glauben, sind zwei völlig verschiedene Dinge.«

»Wir sollten ihre Glaubwürdigkeit in Frage stellen, JonJon. Dafür sind wir hier, aber du musst verstehen, dass der Verstand Verbindungen herstellt«, sagte Barker und zeigte auf seine Schläfe. »Es ist ein verdammt komplexer Computer. Was mir auffällt – und was du auch sehen solltest – ist, dass er, wenn diese Berichte zuverlässig sind, vielleicht nach Süden gegangen ist. Warum ging er nach *Süden*? Das bedeutet etwas.«

DJ stand vom Schreibtisch auf und griff nach seinem Abzeichen und seiner Waffe. »Das ist erbärmlich«, sagte er. »Wenn der echte Barker auftaucht, der keine Vermutungen anstellt, die auf völligem Unsinn beruhen, lass es mich wissen. Ich werde nach den Kindern dieser Frau suchen, die *jetzt* vermisst werden, und nicht nach einem Mann, der vor zwei Jahren verschwunden ist.«

»Die Anzeichen sind da, DJ. Es hängt irgendwie zusammen. Warum? Welchen Grund hatte er nach Süden zu gehen?«

»Weil die Nachrichten so verbreitet wurden, Barker. Die Leute sahen sein Bild im Fernsehen, es schuf ein Bild in ihrem Gehirn und dann dachten sie, sie hätten ihn am nächsten Tag an einer Tankstelle gesehen, während es in Wirklichkeit ein zufälliger Typ auf dem Weg zur Arbeit war. Du jagst deinem eigenen Schwanz nach. Ich gehe jetzt zu LightPulse.«

Sergeant Davis trat ein und blockierte DJs dramatischen Abgang. Er sagte: »Barker, du und der Cowboy hier müssen in den Rose Garden gehen. Der Bericht über eine verrückte nackte Frau, die der Beschreibung von Sara Winthrop entspricht, kam gerade an.«

DJ dankte ihm und sagte dann zu Barker: »Nun?«

»Klingt so, als hätte das Spiel bereits begonnen. Okay, du gehst in ihr Büro, ich gehe zum Rose Garden. Das heißt aber nicht, dass ihr Mann in diesem Fall irrelevant ist, verstanden? Und bring diesen Zettel, auf dem Weg nach draußen, ins Labor damit sie ihn auf Abdrücke prüfen können.«

Er nickte und salutierte kurz.

Nackt im Rose Garden? Was für ein Spiel spielst du, Sara?

KAPITEL 8

Sara

SARA rannte. Sie rannte, so schnell sie konnte, den Hügel hinunter, weg vom Rose Garden, weg von ihrer Demütigung und kürzte den Weg durch den Wald ab. Die Abkürzung war gefährlicher als die kurvenreiche Straße, aber sie würde wertvolle Minuten sparen, solange sie es schaffte, sich keinen Knöchel zu verstauchen. Eine Verstauchung wäre jetzt eine totale Katastrophe, aber das Risiko musste sie eingehen.

Sie erreichte den Sherwood Boulevard und fand, dass die gegenüberliegende Seite durch einen Maschendrahtzaun mit Stacheldraht versperrt war. »Scheiße«, sagte sie. »Verdammt nochmal.«

Sie drehte sich nach links und rannte Sherwood hinunter, wobei sie ihre Atmung mit 3:2 Schritten kontrollierte. Atme drei Schritte lang ein, atme zwei Schritte lang aus. Drei Schritte ein, zwei Schritte aus. Autos fuhren vorbei und sie analysierte jedes einzelne, suchte nach jemandem, der sie beobachtete, um ihren Fortschritt im Auge zu behalten. Kein einziger Fahrer warf ihr mehr als einen flüchtigen Blick zu. Sie riskierte einen Blick über die Schulter und prüfte die Straße hinter sich, suchte nach der weißen Limousine mit getönten Scheiben. Das Einzige, was ihr auffiel, war die rosafarbige Gray Line Straßenbahn mit Holzsitzen und rosa Akzenten.

Wenn die Idioten in der weißen Limousine versuchten sie zu verfolgen würden sie wahrscheinlich nicht damit rechnen, dass sie direkt den Hügel hinunterläuft und haben sie deshalb noch nicht eingeholt.

Sie kam an einem geparkten Arbeitslastwagen der Stadt Portland, vorbei und dann wurde der Maschendrahtzaun zu einem schmiedeeisernen, schwarz lackierten Gitter. Dahinter und auf der anderen Seite war einer der vielen Stauseen, die sich rund um den Hügel befanden. Als sie den Washington Weg erreichte, bog sie rechts auf den Bürgersteig ab und beschleunigte ihre Schritte.

Ein gepflasterter Gehweg bahnte sich rechts von ihr einen Weg durch die Bäume. Sie war sich nicht sicher, wohin er führte und anstatt eine vermeidbare Verzögerung zu riskieren, hielt sie ihren Kurs durch die moosigen Kiefern.

Ihr Atemrhythmus begann sich zu verschlechtern; ihre Lunge brannte und ihre Muskeln strengten sich an mitzuhalten. Sie spürte ein Seitenstechen auf ihrer linken Seite. Sie verlangsamte ihr Tempo, wodurch sie ihre Atmung fünfzig Meter später wieder unter Kontrolle bringen konnte.

Ich muss langsamer laufen. Sonst breche ich zu schnell zusammen.

Nein, kein Gejammer. Denk dran, was die Kinder durchmachen. Streng dich an, verdammt noch mal, bemühe dich.

Sie lief schneller und dachte an ein Video das Brian ihr, ungefähr ein Jahr vor seinem Verschwinden, gezeigt hatte. Sie hatte zwei Monate an einer leichten Depression gelitten. Es gab damals viele Störfaktoren: Die Arbeit lief nicht gut, Jacob ging durch seine schreckliche Trotzphase, sie schlief nicht und viele, viele andere Dinge, an die sie sich nicht mehr erinnern konnte. Der Höhepunkt kam, als Jim sich über sie beschwerte, weil ihr Team eine Frist nicht eingehalten hatte.

Das Video, das Brian auf YouTube ausgrub, war Jim Valvanos Rede bei den ESPY Awards Anfang der 90er Jahre. Sie konnte sich nicht an alles erinnern, außer an die Tatsache, dass der Mann an Krebs starb und an die Botschaft, die er übermitteln wollte. »*Gib nicht auf. Gib niemals auf.*«

Diese Worte prägten sich wie ein Gebot auf einer Steintafel in ihr Gedächtnis ein und tauchten wieder auf, wann immer sie am meisten brauchte, so wie jetzt. Sara konnte in ihrem Kopf immer noch Bilder von Valvano sehen. Wie ihm die Treppe zum Podium hinaufgeholfen wurde. Sein Lächeln. Sein Smoking. Sein gekämmtes Haar. Wie er sein Publikum anflehte.

Gib nicht auf. Gib niemals auf, Sara.

Sie beschleunigte ihre Schritte noch einmal und stellte sich vor, dass sie ungefähr 1.6 km in acht Minuten rannte. Ihre übliche Geschwindigkeit auf dem Laufband betrug ungefähr neuneinhalb oder zehn Minuten, aber sie wusste schon immer, dass sie schneller rennen konnte.

Sara warf wieder einen Blick über die Schulter.

Kein weißes Auto. Vielleicht folgten sie ihr nicht. Vielleicht war sie ihnen entkommen.

Sie erreichte eine Straßenkreuzung und überquerte sie, um die Straßenschilder zu lesen. Die Straße schlängelte sich geradeaus wieder in die Bäume am Lewis Clark Way. Sie bog nach rechts ab und rannte auf die Park Allee hinunter bis sie eine Kreuzung erreichte, die sie erkannte. Sie bog auf Vista rechts ab und ging auf Jefferson zu, was sie direkt zum Park neben der Hawthorne Brücke führte.

Ich könnte aufhören und die Polizei rufen. Johnson sagen, wo ich bin.

Sie blickte auf das Telefon in ihrer Hand, das jetzt von ihrer verschwitzten Handfläche glitschig war.

Teddy sagte, ich werde überwacht. Ich könnte es irgendwo zurücklassen und in ein Geschäft laufen. Soll ich es riskieren? Wenn ich erwischt werde ... die Kinder ...

Sara kam an geparkten Autos und Sträuchern vorbei. Treppen, die zu schönen Häusern und handverlegten Steinwänden führten. Als sie eine Kreuzung erreichte, an der sich links Kings Court und rechts Madison befanden, wurde ihr klar, dass sie einen kostspieligen Fehler gemacht hatte.

Die Vista Brücke ging hoch über Jefferson drüber. Und sie hätte unten, auf Jefferson sein müssen.

Sie blieb stehen und schaute entmutigt den steilen Brückenhang an. Sie hatte Angst und versuchte, ihre unruhige Atmung zu verlangsamen, wischte sich den Schweiß vom Gesicht. Sie verfluchte sich selbst dafür, dass sie es vergessen hatte. Jede verschwendete Sekunde hielt sie von Lacey, Callie und Jacob fern.

Sie rannte zum Rand der Brücke und schaute auf der anderen Seite den Hang hinunter.

Ich werde mir die Haxen brechen.

Das Telefon klingelte in ihrer Hand und erschreckte sie so sehr, dass sie es fast fallen ließ.

»Was?«, antwortete sie und fügte fast »*Teddy*« hinzu.

Die Stimme sagte: »Warum bleibst du stehen?«

»Bleibe stehen?«

»Ja, du bist auf der Vista Brücke stehen geblieben, Sara, und ich möchte wissen, warum. Du würdest doch nicht versuchen, jemanden über deine... *Situation* zu informieren, oder?«

Das gruselige Gefühl, beobachtet zu werden, ließ sie schaudern. Sie überflog die Umgebung und sah weder eine weiße Limousine noch jemanden, der aussah, als würde er ihre Position überwachen. Sie blickte zu den Bäumen in der Nähe hoch und erwartete jemanden mit einer Kamera auf einem Ast sitzen zu sehen. Stattdessen zuckte ein Eichhörnchen mit dem Schwanz und huschte einen Baum hinauf, als ein Radfahrer vorbeiraste.

»Antworte mir, Sara.«

»Ich versuche nur den schnellsten Weg zu finden. Das ist alles.«

»Ich spüre eine gewisse Spannung in deiner Stimme«, sagte es. »Du würdest mich doch nicht anlügen, oder?«

»Nein, nein, das tue ich nicht. Ich schwöre es.«

»Denn, wenn ja, habe ich eine Zange in der Hand und habe seit langem nichts mehr gekniffen.«

»Nicht!«, schrie sie und erschreckte eine vorbeifahrende Radfahrerin so sehr, dass sie fast gegen den Bordstein fuhr. »Wenn du ihnen noch einmal etwas antust, du Arsch…«

»Vorsicht«, unterbrach sie die Stimme. »Denke an die Regeln.«

»Weißt Du, was du mit deinen Regeln machen kannst – ich meine, verdammt nochmal. In Ordnung, dein Spiel, deine Regeln. Ich werde spielen.«

»Braves Mädchen. Ich vertraue darauf, dass du auf keine dummen Gedanken kommst?«

»Nein. Überhaupt nicht. Ich gehe, ich gehe.«

»Gut. Aber als Strafe für diesen kleinen Verstoß verkürze ich deine Zeit. Noch zwanzig Minuten. Die Uhr tickt.«

Sara legte auf.

Arschloch! Okay, beweg dich. Geh.

Sie rannte den Hügel der King Street hinunter, bis zu Main, und zwang ihre müden Beine, einen Fuß vor den anderen zu setzen, um zur Jefferson zurückzukehren und dann geradeaus zur Hawthorne Brücke zu gehen.

Der leichte Abstieg von Jefferson erhöhte ihre Geschwindigkeit, sorgte aber auch für eine unangenehme Laufposition und verursachte Schmerzen in den Fersen, die wiederum durch ihre Beine in den Rücken krochen.

Schmerz ist vorübergehend. Du hast keine Wahl. Für die Kinder.

Sara dachte an ihre vergangene Zusammenarbeit mit Teddy und versuchte sich zu erinnern, was sie ihm wohl angetan hatte. Dachte an all die Situationen, wo sie ihn 'Kleiner' nannte. All die Besprechungen in denen sie ihm öffentlich widersprochen hatte. All die Male wo er versuchte sie zu befummeln und sie ihn, mit einer warnenden Bemerkung, abblitzen ließ.

Die Situationen, die er als Anstoß nehmen konnte waren endlos, aber reichte es als Motivation? Menschen wurden schon für weniger getötet, nicht wahr?

Aber Teddy? Er ist nicht ... er ist nicht klug genug für so etwas.

Saras Lunge fühlte sich an, als würde sie jeden Moment explodieren. Ihre Muskeln und Waden verschmolzen zu Brei, aber das Adrenalin ließ sie weiterrennen. Vorbei an der Straßenbahnhaltestelle und über Kreuzungen. Vorbei an Wohnanlagen und leeren Bürogebäuden.

Der Schweiß lief ihr in die Augen und tränkte ihr T-Shirt so sehr, dass es wie ein Neoprenanzug an ihre Haut klebte. Die Füße schwollen an, die Muskeln wurden müde, aber sie lief weiter und weiter und weiter.

Nein, es muss Teddy sein. Muss.

War das der Grund, warum das Meeting an diesem Morgen so lange dauerte? Also brauchte er Zeit, damit sein Plan funktionierte? Und er erwähnte den Gegenangriff. Sein Baby. Seine Idee. Sein großer Beitrag. Einer der seltenen Fälle, in denen er etwas Nützliches zu einem Projekt beitrug. Eine der seltenen Situationen, in denen die leitenden Angestellten ihn lobten, anstatt unzufrieden mit ihm zu sein. Er musste es Sara heimzahlen. Genug, um zu sagen: »Siehst du, was passiert? Siehst du, was passiert, wenn du zu weit gehst?«

Es machte Sinn. Er erfuhr so viele Ermahnungen, und Tadel, und Jahre subtiler Beleidigungen, um sein aufgeblähtes Ego zum Platzen zu bringen.

Aber je mehr sie darüber nachdachte, desto länger analysierte sie ihre Zusammenarbeit und während sie zu ihrem Ziel rannte, konnte sie das Gefühl nicht loswerden, dass Teddy Rutherford, egal wie ihre Beziehung im Büro sein mochte, einfach zu faul und zu egozentrisch warum sich auf so etwas einzulassen.

* * *

SIE LIESS EINE IMPROVISIERTE, Live-Version des Frogger Spiels, in Gedanken abspielen, überquerte die Naito Street und bog dann am Riverfront Park links zur Hawthorne Brücke ab. Ihr ganzer Körper schmerzte und sie war so durstig, dass sie ihren Kopf in den Fluss stecken und das unreine Wasser trinken wollte, bis sie erbricht.

Ich war mir so sicher, dass es Teddy war, aber jetzt...

Er muss es sein. Er ist der Einzige mit einem Motiv.

Aber irgendwas scheint daran nicht zu stimmen.

Wann würde so etwas jemals stimmen?

Ich weiß es nicht, aber wenn er es ist, zeige ich ihm, wie sich sowas wirklich anfühlt.

Sie rannte an einer Autoschlange vorbei. Die Abgase verschmutzten die Luft um sie herum und ließen einen dicken, brennenden Geschmack auf ihrer Zunge zurück. Sie hustete und spuckte und wischte sich den Speichel von der Unterlippe. Sie schaute nach Süden zur Marquam Brücke und sah, dass eine Reihe kleiner, privater Yachten und Boote im Jachthafen lagen.

Teddy hat sein eigenes Boot. Guter Platz, um Kinder zu verstecken.

Zu offensichtlich.

Sara näherte sich der Mitte der Hawthorne Brücke. Auf dem scheppernden, klirrenden Stahlgitterdeck in der Mitte der Brücke rasten Autos an ihr vorbei. Das Geräusch schoss gegen ihren Kopf und schlug gegen ihr Trommelfell. Die rote Farbe der Pfeiler war alt und von Wind und Wetter im Lauf der Zeit vergilbt und blätterte ab.

Die Zeit schien immer schneller zu vergehen während sie rannte. Dagegen vergingen die Minuten im Shakespeare Garden im Schneckentempo.

Sie blieb in der Mitte der Brücke stehen. Gekrümmt, atmete sie wie durch einen Strohhalm. Die Brise war kühl, kam vom Wasser und verstärkte die Kälte ihrer durchnässten Kleidung, die an ihrer Haut klebte. Sie spürte die Sonne auf ihrem Rücken, richtete sich auf und legte die Hände hinter den Kopf.

Atme. Atme. Kotz nicht. Ich bin hier, du Schweinehund. Wo der Osten auf den Westen trifft. Wonach soll ich suchen? Eine Art Schlüssel?

Sie sah auf das Telefon in ihrer Hand und wartete darauf, dass es klingelte.

Ruft er mich an? Was soll ich tun?

Sara drehte sich verzweifelt im Kreis und suchte zuerst in dem Bereich um ihre Füße, dann die andere Seite, bis zu den hoch aufragenden grünen Pfeilern. Sie hörte das Dröhnen einer riesigen Metallbestie; ein Stadtbus fuhr vorbei und wirbelte Staub auf, der auf ihrer Haut kleben blieb.

Alle anderen Anweisungen befanden sich auf einem Blatt Papier.

Sie wirbelte herum und hoffte etwas Weißes zu sehen. Einen kleinen Hinweis. Etwas, das ihr den Weg zum nächsten Level weist.

Ich sehe nichts. Nichts. Nichts auf dem Bürgersteig. Ist etwas um den Pfeiler gewickelt? Scheiße. Nein, nichts. Ist es irgendwo an mir? War es die ganze Zeit bei mir? Keine Taschen im Hemd ... keine Taschen in den Hosen ... nichts in der Schlüsseltasche ... Schuhe? Schuhe? Verdammt. Nein. Wo zum Teufel ist der Schlüssel?

Sie ging zum Geländer und beugte sich darüber, suchte nach etwas darunter und fühlte das sonnenerwärmte Metall auf ihren Handflächen. Das tiefgrüne Wasser des Willamette rauschte etwa fünfzehn Meter unter der Brücke. Die Höhe, die Erschöpfung, und ihr schrecklicher Durst, verursachten ein überwältigendes Schwindelgefühl. Sara trat zurück aus Furcht, sie könne über den Rand fallen und in den Fluss stürzen. Diese wirkliche, reale Welt, war nicht wie die Landschaft im Reich von *Juggernaut*, in der man an die äußeren Grenzen der Kulisse stößt und nicht weiter gehen kann. Einen Fall über *diesen* Brückenrand hätte Folgen, an sie nicht denken wollte.

Sara sah nach links. Eine Straßenlaterne ragte in den Himmel und sie ging hinüber, um den Metallpfosten als Stütze zu benutzen, an den sie sich lehnen konnte, bis das Schwindelgefühl vorüberging.

Bevor sie sich dagegen lehnte, sah sie eine kleine Ausbuchtung an der Vorderseite. Sie sah genauer hin und keuchte. Auf Augenhöhe unter einem breiten, durchsichtigen Streifen Klebeband klebte ein bronzefarbener Schlüssel am Laternenpfahl.

Sie kratzte und riss den Schlüssel aus dem klebrigen Griff des Klebebandes.

Das Telefon klingelte.

Sie antwortete: »Ich habe ihn gefunden; ich habe den Schlüssel.«

»Gut so, Sara. Entschuldige die Verzögerung. Ich hatte ein bisschen Spaß mit deinen Kindern. Wer hätte gedacht, dass sie so ... leicht *bluten*?«

KAPITEL 9

DJ

DJ saß in einem weichen Ledersessel gegenüber von Jim Rutherford, dem Generaldirektor und Präsidenten, von Light-Pulse Productions. Das Privatbüro verfügte über eine Glaswand, die einen Blick auf die Innenausstattung des Unternehmens bot. Eine andere war mit Werbeplakaten von alten Computer Spiele bestückt und hinter der Wand befanden sich mehrere Auszeichnungen und Familienfotos. Die Jalousien an den Fenstern rechts von ihm waren fast zugezogen, sodass nur schmale, parallele Sonnenstrahlen den Raum erhellten. Die Deckenlampen waren aus und er hatte keine Schreibtischlampe, um ein angenehmeres, gedämpftes Licht zu verbreiten.

Die höhlenartige Atmosphäre erinnerte DJ an das geheime Versteck eines Superbösewichts.

Der Schreibtisch war so groß wie eine Matratze und, bis auf einen Notizblock, einen Stift und einen Laptop, seltsamerweise leer. DJ hatte Berge von Papierkram erwartet und ein ständig klingelndes Telefon. Oder wenigstens ein Namensschild und kitschigen Schnickschnack; einen Kugelstoßpendel vielleicht. Stattdessen erweckte die Kargheit des Schreibtisches den Eindruck, dass dies ein Mann ist, der wenig Zeit für Ablenkungen hat. Oder ein Mann, der es sich zum Ziel gesetzt hat, die nahezu ständigen Ablenkungen zu beseitigen, die mit der Führung eines wachsenden Unternehmens wie LightPulse einhergingen. Es war eine bewundernswerte Qualität - eine, von der DJ wünschte, er hätte sie auch.

Jim war nicht wie ein durchschnittlicher Firmenpräsident gekleidet. Zumindest nicht wie die, mit denen DJ zuvor zu tun hatte. Sein kurz rasiertes graues Haar passte zu dem schlichten schwarzen T-Shirt, das er trug, und zu den Jeans und Turnschuhen, die andeuteten, dass er ein Mann war, der sich anzog, wie er wollte, weil er das Sagen hatte.

DJ dachte, *der Typ sieht aus wie eine schlechte Kopie von Steve Jobs.*

Jim sagte: »Ich hoffe, es macht Ihnen nichts aus, im Dunkeln zu sitzen, Detective. Es ist besser für meine Augen. Ich habe zu viele Jahre unter diesen verdammten Büroleuchten gearbeitet. Sie bereiten mir Kopfschmerzen.«

»Seit wann beschäftigen Sie sich mit Videospielen, Mr. Rutherford? Ich war damals ein großer Fan vom *Shotgun Shooter Spiel*.« DJ wusste, dass er mit seinen Fragen nicht gleich zur Sache kommen sollte. Er verlor zwar immer mehr Zeit, aber dem Mann mit seinem Miniatur-Ego zu schmeicheln, konnte nicht schaden. Wie Barker sagte: *»Bienen mit Honig, DJ. Mehr Bienen mit mehr Honig.«*

»Ungefähr dreißig Jahre. Ich war in einem der ursprünglichen Atari-Teams, wenn Sie es glauben können. Sie mochten also Shooter? Oh, die Erinnerungen. Das war damals, als diese Firma noch ein winziger Laden war und ich immer noch an der Programmierung beteiligt war. Blockpixel, Scrollen von links nach rechts, 2D-Welten. Ich vermisse diese Zeiten. Jetzt haben wir diese 3D-Meisterwerke, in denen unsere Spieler herumlaufen können und die so groß sind wie Portland. Aber, zum Teufel, das ist genau das, was die Spieler wollen.« Jim schlug die Beine übereinander. »Ich habe mit der Idee einer Rückkehr zu 2D gespielt, um der alten Zeiten willen, aber nachdem Sara schon die Lunte unter der *Juggernaut*-Serie gezündet hatte, hätten uns die Medien für einen solchen Gag aufgefressen.«

Hört sich nach Bedauern an, ist aber kein ausreichendes Motiv für eine Entführung. »Haben Sie heute mit ihr gesprochen?«

»Kein Wort. Seit sie heute Morgen weggegangen ist, versuche ich, mit ihr in Kontakt zu treten, aber sie geht nicht ans Telefon.«

»Und Sie wissen, dass ihre Kinder vermisst werden?«

»Ihre Assistentin Shelley berichtete mir davon. So eine Schande. Sie hat süße Kinder und ich hoffe, ich kann helfen. Haben Sie schon irgendwelche Hinweise?«

»Wir arbeiten daran. Wie gut kennen Sie Sara - ich meine, Mrs. Winthrop?«

»Wir stehen uns nah. Sie ist manchmal wie ein Bulldozer, aber sie ist eine meiner Favoriten. Ich bin mir sicher, dass Sie verstehen, dass ich verdammt beschäftigt bin, diese Firma zu leiten, aber ich versuche alle hier persönlich zu kennen, wissen Sie. Ich gebe mein Bestes, um mit meinen Leuten an vorderster Front zu arbeiten, damit sie nicht glauben, ich sei eine Möwe.«

»Möwe?«

»Fliegt rein, scheißt auf alles und fliegt wieder raus.«

DJ kicherte. »Ich glaube, ich kenne ein paar von der Sorte.« Er mochte den Mann, hatte das starke Gefühl, dass er nicht in Verdacht kam und bereute es, seine nächste Frage stellen zu müssen. »Sind Sie in irgendeiner Weise am Verschwinden von Sara Winthrops Kindern beteiligt?« Eine so gezielte Frage würde offensichtlich keine positive Antwort erhalten, aber sie sollte Rutherford überraschen, um seine unmittelbare Reaktion sehen zu lassen.

»Definitiv nicht.«

Die klare, endgültige Antwort, die, zusammen mit der Körpersprache eines grundehrlichen Mannes, genau die Antwort war, die DJ suchte, stand im Gegensatz zu den ausweichenden Antworten und nervösen Ticks einer Person, die sich am Anfang einer Lüge befand. Er fragte: »Und haben Sie eine Idee, wer es sein könnte?«

»Nicht im Geringsten. Wie ich schon sagte, sie ist eine beinharte Frau, aber hier in der Firma«, sagte er und deutete auf die Glaswand und das offene Büro auf der anderen Seite, »ist sie sehr beliebt. Respektiert. Einige der jüngeren Kids haben eine gesunde Dosis Angst vor ihr, aber ich mag das an Sara. Um ehrlich zu sein, erschreckt sie meinen Sohn Teddy, was belustigend ist und offen gesagt denke ich, dass er deswegen bessere Arbeit leistet. Aber draußen in ihrem Privatleben, muss ich leider sagen, dass ich nicht weiß, was die Leute von ihr denken. Aber ich kann mir nicht vorstellen, dass es viel anders ist. Hier im Büro ist sie großartig, Detective Johnson, und ohne sie wären wir verloren.«

»Und Sie glauben nicht, dass dieses Verhalten ausreichen würde, um eine gewisse Feindseligkeit zu erzeugen?«

»Feindseligkeit? Das ist natürlich möglich, aber wenn jeder arme Trottel der sauer ist die Kinder seines Chefs entführte, gäbe es keine Kinder mehr.«

»Stimmt, Mr. Rutherford, aber ich versuche, ein Motiv zu finden. Es muss von irgendwoher kommen und ein wütender Angestellter ist ein guter Anfang.«

»Nicht mit den Kids, die wir hier haben. Sie wollen einfach nur Videospiele spielen und Spaß haben. Sara ist wie die – zum

Teufel, wie nennt man die ältere Frau, die in einer Schwesternschaft wohnt?«

»Die Hausmutter«, antwortete DJ, da er den Begriff kannte, weil seine Frau Jessica Mitglied einer Schwesternschaft an der Universität von Oregon war. Ihr Zögern, ihren Heimatstaat zu verlassen, war der Grund, warum er sich von Texas verabschiedet hatte. Aber für sie hätte er alles getan.

»Das ist es, die Hausmutter«, sagte Jim. »Sie ist entweder die Hausmutter oder der Drill Sergeant, den man irgendwann doch mag und respektiert, obwohl er einem mehrfach mit seinen großen Knobelbechern in den Arsch getreten hat.«

DJ wusste, was er meinte. Vier Jahre in der Armee, zwei davon als Militärpolizist, hatten lebhafte Erinnerungen an Arschtritte hinterlassen. Er sagte: »Ich hatte auch so einen. Ob Sie es glauben oder nicht, jetzt schicken wir uns gegenseitig Weihnachtskarten. War Sara jemals beim Militär?«

»Nein, es sei denn, sie war in einem Trainingsprogramm für Reserveoffiziere, als sie noch an der Uni war, aber ich erinnere mich nicht so etwas in ihrem Lebenslauf gelesen zu haben. Sie hat hier gleich nach dem Abschluss angefangen zu arbeiten und war, vom ersten Tag an, ein Star. Was Sara hat«, sagte Jim, »ist eine innere Stärke.« Er stöhnte, als er aufstand und massierte sich den Rücken. Er ging mit einem leichten Hinken zum Fenster, zog zwei Jalousien auf und warf einen langen Blick auf die Welt draußen.

DJ wartete. Laut Barker würden Personen, wenn Sie lange genug geschwiegen hätten, in der Regel mehr Informationen anbieten, als wenn Sie sie direkt nach etwas gefragt würden. *Die Leute wollen reden, DJ. Hören ist Wissenschaft – aber Zuhören ist eine Kunst.*

Jim sah immer noch aus dem Fenster und sagte: »Detective?«

»Ja?«

»Was ich Ihnen jetzt erzählen werd...« Die Jalousien wurden mit einem metallischen Klirren zugezogen. »... sollte mit etwas Diskretion behandelt werden«, sagte Jim. Er lehnte sich an seinen riesigen Schreibtisch und verschränkte die Arme. »Tun Sie, was Sie wollen, und ich verstehe vollkommen, dass Sie eine Untersuchung durchführen müssen, aber ich bitte Sie, diese unter Kontrolle zu halten. Ich fühle mich schuldig, wenn ich das sage, aber ich habe ein Geschäft im Wert von mehreren Millionen Dollar zu führen, und ich kann nicht riskieren, dass Saras Autorität untergraben wird, falls — nicht falls, — *wenn,* Sie ihre Kinder finden und sie wieder im Büro ist.«

Da ist es. Da ist der skrupellose Geschäftsmann. Ihr seid alle gleich. Zumindest hast du es bis hierhingeschafft.

Er sagte: »Ich werde mein Bestes tun, Mr. Rutherford. Sie haben ein Geschäft zu führen, aber ich muss drei vermisste Kinder finden.«

»Ist mir klar«, sagte Jim und hielt inne. Er wippte mit dem Fuß. »Ich war mir nicht sicher, ob ich das erwähnen sollte, weil ich immer nur schwarz-weiß denke. Einsen und Nullen. Etwas ist oder es ist nicht. Diese Information ist reine Spekulation, verstehen Sie?«

»Ja sicher.«

»Ich weiß nicht, warum ich Ihnen das erzähle.« Jim rutschte auf dem Stuhl hin und her. Er warf einen Blick an die Decke und dann auf den Boden. Sein Fuß wippte schneller. »Ah, verdammt, was ich zu sagen versuche ... bevor Saras Ehemann verschwunden ist, hatte ich das Gefühl, dass er sie betrügt.«

DJ verdrehte die Augen. *Nicht du auch noch. Der Ehemann, der Ehemann. Ich suche die Kinder, verdammt noch mal.*

»Auf der Weihnachtsfeier - warum ist es immer die Weihnachtsfeier? – wie dem auch sei, unterhielt sich Sara mit einigen Programmierern im 'Belly' und hinten im Raum sah ich, wie Brian hereinkam und aussah, als sei er außer Atem und ungefähr dreißig Sekunden später kam eine der Kellnerinnen hinter ihm herein und setzte frischen Lippenstift auf.«

DJ sagte: »Nicht gerade ein Beweis dafür. Und ich verstehe nicht, wie das damit zu tun hat, dass die Kinder vermisst werden.«

»Nein, wahrscheinlich nichts. Wie ich schon sagte, reine Spekulation, aber was wollte ich damit sagen – meine Gedanken wandern, Detective. Ich habe mir diese verrückten Ideen ausgedacht. Handlungsstränge, verstehen Sie? Ich meine, das ist es, was ich beruflich mache. Ich möchte Sie nicht mit daher fantasierten Szenarien ablenken, aber was ist, wenn es Brian ist? Was, wenn er wegen der Kinder zurückkam?«

»Das werden wir in Erwägung ziehen.«

»Sie denken nicht, dass da was dran ist, oder?«

»Es steht nicht ganz oben auf meiner Liste, Mr. Rutherford«, sagte er. Dann tauchte wieder ein Barkerismus in seinem Kopf auf: *»Zunächst alle Möglichkeiten einräumen, aber später nur den Fakten vertrauen.«* DJ rückte seine Krawatte zurecht, zappelte auf seinem Stuhl hin und her, frustriert von der Tatsache, dass Barker selten falsch lag und sich der Theorie vom Ehemann als Täter Gewicht gab. Und jetzt spielte Rutherford auf dasselbe an. »Nehmen wir an, es ist der Ehemann, Brian Winthrop, und er ist von den Toten auferstanden, oder wo immer er war, warum dann jetzt? Warum glauben Sie, er würde zwei Jahre später zurückkommen und seine eigenen Kinder entführen?«

Jim zuckte die Achseln. »Es ist ein plausibles Szenario.

Wenn wir hier Spiele entwerfen, wägen wir das Mögliche gegen das Skurrile ab und wenn sich die beiden in der Mitte treffen, wissen wir, dass wir den Nagel auf den Kopf getroffen haben. In Saras Fall ist das alles, was mir einfällt.«

DJ stand da und war einer Spur kein bisschen näher. Egal, was der Instinkt des Bluthundes ihm sagte, wollte er nicht länger bleiben und sich verworrene Pläne mit einem alten Spieler ausdenken, der in einer Fantasiewelt lebte, in der ein Haufen von eindringenden Außerirdischen als mögliche Täter betrachtet werden konnten.

Skurril – ja. Möglich – nicht wahrscheinlich. Sie hätten eine bessere Chance, die Handlung für ein neues Spiel mit diesem Unsinn zu gestalten, als die Wahrheit aufzudecken, wenn er länger hier sitzen würde und diese unplausiblen Vorstellungen in Erwägung ziehen würde. Er hatte Kinder zu finden und hatte bereits genug Zeit mit der unsinnigen Hypothese von Barker und den absurden Theorien von Rutherford verschwendet.

Er sagte: »Vielen Dank für ihre Zeit, Mr. Rutherford. Stört es Sie, wenn ich ihren Mitarbeitern ein paar Fragen stelle, wo ich jetzt schon einmal hier bin?«

»Kein Problem. Aber sie haben strikte Termine. Bitte respektieren Sie das.«

»Es wird nicht lange dauern. Irgendwelche Vorschläge, wo ich anfangen soll?«

»Shelley wäre ein guter Anfang. Sie ist erst ein paar Monate hier, aber ich würde sagen, sie kennt Sara besser als alle anderen im Büro. Außer mir.«

DJ dankte ihm noch einmal und ging zur Tür. Er öffnete sie und blieb stehen, bevor er ganz hinausging. »Eine letzte Sache, Mr. Rutherford. Ich bin mir sicher, dass Sie es aufgrund ihres Berufs tausende Male gehört haben, aber hat der

Ausdruck: ‘Bist du bereit, das Spiel zu spielen?’, hier eine besondere Bedeutung?«

Rutherfords Augen öffneten sich weit. »Woher kennen Sie das?«

Seine heftige Reaktion überraschte DJ so sehr, dass er keine angemessene Antwort parat hatte. Die Frage kam mehr als ein nachträglicher Einfall und er hatte nie die Absicht, diesen speziellen Aspekt des Falls im Detail zu diskutieren. Er sagte: »Es ist eine Spur, die wir verfolgen.«

»Eine Spur? Wird Teddy verdächtigt?«

»Ihr Sohn? Nein, warum?«

»Haben Sie mit ihm gesprochen, bevor Sie zu mir gekommen sind?«

»Habe ich nicht. Mr. Rutherford, wenn Sie etwas wissen ...«

»Ich bin sicher, er hat nichts mit Saras Kindern zu tun.«

»Hat dieser Satz etwas mit ihm zu tun?«

»Er wollte es in der Titelsequenz des *Juggernaut 3* Spiels haben. Die Mitarbeiter haben die Idee abgewürgt und ihm gesagt, es sei zu banal. Er hat sich an meiner Schulter ausgeweint und als ich ihnen zustimmte, bekam er einen Wutanfall.«

DJ trat einen Schritt zurück in Rutherfords Büro. Er sagte: »Wenn das der Fall ist, habe ich einige Fragen an ihn. Wo ist sein Büro?«

»Er ist heute früh gegen zehn Uhr weggegangen. Hat etwas über ein Golfturnier gesagt.«

»Welches? Haben Sie eine Ahnung?«

»Wenn ich es wüsste, Detective, wäre ich nicht sicher, ob ich bereit wäre ihnen diese Information, unter den gegebenen Umständen, zu geben.«

DJ sagte: »Und Sie wissen, dass die Behinderung einer Untersuchung schwer strafbar ist?«

»Junger Mann, es gibt eine Menge Dinge, die ich weiß und

Sie nicht, dessen bin ich mir sicher. Bedauerlicherweise, für uns beide, habe ich trotzdem keine Ahnung wo Teddy sein könnte, oder ob er gerade Golf spielt, oder nicht.«

»Ich werde doch noch ein paar Leuten ein paar Fragen stellen, bevor ich gehe.«

Rutherford schickte ihn mit abweisender Hand weg. »Viel Glück.«

KAPITEL 10

Sara

ICH WUSSTE NICHT, dass sie so leicht bluten.

Die Worte klirrten in ihrem Kopf. Sara beugte sich über das Geländer und erbrach ihr Frühstück und dann Galle in den Willamette. Sie würgte, bis nichts mehr übrig war. Sie hustete und spuckte, wischte sich mit dem verschwitzten Unterarm den Mund ab und fluchte ins Telefon. »Du Schweinehund. Wenn ich dich jemals finde, wenn du meine Kinder je wieder berührst, werde ich ...«

»Wirst du was, Sara?«

»... alles tun, was du ihnen angetan hast, nur tausendmal mehr. Verstehst du mich?«

»Aber du bist da und ich bin hier und du hast ein Spiel zu spielen.«

Sie schrie es heraus, bevor sie sich zurückhalten konnte, weil Zorn und Wut in ihr den Siedepunkt erreichten. Die Vernunft und Folgen, die sich daraus ergeben könnten, stellten nur ein hauchdünnes Hindernis dar, das ihre Worte ungehindert durchbrechen ließ. »Du kannst dir dieses verdammte Spiel in den Arsch stecken.«

»Na, na, na, Sara. Wir dürfen die Dinge nicht außer Kontrolle geraten lassen. Und übrigens...« Ein weiterer Schmerzensschrei. Eines ihrer Kinder – Lacey, diesmal. »... habe ich dir gesagt, du sollst mir nicht trotzen.«

»Hör auf!«, schrie Sara. Wenn es eine Möglichkeit gäbe, wenn es ihr als ein Ende des Spiels, als ein Ende der Folter ihrer Kinder angeboten worden wäre, hätte sie sich geschlagen gegeben, wäre über das Geländer geklettert, und hätte sich in den Fluss gestürzt. »Du gewinnst, okay? Du gewinnst.«

»Wir werden herausfinden, wer gewinnt, wenn das Spiel vorbei ist.«

»Ich habe den Schlüssel, sag mir einfach, was ich tun soll und ich werde es tun.«

»Möchtest du deine Frage für diese Runde jetzt oder später stellen?«

Sie wollte ihre Frage jetzt stellen. Sie wollte Teddy fragen, warum sie sein Opfer war. Warum *sie*, warum nicht ein anderer Mitarbeiter, der ihn ständig ärgerte, sich über seine Größe lustig machte und ihn 'Kleiner' nannte.

Warum ihre Kinder? Warum musste er sie fesseln und foltern? Warum entführte er sie nicht, statt der Kinder? Warum brachte er sie nicht alleine in ein verlassenes Lagerhaus, wo er alle möglichen und unsagbaren Dinge mit ihr tun könnte? Wenn er sich wirklich an ihr rächen wollte, warum hat er dann dieses aufwändige und zeitraubende Spiel erfunden, wo so viele Dinge schief und unplanmäßig laufen konnten?

Weil er eine Katze ist, die mit einer Maus spielt, bevor sie sie frisst. Er möchte, dass ich jetzt frage, um ihm noch eine Herausforderung zu bieten.

»Später«, sagte sie. »Ich werde meine Frage aufheben für später.«

Die enttäuschte Antwort »Nun gut«, und das folgende, lange Schweigen, bestätigten ihre Vermutung.

Sie sagte: »Ich warte.«

»Es tut mir leid, Sara. Ich nahm mir einen Moment Zeit, um zu spüren, wie weich das Haar deines Sohnes ist. Es ist hauchzart, nicht wahr?«

Ihr Magen zog sich wieder zusammen. Sie stellte sich vor, wie Teddy über ihrem Sohn stand und mit seinen Wurstfingern durch Jacobs Haar fuhr. Sie sah Jacobs tränenüberströmtes Gesicht, wie er zurückzuckte, versuchte wegzukriechen, konnte es aber nicht wegen der engen Seile oder rauen Ketten. Anstatt giftige Drohungen zu schreien, drehte sie den Kopf hin und her, streckte den Hals und versuchte, die Kontrolle zu behalten. Sie machte eine Faust und schlug den Laternenpfahl so fest, dass sie sich beinahe die Hand brach.

Denk' nach, Sara, denk' nach. Er testet dich. Was will er? Gehorsamkeit? Unterwerfung?

Sie biss die Zähne zusammen und sagte: »Du hast recht.«

»Weich, blond und hauchzart. Vielleicht wirst du es eines Tages wieder spüren können.«

»Bitte sag mir jetzt, was das nächste Level ist.«

»Welch Ungeduld. Ich habe erwartet, dass du eifrig sein würdest, aber dieses Feuer in deinem Bauch spornt mich an. Es wird dir in der ersten Hälfte des zweiten Levels behilflich sein. Ich nenne es gerne ... *Verwirrung*. Bist du bereit, das Spiel zu spielen?«

»Ich bin bereit.«

Und du solltest besser auch bereit sein, denn wenn ich jemals die Chance bekomme...

Die Stimme sagte: »Behalte das Telefon. Behalte den Schlüssel. Geh weiter bis zur Ostseite der Brücke. Laufe auf dem Fahrradweg hinunter und gehe bis zum Parkplatz unter der Brücke.

Da wartet ein Auto. Ich bin sicher, dass du es wiedererkennst. Du erhältst später weitere Anweisungen. Hast du verstanden?«

»Ja.«

»Dieses nächste Level wird eine ziemliche Herausforderung werden. Oh, und Sara?«

»Was?«

»Du machst das großartig, – Kleine.«

Kleine. Es war mehr als ein Hinweis. Es war eine Verspottung, die sagte: »Ich möchte, dass du weißt, wer ich bin – komm und hol mich.«

Ein so offensichtlicher Hinweis. Damit hatte er sich selbst preisgegeben und zwar glasklar. Sie könnte zur Polizei gehen und ihnen genau sagen, wer ihre Kinder hat. Aber warum? Warum war er so offensichtlich?

Weil er deine Kinder hat. Und du hast keine Ahnung, wo sie sind. Er weiß, dass du es nicht riskieren wirst. Er hat die totale Kontrolle.

Sara ging auf und ab, als sich eine Fahrradfahrerin näherte. Sie sah aus wie eine der vielen umweltbewussten Portland Pendlerinnen, die jeden Tag mit dem Fahrrad zur Arbeit fuhren, um das CO2 zu verringern, selbst wenn es noch so wenig half. Gut gekleidet, in einem Hosenanzug, blauer Rucksack über der Schulter und sie lauschte ihrem iPod.

Ich muss mich irgendwie wehren. Das könnte meine einzige Chance sein.

Bist du verrückt? Tu das nicht.

Sara traf eine spontane Entscheidung in den wenigen verbleibenden Metern, bevor die Radfahrerin sie erreicht hatte. Sie rannte und versuchte, mit dem Tempo der Frau mitzuhalten.

Als sie Seite an Seite waren, warf die Frau einen Blick auf sie und konzentrierte sich wieder auf den Radweg vor ihr.

Sara sagte: »Können Sie mir bitte helfen?«

Die Radfahrerin nahm ihren rechten Ohrhörer ab. »Wie bitte?«

»Könnten Sie ein wenig langsamer fahren?«

»Wieso?«, fragte sie und verlangsamte ihr Tempo.

»Mein Telefon ist tot«, sagte Sara keuchend und lief schwerfällig neben ihr her. »Würde es Ihnen etwas ausmachen, wo für mich anzurufen? Oder dürfte ich ihr Handy benutzen? Es wird nur eine Sekunde dauern.«

Die Frau schüttelte den Kopf. »Es tut mir leid. Kann ich nicht.«

»Wenn Sie für mich anrufen könnten – ich brauche wirklich Hilfe – das muss ja nicht jetzt sofort sein, sondern wenn Sie die Gelegenheit hätten.«

»Das ist nicht ...«

»Sie müssen nur Detective Johnson von der Polizei anrufen. Sagen Sie ihm, das Spiel ist echt und es ist Teddy Rutherford von LightPulse.«

»Das kann ich nicht machen, Sara.«

Sara blieb so plötzlich stehen als wäre sie gerade auf eine unsichtbare Mauer geknallt.

Oh nein.

Die Radfahrerin trat schneller in die Pedale und rief über ihre Schulter: »So wird das Spiel nicht gespielt.«

* * *

VERDAMMT.

Wie viele Regeln hatte sie jetzt gebrochen? Wie viele Verstöße mit diesem lächerlichen, schlecht durchdachten Manöver? Wie lange würde es dauern, bis die Frau Teddy erzählte, was sie getan hatte? Und wie würde er sich dann an den Kindern rächen?

Sara sprintete und jagte der Frau hinterher, aber es war eine nutzlose Energieverschwendung. Mit dem Rad war sie zu schnell und als Sara das gegenüberliegende Ufer erreichte, war sie schon außer Sichtweite. Sara blieb unter dem Fußgängerüberweg stehen.

So dumm. Was habe ich jetzt gemacht? Wer bespitzelt mich sonst noch? Es könnte jeder sein.

Ein älteres Ehepaar ging lachend an ihr vorbei. Sie lächelten sie an und sagten Hallo. Oder prüften sie sie, um sicher zu sein, dass sie sich an die Spielregeln hält? Sie gingen weiter. Sara wartete darauf, dass sie umdrehten und ihr folgten, sich dann bei Teddy meldeten, um zu berichten, dass alles wie geplant läuft. Paranoide Gedanken zogen auf wie eine Gewitterwolke. Dunkel und bedrohlich, voluminös, bereit, sie völlig aus der Fassung zu bringen.

Das Paar schaute nicht zurück.

Sie schlang die Arme um ihren gebeugten Körper, drehte sich um und schluchzte. Der Wind blies und zerstreute die Tränen, bevor sie auf den Beton fielen. Sie dachte an Brian und an die Art und Weise wie er sie umarmt hatte, wenn sie traurig war, oder einen schlechten Tag hatte. Träumte davon, wie sie früher ihren Kopf auf seine Schulter gelegt hatte und nach dem Bass seiner Stimme lauschte, der in seiner Brust widerhallte, wenn er ihr sagte, dass alles okay werden würde, dass er für sie da sei und sie sich keine Sorgen machen müsste. Sie wunderte sich, ob sie in derselben Lage wäre, wenn er jetzt hier wäre, oder wäre sie jetzt im Büro, und würde E-Mails beantworten, Anrufe tätigen und Shelleys neuestes Copywriting-Meisterwerk lesen?

Sag mir, dass alles gut wird, Brian. Sag mir, dass alles wieder gut wird.

Sie hörte quietschende Bremsen, als ein Auto neben ihr anhielt.

Der Fahrer rief: »Hey, brauchen Sie Hilfe?«

Sara stellte sich gerade hin und winkte ab. »Alles okay«, log sie. »Verletztes Knie. Es tut weh, wenn ich jogge.«

»Gehen Sie zum Arzt«, sagte er und fuhr weiter, als ihn das Hupen von einem anderen Auto drängte, weiterzufahren.

Sie erinnerte sich, dass Teddy sie mit Hilfe der Telefonnummer verfolgte. Er würde sehen können, dass sie zum Ende der Hawthorne Brücke gerannt war und stehen blieb.

Beweg dich, Sara. Beweg dich, bevor er anruft. Beweg dich, bevor der Schweinehund den Kindern wieder wehtut.

Sie ging erschöpft vom Laufen, erschöpft von der verbrauchten emotionalen Energie, zum Ende des Radwegs und dann zur Esplanade am Ostufer hinunter.

Das weiße Auto wartete auf dem Parkplatz auf sie. Bei dem Anblick kroch ein ahnungsvolles Angstgefühl hoch, so schwarz wie die getönten Scheiben. Was wartete drinnen auf sie? Wer wartete drinnen? Die Fahrradfahrerin? Der Mann, der mit ihrem Minivan weggefahren ist? Die Person, die ihn zum Rose Garden gebracht hat?

Wie viele sind hier beteiligt? Drei? Mehr als drei?

Sie kletterte über den Zaun, schritt um die Büsche herum und ging dann zu der weißen Limousine. Zögernd öffnete sie die Hintertür. Stieg ein. Der weiche Schlag von Gummi auf Gummi, als die Tür geschlossen wurde, war so laut wie eine Gefängniszelle, die zugeknallt wurde.

Der Innenraum des Wagens war von der Fenstertönung dunkel. Vorder- und Rücksitze waren wie bei einem Polizeiwagen durch ein Metallgitter voneinander getrennt. Die Luft war dick und schwer, von abgestandenem Zigarettenrauch und dem zitronenförmigen Lufterfrischer, der vom Rückspiegel baumelte.

Der Fahrer, ein Mann, trug eine tiefgezogene Baseballkappe, eine Sport Sonnenbrille und eine Jacke mit hochgezogenem Kragen, die nichts weiter enthüllte als einen Streifen seiner gebräunten Wange und das spitze Ende seiner Nase.

Links von ihr stand eine kleine braune Papiertüte. »Ist das für mich?«

Der Fahrer nickte langsam.

Sara legte die Tüte in ihren Schoß und brachte, trotz ihrer Angst, den Mut auf, sie zu öffnen. Darin befand sich eine Flasche Wasser, ein Apfel, ein kleines Kästchen und wieder ein kleiner, weißer Zettel. Sie zog ihn heraus und las:

**SCHLÜSSEL ÖFFNEN SCHLÖSSER. SCHLÖSSER ÖFFNEN KÄFIGE.
24 STUNDEN.
WENN DU GRÜNDLICH NACHDENKST, KOMMST DU AUF DIE ANTWORT.**

Verwirrung. Ich soll mich für vierundzwanzig Stunden einsperren. Woran soll ich vierundzwanzig Stunden lang denken? Und die Kinder? Sie sitzen nur da und warten auf mich. Es tut mir so leid, Kinder. Es tut mir leid, dass Mama euch in diese Situation gebracht hat.

Der Fahrer startete das Auto und sie verließen den Parkplatz.

Sara griff in die Tüte, nahm das kleine, quadratische Kästchen heraus und untersuchte es, während sie auf eine Straße Richtung Osten abbogen. Anthrazitgrau, oben aufklappbar. Eine Schmuckschatulle. Sie hielt sie an ihr Ohr und schüttelte sie. Drinnen rasselte etwas.

Sie legte ihre Finger auf den Deckel, zögerte und wusste nicht, was sie erwarten würde. Vielleicht ein Hinweis? Etwas, das ihr hilft sich zu erinnern, etwas, das ihr sagt, was sie sich in den nächsten vierundzwanzig Stunden überlegen sollte.

Vierundzwanzig Stunden. Es schien unmöglich. Nicht machbar. Aber genau das wollte er. Die Qual der Hilflosigkeit. Die Qual, sie nutzlos irgendwo sitzen zu lassen, eingesperrt in einem Käfig, unfähig, etwas zu tun. Sie warten zu lassen, während er das Spiel kontrolliert, ihr Schicksal kontrolliert, das Schicksal ihrer Kinder kontrolliert. Sie stellte sich vor wieviel Angst die Kinder haben mussten, ohne ihre Mutter, hoffend, dass sie bald kommt, um sie zu retten, nicht begreifend, warum sie in einem Raum von einem Fremden gefangen gehalten werden, sich fragend, warum ihre Mutter noch nicht gekommen ist, um sie zu befreien.

Die Schuld hatte sich bereits eingeschlichen und sie war noch nicht einmal im Käfig.

Sie sah auf die Schatulle, bereit sie zu öffnen.

Hast du das auch aus meinem Haus gestohlen, Teddy? Was hast du dort gefunden, um mich zu foltern?

Sie drückte den Deckel, öffnete ihn und knallte ihn sofort wieder zu, als sie sah, was darin lag.

KAPITEL 11

DJ

DJ STÜRMTE protestierend aus Jim Rutherfords Büro.

Was als ein angenehmes, hilfsbereites Gespräch begann, entwickelte sich zu einem großen Durcheinander und verdarb seine Stimmung. Aber zwei Spuren blieben ihm. Die Ehemann-Theorie war auf Sand und Spekulation gebaut, während Rutherfords Sohn, Teddy, gerade zum Hauptverdächtigen wurde. Der genaue Ausdruck »Bist Du bereit das Spiel zu spielen«, kombiniert mit seinem zeitlich passenden Verschwinden zu einem unbekannten Golfturnier, reichten aus, seiner Spur zu folgen.

Diese war jedoch nicht so konkret, wie er es gerne hätte, denn das Motiv fehlte und er wollte noch weitere Beweise, bevor er eine Fahndungsausschreibung für den Kerl herausgeben würde, um ihn zu vernehmen. Er wollte keine Anklage riskieren, falls Teddy Rutherford tatsächlich am 18. Loch auf dem Riverside oder Heron Lakes Golfplatz stand.

Er rief das Revier an und bat sie, nach allen Golfturniere in der Gegend zu suchen. »Ruft mich an, wenn Ihr welche findet. Ruft mich noch schneller an, wenn Ihr keine findet.«

DJ wandte sich an den nächsten Angestellten, einen schäbig aussehenden Kerl mit fettigen, ungewaschenen Haaren und pickeliger Haut. Er ging auf Barkers Version der 'Dampfwalze' über, eine Taktik, die er verwendete, um jemanden zu überrumpeln und einzuschüchtern. *Bienen mit Honig, DJ, aber wenn nötig, hau auf die Pauke*.

DJ sagte: »Name und Rang, Soldat.«

Der Typ sah von seinem Laptop auf. »Wie bitte?«

»Ich sagte Name und Rang, Soldat.«

»Mein Rang?«

Funktioniert nicht bei den Ahnungslosen, Barker. Er sagte: »Vergiss es. Wie heißt du?«

»Jeremy. Und Sie sind ...?«

»Detective Johnson«, sagte er und ließ seinen Ausweis sehen. »Wo finde ich Sara Winthrops Assistentin?«

Jeremy zuckte zurück. Er gab ein Einfaches »Oh« von sich und fügte hinzu: »Nicht sicher. Ich glaube, sie ist schon weg.«

»Weg?«

»Ja. Ziemlich sicher.«

»Wie sicher ist ziemlich sicher?«

»Naja, ich meine, sehr, vermute ich mal.«

»Du vermutest?«

Er zeigte auf die Tür. »Ich hörte, wie sie jemandem dort drüben sagte, dass sie sie morgen sehen würde.«

»Du hast *gehört*? Hast Du sie tatsächlich weggehen *sehen*?«

»Irgendwie.«

»Irgendwie?« *Was hat er zu verbergen?* »Komm schon, entweder hast du sie oder hast du sie nicht gesehen – was denn jetzt?«

»Ich habe sie gesehen.«

»Und du bist sicher?«

»Sicher«, sagte Jeremy und fügte dann widerstrebend hinzu,

»Sie hat eine tolle Figur. Ich schaute auf ihren Arsch als sie ging. Also ja, ich sah sie gehen. Sie haben mich erwischt. Schuldig im Sinne der Anklage.«

Jesus. Er schämt sich nur. »Nicht gerade ein Verbrechen, Kleiner. Wann war das?«

»Gegen zehn«, sagte er und hielt inne, um nachzudenken. »Ja, um zehn Uhr. Sie und Teddy gingen kurz vor dem Team-Meeting.«

DJ stemmte seine Hände in die Hüften und schaute ihn prüfend an, um zu sehen ob er lügt. Kein Zucken, kein vermiedener Augenkontakt, kein Hinweis auf Täuschung in seiner Körpersprache. Er schien sauber zu sein. Einfach nur ein armer Trottel, der zufällig einen, für ihn unantastbaren, Hintern aus der Ferne bewundert hatte. Am richtigen Ort, zur richtigen Zeit.

Also sind das Mädchen, das am meisten über Sara weiß, und der Mann, der eine Verbindung zum Zettel hat, beide weg und sie sind ungefähr zur selben Zeit gegangen. Zufall?

Jeremy sagte: »Sonst noch etwas? Ich hab's eilig, Mann.«

»Du sagtest, du hättest sie sagen hören, sie würde morgen jemanden sehen? Hast Du eine Ahnung, wen sie meinte?«

»Hier arbeiten so um die 45 Leute. Ich schätze mal, Sara.«

DJ seufzte. »Nicht wahrscheinlich.« Sackgasse. Er war nicht ganz so aufmerksam, wenn er nicht einem tollen Arsch hinterher glotzen konnte. »Was weißt Du von Mrs. Winthrop?«

»Hat sie Schwierigkeiten?«

»Nichts illegales. Wie würdest Du sie beschreiben?«

Jeremy dachte einen Moment nach und sagte: »Ungefähr ein Meter siebzig. Braunes Haar, braune Augen ...«

»Nicht ihre Figur – ihre Persönlichkeit. Versteht sie sich

hier mit Leuten? Gibt es einen Grund zur Annahme, jemand könnte ihr feindselig sein?«

»Nicht, dass ich wüsste. Sie ist ein bisschen wie ein Schälchen Eis. Kalt, aber süß.«

»Ein Schälchen Eis, was? Hast du dir das selbst ausgedacht?«

»Ich schreibe einige der kreativen Handlungen für unsere Spiele. Das lässt mich in Metaphern denken.«

»Klingt nach einem unterhaltsamen Job. Und Teddy Rutherford? Was für ein Nachtisch ist er?«

»Ähm… ein Zuckerkeks?«

»Wieso das?«

Jeremy sah sich nach neugierigen Ohren um. »Versprechen Sie, dass Sie ihm nichts sagen?«

»Ich verspreche es.«

Mit einem Hauch von Lächeln sagte er: »Er denkt, er ist was Besonderes, aber in Wirklichkeit ist er nur klein und langweilig.«

* * *

DJ VERLIES LIGHTPULSE und fragte sich, wohin er als Nächstes gehen sollte. Vielleicht sollte er sich mit Barker treffen, um zu sehen, ob er von den Zeugen im Rose Garden etwas Genaueres erfahren hatte und ihn über Teddy Rutherford und die abwesende Assistentin informieren. Oder sollte er Saras Freunde und Nachbarn befragen, was sie schon vor Stunden hätten tun sollen, anstatt wertvolle Zeit mit nutzlosem Theoretisieren über Brian Winthrop zu verschwenden?

Verdammt. Wir vermasseln den Fall. Und wie!

Der Rest seiner Gespräche mit anderen Angestellten erwies sich als ebenso unbedeutend wie Jeremys Zuckerkeks.

Der allgemeine Eindruck, den das Büro von Sara hatte, war genauso wie Jim Rutherford es beschrieben hatte. Sie war streng, aber ermutigend, eine Mitarbeiterin wie alle anderen, aber respektiert. Sie haben ihre hitzigen Begegnungen mit Teddy gesehen, aber es war nichts anderes, als ihn in seine Schranken zu weisen, genau wie es der Rest ihres Managements täglich tat.

Diejenigen, die mit ihr außerhalb des Büros Kontakt hatten, fanden, dass sie eine gute Mutter war und fanden, dass sie mit dem Verschwinden ihres Mannes gut fertig wurde. DJ spürte, dass ihre Persönlichkeit bei LightPulse völlig anders war als in ihrem Privatleben, was ganz normal war für jemanden, der zwischen Beruf und Familienleben jonglierte.

Von den Antworten, die er erhielt, urteilte er, dass Teddy im Büro allgemein unbeliebt war. Aber entweder wusste er es und es war ihm egal, oder er schwebte über den Wolken mit der Einbildung, Gottes Geschenk an die Menschheit zu sein. Sein Napoleon-Komplex reichte nicht aus, den Kerl zu verdächtigen, aber seine Verbindung zu Saras Zettel und der Zeitpunkt, zu dem er das Büro verlassen hatte, reichten aus, DJ misstrauisch zu machen.

Aber was ist mit seinem Vater? Er wusste, woher der Satz auf dem Zettel kam. Ist er ein Verdächtiger?

Jim Rutherford kam nur vage als Verdächtiger in Frage. Er hatte, mit einer Entführung der Kinder seiner Star-Mitarbeiterin, zu viel zu verlieren und zu wenig zu gewinnen,

»Lass Dich nicht aufhetzen, DJ«, sagte er zu sich selbst. »Konzentriert bleiben.«

Sein Handy klingelte. Er bog auf den nächsten Parkplatz ab, hielt an und antwortete. »Johnson.«

»Ich habe ein paar Infos zu diesen Golfturnieren, JonJon.«

»Im Ernst, Davis? Du auch schon?«

Ein Kichern und dann: »Dein Spitzname macht einfach Spaß, DJ. Konnte nicht widerstehen.«

»Was auch immer. Die Golfturniere?«

»Nichts. Keine geplanten Tourniere bis zum Wochenende.«

Das ändert jetzt alles. »Was hast du über Teddy Rutherford herausgefunden?« fragte er, und buchstabierte dann den Nachnamen.

»Warte eine Sekunde.«

DJ hörte das Klappern der Tastatur, als Sergeant Davis die Information abrief. Während er wartete, fragte er: »Hat Barker sich schon gemeldet?«

»Ja. Er sagte, er habe dich angerufen. Du sollst ihn so SCHNELL wie möglich zurückrufen. Okay ... Theodore Alan Rutherford, letzte bekannte Adresse ... 1848 Graystone. Beeindruckende Adresse. Der Typ hat sicher eine goldene Toilettenbrille.«

»Irgendwelche Vorstrafen?«

»Zwei. Nichts Besonderes. Einen Strafzettel und da war ein Vorfall vor sechs Jahren; Sieht so aus, als wäre es eine Kneipenschlägerei gewesen.«

»Schickt ein Auto zu seinem Haus.«

»Sollen wir ihn zum Revier bringen?«

Der Ausdruck »Bist Du bereit das Spiel zu spielen« und jetzt keine Golfturniere. Mehr hatte er nicht »Wenn er da ist. Wenn nicht, fangt an, ihn zu suchen.«

Als nächstes rief er Barker an.

Barker antwortete verärgert: »Wo zum Teufel warst du?«

»Bei LightPulse, fragte ein bisschen herum. Ich glaube, wir haben vielleicht eine Spur.«

»Gut. Ich habe hier nicht viel gefunden. Eine der Zeugen sagte, sie hätte eine nackte Frau gesehen. Sie sagte auch, dass sie dann wieder ein paar Klamotten anzog und den Hügel hinuntergerannt ist, in Richtung Stadt.«

»Zu Fuß?«

»Als hätte sie es verdammt eilig gehabt. Aber, mein Gott, wer hätte das nicht, wenn er nackt vor hundert Fremden gestanden hätte?«

»Richtig. Sara verließ die Schule in einem Sienna Hybrid. Beige, glaube ich. Wurde das Auto schon irgendwo gesichtet?«

»Verdammt, Cowboy, das hättest du vielleicht schon eher erwähnen können. Eine Frau hat mir erzählt, dass sie die nackte Frau vom Parkplatz erkannt hat. Hellbrauner Minivan, sagte sie, aber jetzt ist er nicht da. Nicht dort, wo er vorher war, jedenfalls.«

»Wenn sie zu Fuß weggerannt ist und nicht zurückkam, um ihn zu holen, wo ist er dann?«

»Besser noch, wer hat ihn abgeholt?«

»Lass das jemanden untersuchen und wir treffen uns am Haus: 1848 Graystone. Davis hat jemanden hingeschickt, aber ich denke wir müssen uns das selbst ansehen.«

»Das Haus? Hast du einen Verdacht?«

»Einige, aber noch kein Motiv.«

»Ist der Ehemann einer davon?«

Nein, Barker. Jesus, lass das jetzt.

»Negativ. Teddy Rutherford, Sohn des LightPulse-Präsidenten. Wir sehen uns in fünfzehn Minuten. Ich erkläre es dir später.«

* * *

Als DJ Teddy Rutherfords Haus in der Nähe von Portland Heights erreichte, wartete Barker bereits auf ihn. An sein Auto gelehnt, bewunderte er das Haus aus der Ferne. DJ parkte hinter ihm.

Barker pfiff, als er auf ihn zuging. »Was meinst Du? Fünf Millionen? Wie können sich Leute so was leisten?«

»Das Geld seines Vaters auszugeben tut bestimmt nicht weh.« DJ blickte zum Haus. Sein eigenes Schuhkarton großes Haus passte problemlos dreimal da hinein. Modernes Design mit vielen geraden Linien und kistenartigen Kanten. Graues Äußeres mit weißer Verzierung. Kopfsteinpflasterwege führten zu einer himmelblauen Tür. Der üppige Garten ließ den Eindruck entstehen, als hätte sich das Haus in einem Dschungel versteckt, anstatt ein Ort zu sein, wo man sich richtig zu Hause fühlen könnte. Ein riesiges dreiteiliges Fenster war an der linken Seite und auf der gegenüberliegenden Seite der Vordertür bildeten ein paar rechteckige Fenster ein wellenförmiges Muster.

Barker sagte: »Mir wird schwindelig, wenn ich es mir ansehe. Erinnert mich an diese blinkenden Cartoons, die bei Kindern Krampfanfälle auslösen. Würdest Du in so einem Ding leben?«

»Wenn ich *Dein* Gehalt hätte, könnte ich.«

»Mein Gehalt reicht nicht aus, ein Zimmer in diesem Ding zu mieten, Cowboy.« Er neigte sich zur Seite, um DJ anzusehen. »Was ist hier los? Die anderen gingen vor ungefähr fünf Minuten weg. Niemand zu Hause.«

»Verdammt. Es ist nie einfach, oder?«

»Du wirst es eines Tages lernen.«

»Und ich bin sicher, Du wirst es Dir dann zum Verdienst anrechnen.«

DJ erzählte die Details seines Besuchs bei LightPulse. Das beschissene Treffen mit Jim Rutherford. Die Verbindung zu Teddy und dem Zettel. Das Golfturnier und, dass momentan gar keine Tourniere stattfanden, die unerklärlich abwesende Assistentin und ihr zufällig zeitiges Verlassen des Büros, und das Necken, das Teddy Rutherford dulden musste und ihn verärgerte, oder auch nicht. »Die Spur ist da«, sagte er, »aber ich glaube nicht, dass es für ein Motiv ausreicht.«

Barker sagte: »Was wir fühlen und was wir argumentieren können...«

»... *schlafen nicht im selben Bett zusammen.* Ich weiß, Barker. Ich weiß.«

»Ich wünschte, Du würdest aufhören, mich zu unterbrechen.«

»Das brauche ich nicht. Dein Gequatsche ist für immer in mein Gehirn eingeprägt.«

»Eines Tages könnte ich Dich mit etwas ganz Neuem überraschen.«

»Wenn der Moment kommt, bin ich ganz Ohr.«

Barker nahm eine Zigarette aus der Packung. Er zündete sie mit einem Klick an, klappte seinen Zippo Anzünder zu, nahm einen langen Zug und atmete langsam aus, sodass sich der aufsteigende Rauch in der Brise auflöste. »Was jetzt, Cowboy? Wir haben eine vermisste Frau, ihre vermissten Kinder, einen vermissten Ehemann, einen vermissten Verdächtigen, und eine vermisste Assistentin.«

»Vergiss die vermisste Babysitterin nicht. Ms. Bluesong.«

»Mir scheint, wir machen genau das Gegenteil von unserem Job. Wir verlieren Menschen, anstatt sie zu finden. Ich bin mir nicht sicher, ob ich jemals so weit in die falsche Richtung galoppiert bin.«

DJ beschloss, seinen Partner nicht an all die Zeit zu erinnern, die sie an diesem Morgen damit verschwendet hatten, um Rauchwolken zu jagen, die sich schneller auflösten als der

Rauch, der aus seiner Lunge kam. »Wir sind jetzt hier. Wir könnten uns genauso gut mal umschauen.«

Barker stand bewegungslos da, rauchte seine Zigarette und starrte das Haus an.

»Nun?«, fragte DJ.

»Immer mit der Ruhe. Ich überlege.«

»Du überlegst *WAS*, Barker? Wir müssen ...« DJ blieb mitten im Satz stecken, als die Haustür aufging.

Die junge Frau, die aus der Tür stolperte und auf sie zukam, war halbnackt und hatte einen weißem Stoffstreifen um das linke Handgelenk und um den rechten Knöchel gewickelt. Ihr lila T-Shirt war zerrissen. Was wie ein Ballknebel aussah, baumelte wie eine sadistische Kette an ihrem Hals. Ihre Beine waren mit Schnittverletzungen und blauen Flecken übersät, die so auffällig waren, dass DJ sie und ihr blaues Auge, aus einer Entfernung von fünfzehn Metern deutlich sehen konnte.

Barker erstickte an seinem Zigarettenrauch und hustete heftig.

DJ sagte: »Heilige Scheiße.« Er rannte auf sie zu und rief zurück: »Ruf den Notruf an, Barker. Jetzt!«

»Helft mir«, sagte sie und brach auf dem Gehweg zusammen.

KAPITEL 12

Sara

SARA ÖFFNETE das Schmuckkästchen wieder, während der Fahrer nach Osten in Richtung Gresham und Powell Valley fuhr. Sie musste sicher sein, dass das, was sie gesehen hatte, kein Trick ihrer Vorstellungskraft war. Könnte es die Erschöpfung sein? Halluzinierte sie? Es war möglich. Sie war fertig. Körperlich bis zum Zusammenbruch und geistig bis zu dem Punkt, an dem man Dinge sieht, die nicht existieren.

Das Objekt war ein Relikt der Vergangenheit, die zum Leben wiedererweckt wurde. Es war eine Erinnerung, die sich in einer greifbaren Form manifestierte. Es war die Auferstehung eines Toten.

Sara schaute wieder hinein und bereute es sofort. Es lag regungslos da, genau dort, wo es dreißig Sekunden zuvor auch war, und wollte, dass sie ihn in die Hand nimmt und fühlt.

Brians Ehering. Das ist doch nicht möglich.

Sie griff in das Kästchen, nahm ihn heraus und betrachtete ihn im Licht. Das dicke Band aus gehämmertem Wolfram fühlte sich kühl an. Die getönten Autoscheiben erschwerten das Sehen, aber es *sah aus* wie Brians Ring. Sie hielt ihn an der

Außenseite fest und drehte ihn, bis sie einen besseren Blick auf die Innenseite hatte. Sie wollte es nicht wahrhaben, aber –

Die Inschrift lautete:

Für Immer Dein – SLW

Eine Sturmflut von Emotionen – Wut, Frustration und Hoffnung zugleich – strömten durch ihren Körper und strömten in jede Ecke ihres Wesens wie eine drei Meter hohe Wasserwand, die durch Küstenstraßen schwappte. Sie riss weg, was von ihrer Stabilität übrig war, zersplitterte sie, zermahlte sie zu Scherben, bevor sie sich zurückzog und Saras Verstand mit sich zog.

Sie atmete so tief ein wie es ihre verengten Lungen zuließen und stieß einen Todesschrei aus. Der Fahrer duckte sich und drehte sich um. Sie schlug mit den Fäusten auf das Metallgitter zwischen ihnen und rüttelte es mit aller Macht. Sie schlang ihre Finger durch die Löcher und schüttelte und schüttelte und schüttelte, zog und zerrte und versuchte, es loszureißen, damit sie die Augen des Fahrers auskratzen und ihre Finger um seinen Hals drücken könnte, um ihn zu erwürgen, oder ihm in die Brust greifen könnte, um sein noch schlagendes Herz herauszureißen.

Als er sich nicht umdrehte, ihr keine Aufmerksamkeit schenkte und nichts weiter tat, als den Blinker anzuschalten, um nach links abzubiegen, löste dies eine so tiefe Wut in Sara aus, dass sie Krämpfe in den Füßen spürte. Sie schrie. Sie tobte. Sie schlug auf das Metallgitter ein, bis ihre Hände bluteten. Sie rief: »Wer bist Du? Warum tust Du das? Woher hast du den Ring meines Mannes?«

Sie schrie und schrie jede Frage, die ihr einfiel, jede Frage, die sie seit dem frühen Morgen plagten. Sie wusste, dass ihr

Wutanfall, der sich zu einer Hiroshima-artigen Explosion ausbreitete, gegen alle von Teddys Regeln verstieß, aber sie konnte sich nicht mehr beherrschen. All die Emotionen, die sie in den letzten zwei Jahren unterdrückt hatte und all die Sorgen, den Stress und die Angst, die sie vor den Kindern verborgen gehalten hatte, explodierten jetzt in diesem Auto und die Mauern, die sie um ihre Psyche herum gebaut hatte, explodierte mit.

Sara schrie, bis ihre Kehle rau war und ihre Stimmbänder brannten. Jeder Muskel in ihrem Körper schmerzte von dem Wutausbruch, und als keine Worte mehr kamen, sackte sie erschlafft in ihrem Sitz zusammen.

Sie sah auf Brians Ring auf ihrer offenen Handfläche. Das Nachbeben des Schmerzes ließ ihre Hand zittern und sie spürte, den pochenden Puls in ihren geschwollenen Händen.

Was hast du ihm angetan?

Sie versuchte es ein letztes Mal mit dem Fahrer, diesem stoischen Kurier, der ihr dieses Kästchen mit diesem quälenden Inhalt gegeben hatte. »Wo hat Teddy das her?«

Nichts.

So viele Fragen. Keine Antworten. Bedeutete der Ring, dass Brian noch lebte? Oder schlimmer noch, bedeutete es das Gegenteil? Welche mögliche Verbindung könnte es zwischen Teddy und Brian geben?

Ihr Chauffeur, der wie eine Statue auf dem Fahrersitz saß, hielt am Straßenrand an. Sara setzte sich auf und versuchte herauszufinden wo sie sich befanden, erkannte aber die Gegend nicht. Irgendwo östlich von Portland, aber noch nicht ganz in Gresham. Der Fahrer streckte die Hand aus und reichte ihr einen grünen Stoffstreifen durch das Gitter.

»Wofür ist das?«

Seine einzige Antwort war: »Augenbinde.«

Empört sagte sie: »Das trage ich nicht.«

»Augenbinde.«

»Nein.«

»Augenbinde.«

Sie biss die Zähne zusammen. »Ich sagte nein.«

Der Fahrer streckte die Hand aus und nahm etwas vom Sitz neben sich. Er hielt die Reste von Jacobs Tyrannosaurus Rex T-Shirt hoch, das er an diesem Morgen zur Schule getragen hat. Dasselbe das er so oft getragen hatte, dass die Farbe schon zu vergilben begann. »Augenbinde.«

»Wenn ihr ihm etwas antut »

»Augenbinde.«

Sie riss den grünen Stoffstreifen von seinem Metallgriff. »Wenn Ihr ihm oder meinen Mädchen etwas angetan habt ... Wenn ich lebend aus diesem verdammten Spiel herauskomme und jemals herausfinde, wer du bist, kannst du nur zu Gott beten, dass dann wieder ein Gitter zwischen uns ist, wenn ich dich finde. Verstehst du mich?«

»Augenbinde.«

Sara wickelte das Tuch um ihren Kopf, bedeckte ihre Augen und es wurde noch dunkler in einer Welt, die bereits dunkel war. Sie drehte das Material, bis sie eine dünne Stelle in dem alten T-Shirt fand, sodass sie gerade genug sehen konnte, um im Sonnenlicht Formen zu erkennen.

Was nützt es mir? »Fertig«, sagte sie.

Sie hörte, wie er Sachen auf dem Beifahrersitz hin und her schob, hörte das vertraute Klicken der Finger auf einer Tastatur. Stille. Mehr klicken.

»Was machst du? Hast du mich gehört? Ich sagte, ich bin fertig.«

Das Auto begann wieder sich zu bewegen. Der Fahrer

schaltete das Radio ein. Klassische Musik dröhnte aus den Lautsprechern und übertönte jeden anderen Laut.

Ich kann nicht mit den Ohren sehen, wohin wir gehen, Arschloch. Die Augenbinde reicht schon.

Aber mit eingeschränkter Sicht verstärkten sich ihre anderen Sinne. Sie spürte das raue Material des Autositzes auf der Rückseite ihrer Beine. Das Pochen in ihren geschwollenen Händen. Das Gewicht des Schlüssels in einer und des Ringes in der anderen. Sie spürte die Vibration der Reifen, die über schlechte Straßen rollten. Jedes Schlagloch fühlte sich an, als würden sie fallen. Jede Steigung, eine Achterbahn, die auf ihren Scheitelpunkt zuläuft. Sie roch die Reste von Erbrochenem. Sie erinnerte sich an den Apfel und die Flasche Wasser.

Bewahre es auf. Du kriegst sonst vielleicht nichts mehr.

Ich hoffe, sie füttern die Kinder. Sie haben heute Morgen nicht viel gegessen. Oh Gott, warum habe ich sie nicht dazu gezwungen, zu Ende zu frühstücken?

Atme... atme... atme...

Alles wird gut.

Sara wiederholte das Mantra in ihrem Kopf und sagte es sogar einige Male laut, aber es half nichts. Egal wie sehr sie versuchte, sich davon zu überzeugen, dass das Ende des Spiels gut ausgehen würde, egal wie viele alternative Endszenarien sie sich ausdachte, das Gefühl, dass etwas Schreckliches passieren würde, ging nicht weg.

Zu sagen, dass sie in eine Depression abglitt war eine Untertreibung. Sie raste kopfüber nach unten auf den wartenden und unvermeidlichen Grund zu. Sie dachte darüber nach, wie selten ein Happy End in der realen Welt vorkam. Man erhielt die Ergebnisse und musste sie akzeptieren und weitermachen, unabhängig vom Endergebnis, oder den Umständen.

* * *

SIE HATTE keine Ahnung, wie lange sie gefahren sind. Zwanzig Minuten? Ein halbe Stunde? Sicherlich waren sie nicht mehr in der Stadt; wer weiß, vielleicht ist er auch wieder zurückgefahren. Es war zu schwer mit den flüchtigen Blicken durch den Stoff zu erkennen, wohin sie fuhren, aber es lohnte sich nicht, einen Blick zu riskieren. Wenn der Fahrer sah, dass sie versuchte einen Blick auf die Umgebung zu werfen, könnte ein Anruf bei Teddy mehr Schmerzen für ihre Kinder bedeuten.

Das Auto ratterte und holperte und Sara hatte das Gefühl, dass sie sich nicht mehr auf einer asphaltierten Straße befanden. Die Vibrationen waren unterschiedlich. Robuster und schonungsloser. Wohin er sie auch fuhr und wie lange es auch dauerte, es war weit von jeglichem Ort entfernt, an dem sie sein wollte.

Wie zum Beispiel auf ihrer Veranda, auf ihrem Schaukelstuhl, wo sie den Kindern zuschauen konnte, wie sie im Garten Fangen spielen. Oder in ihrem Wohnzimmer, wo sie nach dem Abendessen gestern mit einem Puzzle gespielt haben. Sie war zwischen den Zwillingen gelegen und hat ihnen eine Gutenachtgeschichte vorgelesen, während ihr kleiner Junge mit offenem Mund, auf der anderen Seite des Flurs, auf seinem Lieblingskissen schlief.

Das haben wir gestern gerade gemacht. Scheint als wäre das schon ein Jahr her. Ich vermisse die Kinder so sehr.

Sie steckte Brians Ring auf ihren linken Daumen.

Und dich vermisse ich auch, Schatz. Was ist an diesem Tag passiert? Wohin bist du gegangen? Wie ist Teddy zu deinem Ring gekommen?

Das Radio verstummte. Der Fahrer bog nach links ab und

schleuderte Sara zur Seite. Dann trat er auf die Bremse, was sie nach vorn und gegen das Gitter warf. Ohne etwas sehen zu können war es unmöglich zu wissen, wo sie sich festhalten sollte.

»Aua«, sagte sie und rieb sich die Aufprallstelle an der Stirn. »Wie wäre es mit einer kleinen Warnung, Arschloch?«

»Sorry«, sagte er und stellte den Motor ab.

»Hast Du Dich gerade bei mir entschuldigt?«

»Ja.«

»Warum?«

Fünf Sekunden vergingen. Zehn. Er rutschte auf dem Vordersitz herum. Seine Finger klopften auf das Lenkrad. Seine Reaktion nicht sehen zu können, irritierte sie.

Er sagte: »Schuld.«

»Schuldgefühle? Schuldgefühle für die Beule an meiner Stirn oder Schuldgefühle für das, was Du hier tust?«

»Beides.«

»Also *bist Du doch* ein Mensch.«

Noch eine lange Stille, dann ein niedergeschlagenes »Manchmal«.

Mit ihrem gesteigerten Gehörsinn bemerkte Sara das Bedauern in seinem Tonfall. Sie wunderte sich, ob es helfen würde, wenn sie ihm Fragen stellen würde. Sie brauchte einen Verbündeten. »Warum machst Du das?«

»Darum.«

»Darum? Darum? Was ist das für eine Antwort? Was wäre, wenn es Deine Kinder wären? Hast Du Kinder?«

Er trommelte, trommelte, trommelte auf das Lenkrad. »Eins.«

»Ehrlich? Und Du tust mir so etwas an?«

»Sorry«, sagte er wieder. Er klang frustriert und sie wollte ihn nicht zu sehr drängen, und ihn in die falsche Richtung bewegen.

»Junge oder Mädchen?«, fragte sie.

»Junge.«

»Wie alt?«

»Acht.«

»Es ist ein gutes Alter. Ich erinnere mich, als meine Mädchen acht waren. Wir hatten so viel Spaß beim Verkleiden und Schauen von Disney-Filmen. Zwillinge. Viel Arbeit. Mein Sohn, er ist fünf. Typischer Junge, weißt du? Dreck und Eidechsen und Monster Trucks. Wie heißt dein Soh...«

»Sei still!«

Sie kam durch. Sie konnte es fühlen.

Langsam, Sara. Geh nicht zu weit. Dringe ihn zu sehr und er wird sich gegen dich wenden.

Sie sagte: »Ist schon okay. Du musst es mir nicht sagen. Ich muss es ja nicht wissen.« Sie beugte sich vor und wurde leiser. »Sind kleine Jungs nicht die Besten? Was gefällt Dir am besten an ihm?«

»Lächeln.«

»Liebst Du nicht das schelmische Grinsen, das sie haben? Meiner hat die süßesten Grübchen. Und die Sachen die er sich ausdenkt...«

»Genug«, sagte der Fahrer.

Sara hörte, dass er seine Tür öffnete und dann das Warnsignal, das ertönt, wenn man den Schlüssel stecken lässt. »Warte«, sagte sie. »Es tut mir leid. Sei bitte...«

Ihre Tür öffnete sich und dann griff eine raue, behandschuhte Hand nach ihrem Oberarm. Er drückte fest zu und zog sie aus dem Auto. Er war stark und für einen Moment war sie mit den Füssen in der Luft und schlug dann mit dem Gesicht auf den Boden. Ihre Unterlippe platzte. Sie spuckte eine Mischung von Dreck und Blut aus. Sie versuchte aufzustehen, aber sein Fuß auf ihren Rippen hielt sie am Boden.

»Bleib hier«, sagte er.

Sie gab nach, rollte sich auf den Rücken und hob kapitulierend die Hände.

Sie hörte, wie er wegging, beide Autotüren zuschlug und sich seine Schritte entfernten.

Ich könnte jetzt wegrennen.

Ich habe keine Ahnung, wo ich bin. Er hat ein Auto. Das schaff ich nie.

Und Teddy könnte die Kinder wieder bestrafen.

Könnte?

Sara fuhr sich mit der Zunge über die Unterlippe und spürte die Schwellung. Blut sickerte in ihren Mund. Sie schluckte es und hatte Angst, sich zu bewegen. Sie hatte Angst, er würde sie verletzen, wenn sie nicht gehorchte.

Die Sonne erwärmte ihr Gesicht und von oben kamen die Geräusche raschelnder Blätter; Äste wogen im Wind und knarrten. Irgendwo in der Nähe floss ein Bach über Steine und Felsen. Ein Vogel zwitscherte.

Du bist zu weit gegangen. Du hattest ihn.

Er sagte, er fühle sich schuldig.

Schuldgefühle könnten sich positiv für mich auswirken.

Sie hörte, wie sich schwere Stiefel, auf Kies, herannahten. Sie lag still.

Was, wenn ich ihn überrasche? Dem Bastard in die Eier trete?

Was ist dann? Was ist, wenn er eine Waffe hat? Was passiert, wenn ich tot bin?

Was ist, wenn ich die Waffe von ihm nehme? Ihn zwinge, mich zu den Kindern zu bringen?

Was ist, wenn er gar nicht weiß, wo sie sind? Schlechte, schlechte Idee. Zu viele Sachen könnten schief gehen.

Ich kann es schaffen. Ich bin sicher, dass ich...

Ihre Fluchtplanung endete, als sie eine Hand in ihren Haaren spürte und er sie vom Boden hochzog. Es tat weh, aber sie weigerte sich zu schreien, weigerte sich, weitere Anzeichen von Schmerz zu zeigen.

Sara hörte etwas, das wie das Knistern einer Papiertüte klang, und fühlte, wie er sie in ihre Hand drückte.

»Geh«, sagte er, drehte sie um und stieß sie weiter vorwärts.

Er führte sie und verstärkte den Griff um ihren Oberarm. Sie stolperte über etwas wie eine Wurzel und er half ihr hoch. Sie stapften bergab und dann wieder bergauf, wobei Äste an ihrer Haut kratzten. Die Spitze eines gebrochenen Astes bohrte sich in ihren Oberschenkel. Blut rann ihr Bein hinab.

»Schneller«, sagte er.

Die Stimme kam von oben, Meilen und Meilen über ihrem Kopf. Sie versuchte sich daran zu erinnern wie groß der Kerl im Rose Garden war, der Typ, der mit ihren Minivan wegfuhr. Mit der Augenbinde konnte sie ihn nicht sehen, aber ihr sechster *Sinn* sagte, dass er derselbe Mann war.

Groß. Dunkles Haar. Blaue Augen.

Der Gedanke löste eine Erinnerung von dem Morgen aus.

Der Typ. Der Große im Supermarkt? Hat er mich verfolgt? War das der Grund, warum er mich so gemustert hat?

Soll ich fragen, ob er es war? Ihn aus dem Gleichgewicht bringen? Er wird nicht erwarten, dass ich mich erinnere.

Er zog sie nach rechts und führte sie in eine andere Richtung. Sie riskierte es und sagte: »Es ist so schade.«

»Was?«

»Im Lebensmittelgeschäft warst Du so nett.«

Er antwortete nicht, aber sein nächster Schritt war etwas verzögert.

KAPITEL 13

DJ

DJ UND BARKER standen vor dem Rutherford Haus und sahen zu, wie Sanitäter die junge Frau in den Krankenwagen luden. Sie fuhren mit Anweisungen davon, dem Arzt zu sagen, er solle anrufen, sobald sie stabil und kohärent war. DJ versuchte, mit ihr zu reden, als Barker im Haus war, und fragte sie, was passiert sei aber ihre Wahnvorstellungen ergaben keinen Sinn.

Er sagte: »Ich weiß nicht, Barker. Sie war so verpeilt. Sie sagte etwas von einer Frau, die ihr sagte, dass ihr nichts passieren würde, sie solle sich keine Sorgen machen.«

»Eine Frau?«

»Sie wiederholte immer wieder: ‚Sie sagte, ich solle mir keine Sorgen machen. Immer und immer wieder. *Sie* sagte, ich sei okay.' Nichts über einen *Kerl.* Nichts über Rutherford.«

»Und?«

»Und was, Barker? Findest du das nicht seltsam?«

»Ja schon, Cowboy, aber ich bezweifle, dass das Mädchen dir sagen kann, welcher Tag heute ist.«

»Ich meine ja nur – es macht keinen Sinn. Hast du irgendetwas im Haus gefunden?«

»Mögliche Anzeichen für einen gewaltsamen Einbruch durch die Hintertür. Ein Stuhl unten im Keller. Ich glaube, dort wurde sie festgehalten. Sie schaffte es, sich zu befreien. Ansonsten ist das Haus sauber. Kein bizarrer Folterraum oder verrückte Sexspielsachen. So wie es aussieht, hat der Typ mehr Geld als Verstand. Du hättest die Größe der Glotze sehen sollen.«

»Einbruch durch die Hintertür, sagst du?«

»War nicht viel. Geschlossen, nicht verschlossen, aber es sah nicht so aus, als hätte jemand mit einem Hammer zugeschlagen. Eher wie mit einem Schraubenzieher aufgestemmt. Der Idiot hat sich irgendwann mal selbst ausgesperrt.«

DJ sah sich das Haus an. Etwas fühlte sich nicht richtig an. »Was fehlt hier? Was sehen wir nicht?«

»Was sehen wir nicht?«

»Wir haben einen Verdächtigen bei einer Entführung, der ein anderes Opfer in seinem Keller hat«, sagte DJ. Er kniff sich in sein Ohrläppchen und dachte nach. »Aber dann gibt es einen möglichen Einbruch und das Mädchen erwähnt eine *Sie*.«

Barker musterte ihn. »Ich komme nicht nach.«

»Was ist, wenn sie hier absichtlich platziert wurde?«

Barker lachte. »Allmächtiger Gott, DJ. Und du sagst, ich habe verdrehten Ideen.«

»Ich gehe davon aus, dass du das Wort ‚hypothetisch' schon einmal gehört hast.«

»Schau her, Cowboy, wenn ich sage, erkunde die Möglichkeiten, dann solltest du nicht sofort einen Bestseller-Krimi schreiben, der sogar James Patterson beschämen würde.«

»Was ist dann deine Theorie?«

»Wer auch immer *sie* ist,«, sagte Barker, »hat sie sich mit Rutherford zusammengetan. Hat unser Opfer mit ein paar süßen Worten angelockt und sie hierhergebracht.«

»Es fühlt sich immer noch nicht richtig an.«

»Ockhams Rasiermessertheorie. Einfachste Erklärung. Je unkomplizierter die Theorie, desto mehr ist sie wahrscheinlich und kann in die Tat umgesetzt werden.«

DJ legte die Hände hinter den Kopf. »Sagen wir mal, wir ignorieren meine wilde Idee vorerst; Wenn Rutherford und diese mysteriöse Frau zusammenarbeiten, muss es mindestens noch eine dritte Person geben, vielleicht sogar mehr, richtig? Er war bis zehn Uhr im Büro und die Winthrop Kinder verschwanden gegen neun an verschiedenen Orten. Während er ein Alibi hatte und im Büro war, war der Rest seines Teams mit seiner Drecksarbeit beschäftigt.«

»Jetzt kommst du schon eher voran. Und wer weiß, wie lange das arme Mädchen unten im Keller war.«

»Aber warum? Wir haben keine Lösegeldforderung. Wir haben irgendeine Frau in ihren Zwanzigern und drei Kinder seiner Kollegin. Wie hängt das alles zusammen?«

»Ich habe dir schon gesagt, dass wir es mit einem Soziopathen zu tun haben. Jetzt könnten es zwei sein. Und wenn sie kein Lösegeld fordern«, sagte Barker, »dann sammeln sie Trophäen.«

Trophäen, dachte DJ. *Das würde mit der Idee zusammenhängen, Sara zum Spielen zu bewegen.*

»Knapp daneben ist auch vorbei. Lass uns aufs Beste hoffen«, sagte er. »Also, ich frage nur ungern, aber wo ist der Ehemann in all dem? Oder spielt er keine Rolle?«

Barker schüttelte den Kopf. »Ich weiß es noch nicht. Aber, wenn er keine Hauptrolle spielt, dann spielt er vielleicht eine Nebenrolle.«

»Glaubst du, er könnte der Dritte sein?«

»Verdammt, ich habe schon seltsamere Dinge gesehen. Komm, lass uns zurück zum Revier gehen und nachsehen, ob diese junge Frau vermisst gemeldet wurde. Vielleicht hat auch das Krankenhaus schon ihre Identität herausgefunden, bis wir zurück sind. Wenn es eine Verbindung zwischen ihr und Mrs. Winthrop oder dem Lord des Schreckenhauses, werden wir eine bessere Spur zu den Kindern haben.«

* * *

DJ sah Barker aus dem Badezimmer kommen und sein Hemd in die Hose stecken. Er sagte: »Das Krankenhaus hat die Identität des Mädchens herausgefunden. Anna Townsend« und überreichte ihre dünne Akte. »Sie war lange genug wach, um ihren Namen zu sagen, und wurde dann wieder ohnmächtig.«

»Können wir mit ihr reden?«

»Der Arzt sagte, wir sollen ein paar Stunden warten.«

»Was hat sie sonst noch erzählt?«

»Anna Townsend... auch bekannt als Stardust.«

»Stardust?«, fragte Barker und öffnete die Akte. »Sie ist eine Stripperin?«

»Sie arbeitet an der Stange in diesem neuen Club namens Ladyfingers.«

»Davon gehört. Nie dagewesen.«

»Glaub ich fast«, sagte DJ leise.

Barker ignorierte ihn. »Was haben wir denn hier ... eine Vorstrafe ... Alkoholmissbrauch am Steuer? 21 Jahre alt. Lass mich raten, sie ist Stripperin, um ihr College zu bezahlen?«

»Nö. Kein durchschnittlicher Stereotyp. Pass auf ... Laut ihrem Ehemann sind sie glücklich verheiratet und haben einen einjährigen Sohn.«

»Ohne Scheiß? Die zwei haben eine offene Beziehung oder sowas?«

»Ihr Mann klang sehr konservativ. Alte High-School-Liebe. Er sagte, sie begann sich auszuziehen, um die Rechnungen zu bezahlen, nachdem er seinen Job verloren hatte. Sie verdient zu gut, um damit aufzuhören, also ist er Hausmann geworden.«

»Ich fass‘ es nicht! Warum hat er sie nicht als vermisst gemeldet?«

»Ich musste es aus ihm herausquetschen, aber er sagte, dass sie immer erst gegen drei Uhr morgens von der Arbeit kommt. Hin und wieder, wenn ein Kerl mit Geld um sich schmeißt, geht sie mit ihm für eine private Show nach Hause. Kein Sex, nur zusätzliche Knete, und dann kommt sie erst gegen sechs oder sieben nach Hause. Er war besorgt, weil sie nicht auf ihr Handy antwortete, wusste aber, dass das wir nichts tun würden, weil sie erst nach vierundzwanzig Stunden als vermisst gelten würde.«

Barker schob die Brille auf seine Stirn und rieb sich den Nasenrücken. »Rein hypothetisch, bezweifle ich, dass es eine Verbindung zwischen einer Stripperin und Mrs. Winthrop gibt.«

»Aber«, sagte DJ, »eine Stripperin und ein Typ mit Geld - das versteht sich von selbst!«

»Lass uns mal im Nachtklub ein paar Fragen stellen. Eines der anderen Mädchen könnte uns vielleicht Informationen darüber geben, wohin sie letzte Nacht gegangen ist.«

DJ stimmte zu, konnte sich aber dem Gefühl nicht entziehen, dass sie sich immer weiter von Saras Kindern entfernten, unabhängig davon, ob sie die Spur von Teddy Rutherford und seiner mysteriösen Partnerin verfolgten, oder nicht.

Dieser Fall wird immer komplizierter, dachte er.

Zwanzig Minuten später betraten sie den Ladyfingers

Gentlemans Club, Portlands jüngste Ergänzung zur wachsenden Zahl von Strip-Lokalen, die der Stadt eine höhere Pro-Kopf-Quote von Strip Clubs gaben als Las Vegas. Einige waren prominent und beliebt; andere waren in Seitenstraßen versteckt mit kaum mehr als einem kleinen rosa Neonschild, das NACKTE MÄDCHEN versprach. Der Markt war noch nicht gesättigt und würde es zweifellos nie sein. Wenn es auf der Welt keine Männer (und Frauen) mehr gäbe, die bereit wären, eine Frau splitternackt zu sehen und dafür zu zahlen, wäre das das das Ende der Welt.

DJ war vor ein paar Jahren einmal in einem Strip Club für einen Junggesellenabschied eines Freundes. Die Erfahrung war unangenehm. Ihm fiel es schwer, den Frauen in die Augen zu sehen, schwer, die Körperteile, die er betrachten sollte, anzustarren und er wusste nicht wohin mit seinen Händen, als er einen privaten Lap Dance, bekam, der ihn fünfzig Dollar kostete.

Er und Barker machten mal ein paar Strip Club Besuche im Dienst und er fühlte sich dann wesentlich sicherer und nicht unter dem Bann, in den die Stripperinnen anscheinend jede Person zogen, die ihnen verzweifelt zuzwinkerten, in der Hoffnung, dass sie ein bisschen näherkommen könnten.

Und Ladyfingers war jetzt sogar noch akzeptabler für ihn, nachdem sie gerade aufgemacht hatten und die Bühnen noch leer waren.

Sie hielten im Vorraum an. Noch keine Kunden, kein Barkeeper, keine Mädchen.

Drinnen roch es wie in jedem Strip-Club der Welt. Alkohol, Mädchenschweiß und billiges Parfüm. Die Luft war dick und süß. DJ wusste, dass der Geruch in seinen Kleidern hängen bleiben würde und er dachte, dass er die Sachen zu Hause wird waschen müssen. Er warf einen Blick auf die dunklen Wände, die Spiegel und die über ihm hängenden Blitzlichter. Hinter der Theke standen Schnapsflaschen und gegenüber war die Hauptbühne einen halben Meter erhöht mit einem markanten, glänzenden Pfahl in der Mitte. Tische und Stühle streckten sich bis in den hinteren Teil des Raumes, wo auf jeder Seite zwei kleinere Bühnen standen.

Er sagte: »Ich weiß nicht warum, aber diese verdammten Clubs wecken einfach ein Unbehagen in mir.«

»Es liegt daran, dass du kein normaler Mensch bist«, sagte Barker.

»Stimmt, aber zumindest ernähre ich nicht die Hälfte der Stripperinnen in der Stadt.«

»Meine Ex kommt nicht zu mir zurück und ich werde nicht jünger, JonJon.«

»Ich weiß, dass es zu deiner Zeit Monate gedauert hat, eine nackte Frau auf Leinwand zu malen, aber du hast schon vom Internet gehört, oder?«

Barker musterte ihn von Kopf bis Fuß und schaute konzentriert auf DJs Gesicht und auf sein Ohr.

»Was ist?«, fragte DJ.

»Suche nach deiner Stummschaltung.«

Eine Barkeeperin tauchte an den Schwingtüren links von ihnen auf und ihre tätowierten Arme bemühten sich, drei Kartone Bier auf einmal zu tragen. Sie bemerkte die beiden: »Noch eine Stunde bis es Titten zu sehen gibt, Jungs. Wollt ihr was trinken?« Sie hob das Bier hoch und stellte alles auf die Theke. Die Flaschen klirrten.

DJ und Barker gingen rüber zu ihr und zeigten ihre Abzeichen. Barker sagte: »Nein, danke. Im Dienst. Detective Barker und Johnson.«

Sie sagte: »Und die Wahrheit kommt raus!«

»Die Wahrheit?«, Sagte DJ.

»Wir haben seit einem Monat auf. Ihr seid nicht die ersten Bullen, die uns besucht haben, aber ihr seid die ersten, die im Dienst hier sind.« Sie öffnete eine der Kartone und begann die Kühlbox aufzufüllen.

Barker sagte: »Ich bin sicher, wir werden auch nicht die letzten sein. Könnte ich ihren Namen haben bitte?«

»Mildred«, sagte sie und machte den nächsten Karton auf.

»Ach ja? Dieser lila Irokesenhaarschnitt passt aber gar nicht zu einem so altmodischen Namen.«

»Daran ist meine Großmutter schuld.«

Barker kicherte. »Ist ja gut. Meine liebe alte Oma hieß auch Mildred.«

DJ warf ihm einen kurzen Blick zu und fragte sich, ob er log. Er erinnerte sich, wie Barker sagte: *»Man kriegt mehr raus, wenn man Leuten ein bisschen Honig um den Bart schmiert, Cowboy.«*

Mildred war fertig mit dem dritten Karton und beugte sich über die Theke. »Ich bin nicht blöd und ich habe viel zu tun, Mann. Jetzt sagt mal, was ihr wollt.«

DJ sagte: »Sie haben eine Tänzerin hier, die Stardust heiß?«

»Anna. Sie ist eine der Besten.«

»Und haben Sie letzte Nacht gearbeitet?«

»Mir gehört der Laden, Detective. Ich bin jeden Abend hier. Ist ihr etwas passiert?«

Barker sagte: »*Es* ist *etwas* passiert, aber wir möchten herausfinden, was genau passiert ist.«

»Oh Scheiße. Sie ist doch nicht tot, oder?« Mildred stand auf und sah von Barker zu DJ und wieder zu Barker.

»Sie lebt, aber sie wird eine Zeit lang nicht arbeiten können«, sagte Barker.

DJ fragte: »Wussten Sie, dass sie nach Feierabend manchmal mit Kunden nach Hause geht, für private Shows?«

»Es verstößt gegen meine Regeln, aber einige Mädchen tun

es trotzdem. Wenn die Schicht zu Ende ist, kann ich sie nicht aufhalten.«

»Hat Mrs. Townsend letzte Nacht jemandem hier besondere Aufmerksamkeit geschenkt? Kleiner Kerl, ungefähr so groß. Wahrscheinlich große Rechnungen mit ein paar zusätzlichen Nullen.«

»Ja«, sagte Mildred. »Aber es war kein Typ. Irgendeine Frau. Sie waren unten am Ende der Bar gesessen und haben die halbe Nacht miteinander geflirtet.«

DJ warf seinem neugierigen Blick auf Barker und Mildred. »Können Sie die Frau beschreiben?«

»Glattes braunes Haar, schulterlang. Großartiges Lächeln. Gute Figur. Zumindest was ich davon gesehen habe. Ich erinnere mich, dass ich dachte, dass sie auf die Bühne gehen könnte, wenn sie Make-up und etwas Glitzer auftragen würde.«

»Gibt es eine Chance, dass sie mit Kreditkarte bezahlt hat?«

»Nein. Sie hatte zwei Martinis und bezahlte beide bar.«

»Gutes Gedächtnis«, sagte Barker.

Mildred griff nach einem Lappen und wischte ein paar Krümel vom Tresen. »Na ja, wenn man lange genug hinter der Theke arbeitet, lernt man auf die Leute mit dem großen Trinkgeld zu achten.«

»Können Sie sich an etwas Außergewöhnliches erinnern?«, fragte DJ. »Etwas, woran wir sie erkennen könnten? Tätowierungen, ungewöhnliche Muttermale?«

»Ähm... nein, nur natürlich hübsch. Ungefähr so alt wie Anna. Tief ausgeschnittene Bluse. Guter Vorbau, als ob sie der Natur ein bisschen nachgeholfen hätte, Sie wissen schon.« Sie konzentrierte sich auf die Arbeitsplatte, als würde sie in ihre Erinnerung starren. »Davon abgesehen ... oh ja, eine Kette mit einem Diamantanhänger, der aussah, als wären zwei Buchstaben ineinander verflochten. Vielleicht waren es Initialen.«

DJ sagte: »Gutes Erinnerungsvermögen.«

»Mit so einem Ausschnitt, wer würde da nicht genauer hinsehen?«

Barker sagte: »Können Sie sich an die Buchstaben erinnern?«

»Nein, so gut ist mein Gedächtnis jetzt auch wieder nicht.«

»Raten Sie einfach mal«, sagte DJ. »Alles hilft.«

»Oh Mann ... okay ... D. Ich würde sagen, einer war vielleicht ein D.«

Barker sagte: »Eine letzte Frage, Miss Mildred. Ist Anna mit ihr weggegangen?«

»Sie war bis gegen halb drei hier. Anna ging ein paar Minuten nach drei. Was sie danach gemacht hat, ... wer weiß?«

»Danke für ihre Zeit«, sagte Barker. »Vielleicht sehen wir uns eines Tages wieder.«

»Der erste Drink geht aufs Haus.«

Auf dem Weg zu Barkers Auto sagte DJ: »Wie viele Kinderschokoeier müssen wir noch knacken, bis wir einen *Schatz* finden?«

»Ich weiß ja. Ich weiß ja. Drück jetzt die Stummtaste, nach der ich vorhin gesucht habe. Der Bluthund hier muss mal eine Minute nachdenken.«

Sie liefen zwei Straßen lang schweigend nebeneinander her.

In der Innenstadt von Portland kann es mitten im Sommer heiß und voll werden, mit all den Menschen, die spazieren gehen, einkaufen und auf Terrassen essen. Heutzutage schien es, als würde jedes kleine Restaurant ein paar Stühle und einen Tisch aufstellen, um etwas im Freien anzubieten. Eine Tasse Kaffee, ein Gebäck, ein Glas Wein und etwas Käse. Es machte Spaß, wenn DJ und Jessica tatsächlich mal die Chance hatten in die Innenstadt zu gehen, um einen gemütlichen Samstag dort zusammen zu verbringen. Aber da er es jetzt eilig hatte und einen Fall lösen musste, war das Navigieren durch den Verkehr und die Leute ein Albtraum.

Mein Gott, es ist drei Uhr an einem Dienstag. Warum seid ihr Leute nicht bei der Arbeit?

Er musste laut reden, um sich von der Menge und den Menschen auf seinem Weg abzulenken, bevor er anfing, jemanden aus dem Weg zu schubsen. Er sagte: »Also wir wissen, dass Anna und die mysteriöse Frau beide gegen 2:30 und 3:00 Uhr in der Bar waren. Das bestätigt, dass es eine »sie« war mit der Anna gesprochen hat. Ich glaube nicht, dass wir sonst noch was herausgefunden haben, oder?«

»Nicht viel, aber vergiss nicht, der heutige Verdächtige wurde vom Buchstaben D gefunden.«

DJ war bereits angespannt und die Möglichkeit, dass Barker der falschen Spuren nachjagte, verstärkte seinen Stress. Er hob die Hände in die Luft. »Barker, das ‚D' könnte alles und nichts bedeuten«, sagte er. »Je grösser das Netz, umso größer die Verwirrung.«

»Ich würde nicht sagen, dass es eine *reine* Zeitverschwendung war. Ich könnte irgendwann einen kostenlosen Drink bekommen.«

»Würdest du eine Minute innehalten? Ernsthaft. Wir vermasseln diese ganze verdammte Sache. Wir haben mehr Fragen als Antworten und du freust dich über einen kostenlosen Drink? Wo ist Teddy Rutherford? Wer ist die mysteriöse Frau? Wo ist Sara Winthrop?«

Barker sagte: »Sie trinken alle zusammen ein Bier und lachen zwei dumme Bullen aus.«

»Sehr witzig.«

»Ich sag ja nur...«

»Beherrsch dich, Mann. Du machst dich ganz verrückt. Vergiss die Kette, vergiss den Ehemann, vergiss deinen verdammten Stolz für eine Minute und fokussiere dich auf das Wesentliche.«

Barker blieb mitten auf dem Bürgersteig stehen. »Ich bin gestresst, weil ich momentan nicht weiterweiß, Jon. In den letzten zwanzig Jahren habe ich Menschen mit Brotkrumen, die nicht größer als ein Staubkorn waren, gefunden. Aber dieses Mal, dieser Fall – bis wir Rutherford finden oder herausfinden, wer das Mädchen ist, – bin ich total am Ende meiner Weisheit.«

Das Bedauern in seiner Stimme war echt und zum ersten Mal hatte DJ Mitleid mit dem Mann. Es war, als würde er seinem Lieblingsquarterback zusehen, wie er es zum

Super Bowl schafft und einen miesen Pass nach dem anderen wirft.

Nachdem er fünf Jahre lang zu Barker aufgeschaut hatte, schien es seltsam, der Tröstende zu sein, aber DJ versuchte es trotzdem. Er sagte: »Dann konzentrieren wir uns auf das, was wir wissen. Wir haben noch nicht verloren, Barker. Wir können nicht alle Rätsel lösen, aber unser Spiel, und das von Sara, ist noch nicht zu Ende.«

Barkers Handy klingelte. »Barker ... ähm ... ist sie? Richtig ... okay, wir sind in ein paar Minuten da.«

»Krankenhaus?«

»Stardust ist wach. Sie ist bereit zu reden.«

KAPITEL 14

Sara

SARA LIEF mit nach vorne gestreckten Armen und versuchte ihr Gesicht vor den Ästen zu schützen.

Sie wollte jede Chance wahrnehmen, ihn möglicherweise zu identifizieren und wählte eine neue, nettere Taktik, in der Hoffnung ihm mehr Informationen zu entlocken. Sie stellte Fragen über ihren Mann und woher der Ring kam. Ob er Brian gekannt hätte oder ob er ihn jemals getroffen hätte. Ob er irgendwelche Details über sein Verschwinden hätte. Sie fragte, was er gerne liest und welchen Film er zuletzt gesehen hat. Was war sein Lieblingsmüsli, was war das Lieblingsmüsli seines Sohnes? Alles, was eine Reaktion auslösen könnte, aber sie wurde ignoriert und wurde jedes Mal, wenn sie eine Frage stellte, mehr geschubst. Als er sie zu stark schubste und sie fiel und ihre Knie aufschürfte, gab sie auf und ließ sich von ihm führen.

Sie gingen bergauf und bergab und mal nach links, dann wieder rechts und die Anstrengung war in der mühsamen Atmung ihres Entführers zu hören.

Dieses Schwein hat keine Kondition. Wenn ich wüsste, wohin, könnte ich rennen.

Spiele einfach das Spiel. Mit wegrennen kannst du nicht gewinnen.

Sie war so lange ohne Sehvermögen, dass sie sich mit ihrem Gehör fast ein Bild von ihrer Umgebung machen konnte. Sie waren irgendwo tief im Wald. Sie konnte feuchte Erde und Kiefern riechen. Das Gurgeln des Flusses verschwand vor einiger Zeit, als sie sich weiter und weiter davon entfernten und immer tiefer in den Wald hinein gingen, höher auf einen Hügel, den sie vielleicht erklimmen würden. Der Weg wurde ebener und die Bodenoberfläche unter ihren Füßen veränderte sich, wurde weicher und geschmeidiger.

Ist das Gras? Tannennadeln? Das ist ein neuer Geruch ... was ist das? Riecht nach feucht-gelöschtem Lagerfeuer.

Das letzte Mal, dass sie zelten war, war an ihrem fünften Hochzeitstag; das Wochenende, an dem die Zwillinge gezeugt wurden. Zu viel Rotwein führte zu erotischem Sex unter freiem Himmel und am nächsten Morgen war sie sich nicht sicher ob der Spaß den Kater wert war. Es regnete mitten in der Nacht und der Geruch des schwelenden, durchnässten Lagerfeuers reizte ihren Magen noch mehr.

Um die Echos in der Nähe zu testen, hob sie ihre Stimme und fragte: »Wo sind wir?« Das Geräusch prallte von etwas Großem und Festem vor ihr ab.

Ihr Entführer sagte: »Hütte.«

»Wessen?«

»Niemandes.«

»Hat dieser Niemand nichts dagegen, dass du seine Hütte benutzt, um eine Frau als Geisel zu halten?«

»Verlassen.«

»Perfekt. Verlassene Hütte mitten im Wald. Mutter von drei Kindern mit einem verzweifelten Idioten, der von einem

Psychopathen kontrolliert wird. Ich glaube, ich habe das mal im Kino gesehen.«

»Hoch.«

»Was?«

»Fuß hoch.«

Ihr Fuß verfing sich in etwas und sie stolperte nach vorne, als ihr klar wurde, dass er *Treppen* meinte. Sie hob ihr Bein, testete den Bereich vor sich und setzte ihren Fuß auf. Sie stieg nach oben und betastete die nächste Stufe. Das Holz sackte in der Mitte etwas durch und knarrte unter ihrem Gewicht. »Wie viele?«

»Drei.«

Sie ging hinauf. Mit beiden Füßen sicher auf der Veranda sagte sie: »Es wäre ja einfacher, wenn du mehr als ein Wort auf einmal sagen würdest.«

»Unwahrscheinlich.«

Mit seiner Hand auf ihrem Rücken schob er sie vorwärts. Sie hörte wie er eine Tür öffnete und das metallische Kreischen von rostigen Scharnieren. Sie ging rein und fühlte die kühlere Temperatur auf ihrer Haut. Sie atmete den muffigen Geruch und die Feuchtigkeit der Hütte, die viel zu lange verschlossen und vernachlässigt worden war, ein.

Die Tür schlug zu.

Er sagte: »Augenbinde.«

Sie nahm sie ab und war erleichtert, dass sie ihre Augen wieder benutzen konnte, aber sie schmerzten von dem plötzlichen Lichteinfall, der durch die zerbrochenen Fenster hereinströmte. Der Strahl fiel auf einen alten Holzofen, der in der Ecke stand. Sie sah sich im offenen Raum um und sah einen Tisch mit einem einzigen Stuhl und ein leeres Regal, ein heruntergekommenes Metallbett eine durchgelegene Matratze, einen Schlafsack, und eine rote

Kühlbox, die sonst für Picknicks und lange Reisen gedacht waren.

Ist das mein Gefängnis? Ich schaff' das. Vierundzwanzig Stunden.

»Hier soll ich bleiben?«, fragte sie und sah zu ihm hoch. Er überragte sie, ganz in Schwarz gekleidet mit bekannter Skimaske statt Baseballkappe und Sonnenbrille. Eisblaue Augen starrten sie an.

»Da«, sagte er und zeigte auf eine Tür hinten im Raum.

»Was ist da drin?«

»Käfig.«

»Und was ist das für ein Zeug? Schlafsack, Kühlbox. Bleibst du auch hier?«

»Überwachung.«

»Ich glaub' es nicht ...«

Sie hob ihren Kopf und trat näher an ihn heran. Aggressiv, aber zurückhaltend.

Sei stark, Sara.

»Wenn du der bist, für den ich dich halte, dann glaub mir eins, du Gorilla, ich habe dein Gesicht gesehen und wenn Du mich hier schlecht behandelst, wird dir dieser Ort, im Vergleich zu deinem Endreiseziel, wie ein Fünf-Sterne-Hotel im Gedächtnis bleiben. Ich hoffe, es macht deinem Sohn nichts aus, durch eine Glaswand mit seinem Vater zu reden. Verstanden?«

Seine Augen verengten sich. »Verstanden.«

Kontrolle. Zum ersten Mal seit Stunden, Kontrolle. Zumindest ein bisschen. Genug, um ihr ein neues Gefühl der Hoffnung zu vermitteln.

Aber was ist, wenn er lügt? Will dich aus der Fassung bringen? Auf diesem Level soll ja es um Verwirrung gehen. Er hat wahrscheinlich gar keinen Sohn. Um Gottes willen, benutze deinen Kopf. Das Spiel soll ja nicht einfach sein.

Halt die Klappe. Das ist alles was du weißt. Frag ihn etwas über Teddy. Erschreck ihn noch mehr.

»Kann ich dir noch eine Frage stellen?« Sara glaubte gedämpften Ärger durch die Skimaske zu hören.

»Noch eine?«

»Wie viel zahlt er dir?«

»Er?«

»Teddy. Dein Boss, mein Kollege Schwachkopf. Der Typ, der meine Kinder hat. Wie viel zahlt er dir?«

Seine erste Antwort, die mehr als ein einziges Wort enthielt, hätte genauso gut ein Faustschlag in die Mitte ihrer Brust sein können.

»Es ist kein *Er*.«

Er zog einen schwarzen Stoffsack aus seiner Tasche und stülpte ihn über ihren Kopf, bevor sie ihn aufhalten konnte. Er packte sie am Nacken, wobei seine große Hand fast ihren ganzen Hals umfasste, und drängte sie zur anderen Seite des Raums.

Sara hörte, wie sich die Tür öffnete, dann schob er sie hinein. Die Tür schlug zu. Er zündete ein Streichholz an und ein Flammenrauschen folgte. Er nahm die Kapuze ab und sie schützte ihre Augen vor dem Licht einer zischenden Gaslaterne. Vor ihr stand ein großer Hundekäfig, teilweise mit einer schwarzen Decke bedeckt.

Und dahinter, an einer der fensterlosen Wände, saß ein bewusstloser, gefesselter und geknebelter Mann.

Im sanften Feuer der Laterne war es nicht schwierig die halbnackte kleine Statur von Teddy Rutherford zu erkennen.

* * *

ALLES, WAS SARA BISHER ZU WISSEN GLAUBTE,

alles, was sie bisher vermutete, fiel in sich zusammen wie ein altes Gebäude, das mit einer Riesenmenge Dynamit gesprengt wurde.

»*Teddy!*«, sagte sie. »Was macht er hier?«

»Wartet«, sagte der große Typ.

»Worauf?«

»Folter«, sagte er und deutete auf den Tisch.

Neben der Laterne befanden sich vier Gegenstände, die sie zuvor noch nicht bemerkt hatte. Eine Lötlampe, ein Messer, eine Schere und ein Hackmesser.

Wenn Teddy hier ist, wer hat dann die Kinder? Mit wem habe ich die ganze Zeit gesprochen?

Was ist, wenn Teddy nur möchte, dass du denkst, dass er gefoltert wird?

Teddy hob langsam den Kopf. Sara sah zu, wie er blinzelte und sich seine Augen weiteten, als er sich auf sie konzentrierte. Er murmelte überrascht »Sara! Sara!« durch den Knebel und fügte dann etwas hinzu, das sich anhörte wie: »Hilf mir!«

Ihre Vorstellung, dass dies ein Teil von Teddys Plan war, verschwand, als der große Typ hinüberging, sich kurz drehte, ausholte, und Teddy mit seiner Faust, so groß wie ein Bowlingball, auf den Kiefer schlug. Das Knirschen der Knochen war widerlich und Teddys Kopf peitschte zur Seite und fiel dann auf seine Brust. Der Schlag machte ihn bewusstlos.

»Warum?«, sagte sie. Sie wusste nicht, was sie denken und wie sie sich fühlen sollte. Ihre Gefühle wurden mit der versprochenen Verwirrung gebündelt und in die Tiefen ihres Bewusstseins geworfen. Nach so vielen Stunden, in denen sie ihre Wut auf Teddy konzentriert hatte – ihn zu bemitleiden, war – schwierig.

Aber sie tat es.

Als sein daliegender, schlaffer Körper nur noch von den

Seilen gehalten wurde, begann ihre Unterlippe zu zittern, egal wie sehr sie ihn in Realität verabscheute. Er war mies, widerwärtig und hinterlistig, aber welche Sünden er auch immer für den Rest der Menschheit begangen hatte, das hier verdiente er nicht. Warum war er hier? Welchen Zweck hatte es, Teddy vor ihren Augen zu foltern?

Verwirrung, Sara. Ablenkung. Sie möchte, dass du weißt, dass du dich geirrt hast.

Wer?! Wer ist SIE?!

Jemand aus dem Büro. Sie wusste, ich würde denken, dass er es war. Ich würde ihn offensichtlich verdächtigen.

Der große Typ sagte »Da rein«, und zeigte auf den Käfig.

Sara schaute nach unten und sah das Vorhängeschloss an der Tür des Käfigs.

Schlüssel öffnen Schlösser, Schlösser öffnen Käfige. Sie möchte, dass ich mich einsperre. Warum? Welchem Zweck soll das dienen?

Kontrolle. Sie kann dich dazu bringen, zu tun, was sie will.

»Ich gehe da nicht rein«, sagte sie.

»Wusste ich.« Der große Typ, griff nach der Lötlampe, zündete sie an und richtete die Flamme auf Teddys nackte Schulter. Seine Haut brannte und der plötzliche Schmerzensschock weckte ihn aus seiner Ohnmacht.

Sein gedämpfter Schrei kratzte an Saras Trommelfell. Sie ließ die Papiertüte fallen, hielt sich die Ohren zu und versuchte, das Geräusch seines Jammerns zu unterdrücken. »Halt, es reicht!«, rief sie. »Ich werde hineingehen, ich geh ja schon. Hör auf, okay?«

Sekunden später saß sie im Käfig, die Tür vor ihr war geöffnet und das Vorhängeschloss baumelte daran.

»Schlüssel«, sagte der große.

Sie warf ihn ihm vor die Füße.

Er schlug die klappernde Käfig Tür zu und schnappte das

Vorhängeschloss mit einem Klick ein.

Die schwarze Decke bedeckte die Hälfte des Käfigs, wodurch es innen dunkler war und ihr die Sicht auf Teddy versperrte. Die Metallsprossen bohrten sich in ihre Haut, drückten sich durch ihre Laufshorts und in ihre Schenkel und Pobacken. Sie prüfte den Abstand der Seiten und die Höhe und alles war etwa eine halbe Armlänge von ihrem Körper. Es gab ihr gerade genug Raum, sich zu bewegen, oder sich umzudrehen, wenn es nötig war.

Sara hatte noch nie unter Klaustrophobie gelitten, aber das Gefühl der Enge überwältigte sie jetzt und kroch regelrecht über ihren gesamten Körper, sodass sie in kurzen Stößen atmen musste. Ihre Brust tat weh, als sie sich anstrengte, genug Sauerstoff zu bekommen. Fingerspitzen prickelten. Ihr wurde schwindlig. Der Boden schwankte unter ihr.

»Ruhig«, sagte der Typ.

Teddy wimmerte hinter ihr, atmete heftig durch seine laufende Nase ein und atmete durch das Speicheldurchnässte Tuch aus.

Sara ließ den Inhalt der Papiertüte auf den Boden des Käfigs fallen. Die Wasserflasche prallte ab. Der Apfel rollte weg und blieb dann still liegen. Das Schmuckkästchen prallte dumpf auf und stand neben ihrem Fuß. Sie stieß es weg, hielt die Tüte an den Mund und atmete. Einatmen, ausatmen, die Tüte mit Luft aufblasen, die Luft in die Lungen saugen.

Einatmen. Ausatmen. Einatmen. Ausatmen. Sich in einen kontrollierten Rhythmus bringen.

Gemäßigter Normalzustand kehrte zurück. Der große Typ kniete nieder und schob einen weißen Zettel durch die Gitterstäbe.

»Anweisungen«, sagte er.

Sie riss ihn aus seiner Hand und hielt ihn schräg, um im

Licht besser lesen zu können.

ZWEITE HÄLFTE DES 2. LEVELS -
SELBSTERHALTUNG
SEIN SCHMERZ = DEIN WOHLBEFINDEN
ERINNERE DICH - 24 STUNDEN
WENN DU GUT ÜBERLEGST,
WIRD DIE ANTWORT KOMMEN.

Sein Schmerz ist mein Wohlbefinden? Gott, das ist verrückt. Wenn ich hungrig werde? Durstig? Wenn ich pinkeln muss? Quäle Teddy, werde belohnt.

Sie will sehen, wie egoistisch ich bin.

Der große Typ klapperte an der Tür. »Verstanden?«, fragte er, erwiderte ihre frühere Drohung und übernahm Kontrolle.

»Ja«, sagte sie. »Aber sie wird mich nicht niederkriegen.«

Er nickte und schob einen weiteren Zettel durch den Käfig.

Da stand:

SO BERECHENBAR
SEINE SCHMERZEN = DEINE HINWEISE
LÖSE DIESES RÄTSEL UND
DAS ERSTE IST FREI
WAS IST GRÖSSER ALS GOTT?
BÖSER ALS DER TEUFEL?
DIE ARMEN HABEN ES. DIE REICHEN
BRAUCHEN ES.
UND WER ES ISST, STIRBT.

Sara lachte fast vor Erleichterung. Manchmal stimmt das Glück mit dem Universum überein.

Zwei Wochen zuvor war Lacey mit genau demselben Rätsel von der Schule nach Hause gekommen und hat es ihr stundenlang vorgelesen. Sie war an dem Tag müde und gereizt, nachdem sie sich wieder einmal mit Teddys Unzulänglichkeiten und Jims Forderungen befassen musste. Sie wollte sich entspannen und ausruhen, den Tag vergessen und Laceys Hänselei war so unerbittlich, dass Sara sie fast in ihr Zimmer geschickt hätte. Die Drohung funktionierte gut genug, dass sich ihre Tochter entschuldigte und ihr die Antwort gab.

Sara zerknüllte den Zettel und warf ihn durch den Käfig in Richtung Gesicht des großen Typs. Er zuckte nicht mal. Sie sagte: »Die Antwort ist *nichts*.«

»Das war schnell.« Er schob noch einen weiteren Zettel in den Käfig.

GLÜCKWUNSCH. DEIN ERSTER HINWEIS:
WARUM HABE ICH BRIANS EHERING?
SCHMERZEN FÜR DEN KLEINEN = MEHR HINWEISE
SCHMERZEN FÜR DEN KLEINEN = DEIN WOHLBEFINDEN
WIE VIEL WILLST DU WISSEN?

Der Kleine … sie kennt seinen Spitznamen.

Als sie mit dem Lesen fertig war, blickte sie durch die Gitterstäbe und starrte den großen Typ an. »Bist du jetzt fertig?«

»Vorübergehend«, sagte er, schob die schwarze Decke ganz über den Käfig, vergrub sie in der Dunkelheit und Einzelhaft umhüllte sie wie ein Leichentuch. Das einzige, was in ihr quadratisches Grab eindrang, war das gleichmäßige Geräusch von Teddys unregelmäßiger, panischer Atmung.

KAPITEL 15

DJ

DJ GING neben Barker durch den Krankenhausflur, vorbei an vielbeschäftigten Krankenschwestern und ein paar Ärzten, die eifrig Krankenfälle diskutierten. Gegenüber Krankenhäusern hatte er gemischte Gefühle. Wenn man genügend Zeit damit verbringt, Opfer zu befragen, lernt man jeden Aspekt der kriminellen Seite der Menschheit kennen und deren Fähigkeiten andere zu quälen. Am anderen Ende des Spektrums bot sich jedoch auch die Aussicht, Kraft, Entschlossenheit und des Menschen Willen zu erkennen. Wie es den Krankenhäusern gelang, gleichzeitig motivierend und demoralisierend auf einen zu wirken, war ebenso ein großes Rätsel wie dieser Fall.

Sie fanden Zimmer 323 und gingen hinein. Anna lag im Bett; eine Krankenschwester beugte sich über sie und nahm ihren Puls. Sie strich ihrer Patientin die Haare aus dem Gesicht und forderte die Detektive auf, es kurzzumachen, per Anweisungen des Arztes. Sie waren einverstanden und warteten, bis sie ging, um sich ihrer einzigen Spur zu widmen, in einem Kriminalfall der schneller auseinander zu fallen schien, als ein Kartenhaus.

Anna versuchte zu lächeln, krächzte ein kratziges »Hi« und verzog ihr Gesicht vor Schmerzen, als sie versuchte sich aufzurichten.

DJ hob seine Hand und bat sie, sich zurückzulegen. »Bleiben Sie ruhig liegen. Sparen Sie Ihre Energie.«

»Danke«, sagte sie mit trockener und heiserer Stimme.

DJ schaute auf das geschwollene Gesicht mit den schweren Verletzungen. Lippen waren geschwollen, die Augen blutunterlaufen. Lange Kratzer an ihrer Wange. Er konnte, jedoch immer noch ihre Schönheit unter all der Zerstörung sehen. Er fühlte Zorn und Mitleid.

Barker sagte: »Alles klar? Sie werden wieder ganz gesund?«

»Sowas in der Art.«

»Ihr Mann weiß, dass Sie hier sind?«

»Er ist auf dem Weg. Er wollte nicht, dass Hank mich so sieht, also bringt er ihn zu meiner Mutter.«

»Gute Idee«, sagte DJ.

»Hank ist ein guter Name«, fügte Barker hinzu. »Stark.«

»Der Name meines Großvaters. Also, ich nehme an, Sie möchten wissen, wie ich dazu gekommen bin, dass man mich so hübsch hergerichtet hat.«

DJ setzte sich neben ihr Bett. »Nur ein paar Fragen, wenn Sie dazu fähig sind.«

Barker lehnte sich gegen die Fensterbank und verschränkte die Arme. »Können Sie sich daran erinnern, was passiert ist?«

»Sie sagte, ihr Name sei Deana.«

Barker sagte zu DJ: »D an der Kette?« Dann zu Anna: »Hat sie Ihnen ihren Nachnamen gesagt?«

»Nein. Hat nicht viel über sich gesagt. Sie hat mich aber viel gefragt.«

»Persönliche Fragen?«

»Nur was über Strippen und ob es mir gefällt. Woher ich

meine Outfits habe, was meine Familie davon hält. Ich habe ihr nicht gesagt, dass ich verheiratet bin und ein Kind habe. Ich wollte, dass sie weiter fantasiert. Ich bin nicht bisexuell, wie manche Tänzerinnen, also habe ich mich nicht wirklich für sie interessiert, wissen Sie? Aber sie flirtete weiter mit mir und ich dachte, ich würde mitspielen, um zusätzliches Trinkgeld zu bekommen. Das ist doch nicht strafbar, oder? Geld ist Geld.«

»Verständlich. Wir haben mit Mildred gesprochen; bekamen eine Beschreibung. Ist Ihnen etwas aufgefallen an dieser Deana? Irgendein Merkmal? Erinnern Sie sich vielleicht an die Halskette, die sie trug?«

Sackgasse, Barker. Vergiss es. Nur eine gewöhnliche Halskette.

Anna schüttelte den Kopf. »Halskette? Nein, aber sie war attraktiv. Ungefähr in meinem Alter. Oh, sie hatte ein blaues und ein braunes Auge. Wie diese Schauspielerin. Ich kann mich nicht an ihren Namen erinnern.«

»Verschiedenfarbige Augen? Sie meinen wie zwei verschiedene Farben der Pupillen?«, fragte Barker und schrieb etwas in seinen Notizblock.

DJ sagte: »Ich glaube, es ist eine Augenkrankheit.«

»Wir werden das überprüfen. Also, Mrs. Townsend, uns wurde mitgeteilt, dass Sie und einige andere Mädchen äh... *nach Feierabend* Tänze anbieten. Stimmt das?«

Anna versuchte sich zu Barker zu drehen, aber die Intensität ihrer Schmerzen war offensichtlich. Sie zuckte zusammen und ließ sich zurückfallen. »Wenn ich ja sage, bekomme ich dann Ärger?«

»In ihrem momentanen Zustand werden wir Sie nicht verurteilen, so wie ich es sehe.«

»Mein ich aber auch«, sagte DJ. »Es ist wichtig, dass wir der Wahrheit auf den Grund kommen. Diese Frau könnte in einen anderen Fall verwickelt sein, den wir untersuchen und wir müssen genau wissen, was passiert ist.«

Er beobachtete, wie sich die körperlichen Beschwerden ihrem Gesicht in seelische Qualen verwandelten. Tränen liefen über ihre Wangen. Ihre geschwollene, gespaltete Unterlippe begann zu zittern. Sie atmete tief ein und versuchte stark zu bleiben.

»Sie müssen verstehen – diese ganze Sache - es ist nicht einfach für mich. Für uns. Mein Mann ist seit über einem Jahr arbeitslos. Er und mein Sohn bedeuten mir alles und egal wie sehr ich mich bemühe mich davon zu überzeugen, dass ich strippen muss, weil wir Schulden haben, ich hasse es. Jede Sekunde. Aber Sie würden nicht glauben, wie viel einige dieser geilen Böcke zahlen, um mich ganz für sich allein zu haben.«

Sie wurden durch ein Klopfen unterbrochen. Die Krankenschwester steckte ihren Kopf zur Tür herein, erinnerte sie daran, es kurzzumachen und war so schnell weg, wie sie gekommen war.

»Sie hat recht«, sagte DJ. »Sie brauchen Ihre Ruhe, also kommen wir zur Sache. Sie hat Ihnen Geld für einen privaten Tanz zu Hause angeboten?«

»*Zehntausend* Dollar, Detective.«

Barker pfiff.

»Sie hat mir die Geldscheinrolle gezeigt, ließ sie mich überfliegen, damit ich sehen konnte, dass es wirklich ein Bündel von Hundert-Dollar-Scheinen war. Ich konnte nicht nein sagen.«

DJ lehnte sich zurück. Es war natürlich alles eine List, aber die Summe war atemberaubend, und es war leicht zu sehen, wie eine junge Mutter mit einem arbeitslosen Ehemann von den Versprechungen angelockt werden konnte. »Und was ist dann passiert? Mildred erwähnte, dass die Frau gegen halb drei ging und Sie um drei. Wo haben Sie sich getroffen?«

»Vor dem Club. Sie wartete in ihrem Auto.«

»Können Sie sich daran erinnern, welches Model es war?«

»Irgendein Hybrid. Blau. Bitte verstehen sie, wir sind pleite und verzweifelt, und mir ist klar, wie gefährlich es ist, aber glauben Sie mir, Detective, ich bin normalerweise sehr vorsichtig, wenn ich irgendwohin gehe zu einer privaten Show. Ich steige *nie* mit einem Mann in sein Auto ein, ich folge ihm *immer* in meinem eigenen Auto.«

»Was war dieses Mal anders?«

»Die Summe.« Sie legte eine Hand auf ihre Stirn. »Bisher bot noch niemand so viel an. Und sie schien sehr nett – aber das scheinen ja alle zu sein. Sie bestand darauf, dass alles okay sei. Immer und immer wieder. Und ich dachte, ich würde das Geld nicht bekommen, wenn ich es nicht täte. Schauen Sie, was es mir gebracht hat. Schauen Sie sich mein Gesicht an. Was habe ich mir nur dabei gedacht?«

Barker ging vom Fenster zu ihr hinüber und nahm ihre Hand in seine. »Junge Dame«, sagte er, »in meinem hohen Alter habe ich einige Dinge gelernt, und eins davon ist, dass es nichts nützt sich selbst fertigzumachen. Machen Sie die Situation nicht noch schlimmer.«

»Es ist meine eigene Schuld«, sagte sie und wischte sich die Augen mit der freien Hand trocken.

»Sie haben das immer nur für ihre Familie getan und das ist ein ebenso guter Grund wie jeder andere. Diese Verbrecher, die Ihnen das angetan haben, sind die Schuldigen und nicht Sie. Und ich möchte kein Wort mehr hören, dass es Ihre Schuld ist. Okay?«

Sie nickte.

»Aber jetzt müssen wir wissen, was passiert ist, bevor sie

uns hier rausschmeißen. Wie wäre es, wenn Sie uns ein paar Details geben, schon mal als kleine Racheanzahlung sozusagen.«

»Es ist nicht meine Art, aber ich stieg mit ihr ins Auto, wir fuhren ungefähr eine Straße weiter und dann fühlte ich, wie eine Hand mich von hinten packte und jemand einen Lappen über meinen Mund drückte.«

DJ sagte zu Barker: »Chloroform.«

»Ja.«

»Ich habe versucht, mich dagegen zu wehren, aber ich bin halbnackt in diesem Keller aufgewacht, mit dem Ballknebel in meinen Mund. Ich konnte kaum atmen. Sie stand lächelnd über mir. Sie hatte einen Kerl bei sich.«

DJ dachte, *Rutherford*? Der stille Blick von Barker deutete darauf hin, dass er dasselbe dachte. DJ sagte: »Kleiner Kerl? Wie sah er aus?«

»Nein, super groß. Irgendwie massiv. Er trug eine Maske.«

Verdammt... aber zumindest bestätigt es eine dritte Person. »Haben Sie jemals den Namen Teddy Rutherford gehört?«

»Nein.«

»Das dachte ich mir. Entschuldigen Sie die Unterbrechung. Was geschah dann?«

»Sie beugte sich vor - und es ist verschwommen - aber ich glaube, sie sagte so etwas wie: »Wenn du ein Geräusch machst, wirst du deine Familie nie wiedersehen.« Ich hatte zu diesem Zeitpunkt solche Angst, aber ich hatte keine Ahnung, was auf mich zukommen würde. Das ist der Teil, an den ich mich genau erinnere, den ich nie vergessen werde. Der Rest ist verschwommen, aber an das kann ich mich genau erinnern. Sie sagte »Es ist eine Schande, dass wir so etwas Schönes zerstören müssen.« Dann schaute sie den Kerl an und sagte: »Lass sie nicht am Leben.« Sie ging und er fing an, mich zu schlagen und zu schlagen und zu schlagen. Seine Fäuste fühlten sich an wie Betonblöcke. Aber ich bin immer noch hier. Entweder hat er nicht zugehört oder er hat nicht hart genug zugeschlagen.«

DJ schauerte. Trotz jahrelangem arbeiten mit Kriminalfällen wo man die dunkelsten Seiten der Menschen sah, war es unmöglich Gleichgültigkeit zu fühlen, und in Wahrheit hoffte er, dass er, im Gegensatz zu Barker, auch nie so werden würde. Der alte Veteran war in der Lage, alles an sich abblitzen zu lassen, und sein Mitgefühl mit Anna war ein seltenes. DJ benutzte die emotionale Verbindung, um sich daran zu erinnern, dass er den Job noch aus anderen Gründen tat, nicht nur für das Gehalt.

Anna, so jung sie war, hatte viele gute Jahrzehnte vor sich, und sie würde für den Rest ihres Lebens mit dieser quälenden Erinnerung leben müssen. Er tätschelte ihren Arm. »Ruhen Sie sich aus«, sagte er. »Sie waren eine große Hilfe.«

»Moment mal«, sagte Barker. »Wie haben sie sich befreit?«

»Ja, das war seltsam. Als ich aufwachte, war nicht mehr gefesselt.«

»Äh. Interessant ...«

* * *

DJ UND BARKER verließen das Krankenzimmer und gingen den Flur entlang. Sekunden später rannte ein junger Mann, gut gekleidet und in Eile, an ihnen vorbei in Richtung ihres Zimmers.

Barker sagte: »Glaubst du, das war der Ehemann?«

»Ja«, sagte DJ. »Armer Kerl, der wird sich schön erschrecken, wenn er sie sieht, was?«

»Ich denke, dass das Mädchen, zweifellos, nie wieder strippen wird. Sie hat Glück, dass sie noch lebt.«

Sie betraten den Fahrstuhl und warteten, bis sich die Tür schloss. DJ fragte: »Warum lebt sie noch? Warum hinterließ er einen Zeugen? Warum hat er sie losgebunden?«

»Als ob ich das wüsste. Schlechtes Gewissen? Streit in den eigenen Reihen?«

»Deine Vermutung ist genauso gut wie meine. Aber wir müssen die Sache mit dem blauen und dem braunen Auge überprüfen.«

»Die Nadel im Heuhaufen.«

»Alles, was wir haben ist Saras Ehemann und diese verdammte Halskette. Die zwei Sachen müssen wir verfolgen, Barker.« Der Aufzug läutete und signalisierte, dass sie im Erdgeschoss waren. Sie stiegen aus und hielten im Flur an. DJ stemmte stolz die Hände in die Hüften. »Und wer hat gleich gesagt, dass sie möglicherweise absichtlich in Rutherfords Keller gebracht wurde?«

Barker schnaubte und sagte: »Ich nehme an, es war derselbe Typ, der die Frage gestellt hat. Nur weil sie in seinem Keller aufgewacht ist und Rutherford nicht im Raum war, heißt das nicht, dass er nicht wusste, dass sie da ist. Er hätte oben sein können.«

»Es ergibt keinen *Sinn*, Barker. Wenn er mit dem Mädchen mit der Kette und dem Schläger zusammenarbeitet, Trophäen sammelt, oder was auch immer, warum schaut er sich den Spaß dann nicht an? Was hat er dann davon?«

»*Muss* es einen Sinn haben? Wir haben es mit ein paar Freaks zu tun, JonJon. Wir können den Fall analysieren bis wir tot umfallen, aber wenn man versucht, die Gedanken eines Psychopathen zu lesen ...«

»... *'hat man eine bessere Chance, aus den Teeblättern in einem Mixer zu lesen'*. Ich weiß. Ich weiß.«

»Aber du hast recht, du Captain im Gedankenunterbrechen. Ihre merkwürdigen Augen sind das einzige, was wir jetzt haben. Wo sollten wir deiner Meinung nach anfangen?«

Seit Anna es erwähnt hatte, hat er genau darüber nachgedacht. Er sagte Barker, dass sie mit der engsten Verbindung anfangen müssten. Sara und Teddy Rutherford arbeiteten beide bei LightPulse. Sie müssten die Möglichkeit in Betracht ziehen, dass er dort einen Komplizen hatte. Es ist weit hergeholt, aber sie mussten ja die Spuren irgendwie einschränken. Krankenakten sind sowohl durch Bundes- als auch durch Landesgesetze geschützt und es gab nicht genügend solide Beweise für eine Vorladung. »Aber«, sagte er, »wir können die Ausweise und Führerscheine prüfen und das Strafregister einsehen. Schauen, ob jemand auf ungleiche Augenfarben in den Berichten hingewiesen hat.«

Es wäre ja recht einfach die Liste der Mitarbeiter generell zu prüfen.

»Gute Idee«, gab Barker zu. »Und wenn wir damit *nichts* erreichen?«

»Wie hoch ist die Wahrscheinlichkeit, dass sie mit ihrem eigenen Auto jemanden entführt den sie ermorden möchte? Wir prüfen die Autovermietungen auf einen blauen Hybrid. Beschränke diese Liste auf alle Frauen, die in den letzten Tagen einen gemietet haben.«

Barker streckte die Hand aus und schlug DJ auf die Schulter. Er lächelte.

»Was?«

»Vielleicht habe ich dir im Laufe der Jahre doch ein oder zwei Dinge beigebracht, Cowboy. Du bist noch feucht hinter den Ohren, aber zumindest stehst du dafür ein, was du für richtig hältst. Ausnahmsweise.«

»War das ein Kompliment?«

»Sieh zu, dass sich dein Kopf nicht aufbläht wie ein Ballon.

Ich habe nicht genug Weisheit, um ihn damit zu füllen.« Barkers Handy klingelte. »Barker ... ja ... im Krankenhaus ... Was? ... Wo? ... Okay, wir kommen sofort.« Er legte auf und schüttelte den Kopf.

DJ hob eine Augenbraue.

Barker sagte: »Verdammt, ich dachte, der Fall könnte nicht noch seltsamer werden. Sie haben Rutherfords Auto gefunden.«

»Und Rutherford nicht?«

»Nein, aber jede Menge Blutflecken.«

KAPITEL 16

Sara

SARA VERSUCHTE ihre Beine zu strecken. Der Käfig war beängstigend klein; Die Metallstangen fühlten sich an wie die Seiten eines Sarges. Die Abwesenheit von Licht war so vollständig, dass sie lebendig hätte begraben sein können, unter Hügeln und Bergen von Schmutz, unter Wurzeln und Würmern, unter Felsen und einem dicken Grabstein. Die einzige Erinnerung daran, dass sie tatsächlich am Leben war, war Teddy, der hinter ihr wimmerte. Zwar außerhalb des Käfigs, aber in seinem eigenen Gefängnis. Zentimeter und doch Kilometer weit von ihr weg.

Stunden waren vergangen. Oder waren es nur Minuten? Die Zeit steht im luftleeren Raum nicht still, aber wenn jeder andere Bezugspunkt fehlt, verliert sie jegliche Form, wird schwer fassbar und spottet mit ihrem kindlichen Fangenspiel.

Sara rutschte zur Seite, rieb sich die Haut an ihren Pobacken und massierte die tiefen Rillen, die die dünnen Metallstangen des Käfigs hinterließen. Ihre Zehen waren taub und sie hatte Rückenschmerzen, weil sie so lange gebeugt gesessen war. Ihr Nacken war steif und pochend. Sie konnte den getrockneten Schweiß auf ihrer Jogging Kleidung riechen. Sie fühlte sich schuldig sich den Luxus einer Dusche zu wünschen, während die Welt um sie herum von physischer und emotionaler Schwärze bedeckt war.

Sara fühlte den Käfigboden und fand die Flasche Wasser. Sie nahm einen kleinen Schluck, um zu rationieren, was noch übrig war. Teils als Selbsterhaltung, teils präventiv. Das Kribbeln in ihrer Blase ließ nicht nach, egal wie sehr sie versuchte, ihre Gedanken woanders hinzulenken. Sie weigerte sich, ihrem Entführer die Befriedigung zu geben, Teddy zu foltern, um das zu bekommen, was sie wollte. Sie würde auf den Boden in ihrem Käfig pissen, bevor sie nachgeben würde.

Ich werde sie nicht gewinnen lassen, dachte sie. Kommt nicht in Frage.

Sara drehte Brians Ring um ihren Daumen und fühlte den Schweiß zwischen Haut und Metall.

Warum ... warum ... sein Ehering ... sein Ring ... oh mein Gott ... sie weiß, was mit ihm passiert ist ... sie weiß ...

Wie? Es sei denn, sie hat ihn auch entführt? Hat ihn mir gestohlen. Hat sie ihn mir weggenommen.

Sie weiß ... vielleicht hat er ... vielleicht hatte er mit ihr eine Affai...

Denk nicht so. Das hätte er nie getan.

Oder? Eine Affäre?

Nicht Brian. Er würde niemals ... es gab nie Anzeichen ... ich ahnte nie etwas ...

Du weißt, dass das nicht wahr ist ...

... die Rechnung –

Teddy stöhnte hinter ihr, dumpfes Kratzen von Holz auf Holz folgte, von den Stuhlbeinen auf dem Holzboden. Dann Stille. Nichts mehr. Zurück in die dunklen Tiefen ihrer Einsamkeit.

Sie nahm einen kleinen Schluck Wasser, gerade genug, um ihre Zunge zu befeuchten.

Brian ... was hast du gemacht?

Die Rechnung, die aus dem Buch gefallen war, das er auf seiner Reise nach San Diego gelesen hatte. Zwei Mahlzeiten in einem Restaurant. Eine Flasche Wein.

Brian trank nie Wein – er hasste ihn. Hasste den Geschmack. Ihm wurde übel davon.

Zu der Zeit war sie nicht misstrauisch. Geschäftsreise. Kollegen mit einer Vorliebe für teuren Bordeaux. Wahrscheinlich nur ein Versuch auf einer Konferenz einen neuen Kunden anzuwerben. Es bedeutete nichts. Weniger als nichts. Ein harmloses Getränk mit jemandem der Geld zum Investieren hatte. Er schluckte es mit einem Lächeln runter, um eine deftige Provision zu verdienen.

Aber war es das wirklich? War das alles?

Sie dachte an all die Vermutungen, die sie am Morgen hatte, als sie dachte, es könnte eine Frau sein, als sie dachte es könnte jemand von LightPulse sein. Die Erwähnung eines Gegenangriffs, die Idee einer Minibombe, die sie glauben ließ, es sei Teddy.

Eine Frau im Büro... hatte Brian eine Affäre mit einem der Mädchen im Büro?

Nein, das konnte nicht sein. Er war in San Diego.

Sie hätten sich dort treffen können. War damals jemand im Urlaub? Fehlte jemand im Büro?

Ich kann mich nicht daran erinnern ... das war vor so langer Zeit ...

Saras Magen krampfte sich zusammen. Die Erkenntnis einer tieferen Wahrheit über sein Verschwinden raubte ihr den Atem und festigte den Griff um ihre Lunge; ließ ihren Kopf schwimmen und machte sie schwindlig. Sie rieb sich die Augen und wischte sich eine Träne von der Wange.

Was habe ich getan, Brian? War ich es? Hast du mich nicht mehr geliebt?

Der Verrat. Die Qual. Der Schmerz. Es war zu viel. All die Jahre der Liebe zu einem Mann, der es wagen würde, mit einer anderen Frau ins Bett zu gehen. Ging das schon länger so, oder war es nur eine einmalige Indiskretion? Zu viel Wein? Das Versprechen, all die Dinge im Bett zu machen für die sie zu müde, gelangweilt und beschäftigt waren? Ihre Ehe schien großartig zu sein. Ihr. Ihrer Familie. Allen, die ihnen immer Komplimente machten. Ihren Freunden, die zugaben, eifersüchtig auf die emotionale Verbindung zu sein, die sie hatten.

Es stimmte, dass sie Sex ein- oder zweimal im Monat hatten. Kurze Begegnungen, wenn sie nach langen Tagen, nachdem die Kinder ins Bett gegangen waren, noch genug Energie hatten. Es war das typische Szenario für viele Ehen, etwas über das sie diskutierten und das sie verbessern wollten. Aber er verschwand, bevor sie die Chance dazu hatten.

Verschwand oder ging absichtlich wegen einer anderen Frau?

Sie wollte weglaufen, gehen, verschwinden. Verdampfen zu einem feinen Nebel und den Käfigwänden entkommen. Aber sie war gefangen und gezwungen, sich mit ihrem Bedauern und ihrer Trauer ohne Ausweg auseinanderzusetzen.

Sara zog ihre Knie an die Brust und vergrub ihr Gesicht in ihren Armen.

Verdammt, Brian. Wer war es? Wer war sie?

Jemand aus dem Büro ... wer? Wer war vor zwei Jahren dort, als er verschwand? Ich. Susan. Sie würde nicht ... Kara und Sandra in der Entwicklungsabteilung. Mandy an der Rezeption. Sie war süß. Sie? Jenny in der Buchhaltung. Nicht sein Typ. Wie hieß die Büroleiterin, die in den Ruhestand gegangen war, ... Janet ... Janet? Zu alt.

Sechs von ihnen. Alle weg. Alle hatten jetzt ein neues Leben. Neue Jobs, besser bezahlte Jobs. Sie waren Mütter. Soweit sie hörte, lebten alle in Portland, mit Ausnahme von Janet, die nach Key West gezogen war.

Diese Frau kennt sich mit dem neuem Juggernaut aus … alle Frauen, die früher da gearbeitet haben, sind weg. Wenn er sie also betrogen hatte – wurde die Frau eingestellt, nachdem er verschwunden war.

Warum tat sie das? Warum so nah bei mir sein, wenn sie mit meinem Mann geschlafen hat?

Mich im Auge zu behalten? Um sicherzustellen, dass ich ihm nicht näherkomme?

So eine Übertreibung. Jemand könnte die Geheimhaltungsvereinbarung brechen und Informationen weitergeben.

Viele neue Gesichter … Shelley und Amy und Wendy und Shay und Christina …

War es möglich? Könnte eine der Frauen, in der Firma, diejenige sein, die ihr Leben zerstört hat? Das Leben ihrer Kinder zerstören wollte? Immer noch so viele Fragen, immer noch keine vernünftigen Antworten. Die Möglichkeiten waren endlos. Motivation und Argumentation waren es auch. Zwecklos. Es machte alles keinen Sinn.

Und was wäre, wenn es eine Verrückte ist? Was wäre, wenn Brian keine Affäre hatte und die Frau aus einem unbekannten Grund eine Psychopathin war, die sich gegen ihre Familie richtete? Sie hatte Zugriff auf vertrauliche LightPulse-Informationen, aber dies bedeutete nicht, dass sie sich tatsächlich im Unternehmen befand. Und es könnte einer der Männer sein, ein Partner, der Details weitergab. Was wäre, wenn sie Brian ermordet, seinen Ring genommen und die ganze Zeit behalten hat, um sie zu foltern, mit ihr zu spielen, sie zum Spielen zu bringen? War es ein Spiel um Leben und Tod? Kann das sein?

Ich muss mehr wissen. Teddy … sein Schmerz … weitere Hinweise …

Nein, auf keinen Fall. Das kannst du selbst herausfinden.

Wie? Ich weiß nichts. Eins … zwei … drei … sieben … acht. Acht weitere Frauen im Büro. Es könnte eine von ihnen sein. Und wenn es einer der Männer ist … wie viele Frauen kennen sie? Es ist unmöglich. Warum hat sie Brians Ehering? Keine Ahnung. Überhaupt keine. Eine Affäre? Könnte sein. Ihn entführt und ihn mitgenommen? Ihn ermordet und ihn mitgenommen? Warum ich? Warum jetzt? Warum zwei Jahre später?

Ich könnte Teddy fragen … hat er vielleicht ihr Gesicht gesehen?

Sie bewegte sich im Käfig und spürte, wie sich die Metallstangen in ihre Knie bohrten. Sie überlegte, die Decke abzuziehen, damit sie ihn sehen konnte, aber das würde gegen die Regeln verstoßen. Sie zu brechen würde zu einem weiteren Anruf führen, einem weiteren Schrei eines ihrer Kinder das Schmerzen hatte, weil sie sich weigerte zu gehorchen.

»Teddy«, flüsterte sie. »*Teddy.* Wach auf.«

Sara versuchte angestrengt über ihre Schulter nach ihm zu lauschen. Sie versuchte, eine Bewegung aus dem anderen Raum zu hören. Früher, wer weiß wie lange es her ist, hörte sie den großen Typ herumlaufen, und das Zuschlagen der Haustür. War er weg? Sitzt er auf der Veranda? Pisst er gegen einen Baum?

Ich muss auch pinkeln … tut fast weh …

»Teddy? Hörst du mich?«

Sie hörte ihn einatmen, stellte sich vor, wie er aufwachte und die Augen öffnete. Panik breitete sich aus, als ihm klar wurde, dass es kein Traum war, dass er in einem stockdunklen Raum an einen Stuhl gefesselt war. Er murmelte ihren Namen durch den Knebel. Es war eine Frage als ob er den Raum vor ihm prüfte, als wäre er sich nicht sicher, ob ihre Stimme wirklich da sei.

»Ich bin hier, Teddy, ich bin hier. Sprich leise, okay?«

Seine Antwort war gedämpft und nass. »Okay.«

»Hast du Schmerzen?«

»Sehr.«

»Es tut mir leid. Hör mir zu. Hör mir zu. Alles wird gut. Wir werden hier rauskommen. Ich werde dir hier heraushelfen, das verspreche ich.«

»Was ist... was ist hier los?«

Es fiel ihm schwer zu sprechen, seine Worte durch das Tuch, das ihm den Mund offenhielt, heraus zu bringen. »Jemand spielt ein Spiel mit mir.«

»Ein Spiel?«

»Ein böses. Sie haben meine Kinder.«

»Was?«

»Sie wurden entführt.« Sie rutschte nahe an die Käfigwand, schlang ihre Finger durch die Gitterstäbe und flüsterte: »Wie bist du hierhergekommen? Hat er dich hergebracht?«

»Der Typ ... er.«

»Nicht so laut, okay? Er arbeitet mit einer Frau zusammen, weißt du, wer sie ist?«

»Nein. Eine Stimme ... am Telefon.«

»Was hat sie gesagt?«

»Sie sagte, ich ... sie sagte, ich hätte es verdient. Weil ich ... ein Schwein bin.«

»Ich denke, es ist jemand aus dem Büro.«

»Sie sagte, ich bin ... Motivation.«

»Motivation? Teddy, konzentriere dich. Wer steckt dahinter?«

»Keine Ahnung.«

»Fällt dir sonst noch etwas ein? Denke nach. Rate einfach.«

»Keine Ahnung.«

»Teddy, bitte. Sag den ersten Namen, der dir in den Sinn kommt.«

Die Sekunden vergingen. Er schwieg so lange, dass Sara dachte, er sei vielleicht wieder ohnmächtig geworden. Schließlich murmelte er: »Vielleicht - vielleicht ist es ...«

Die Tür krachte auf und schlug so fest gegen die Wand, dass Sara die Vibrationen durch den Boden spürte. Donnernde Schritte. »RUHE!« Die Stimme hallte von den Wänden, als Sara schrie und sich gegen die andere Seite des Käfigs drückte, weg von ihm. Das Licht von der offenen Tür drang durch das schwarze Tuch, und sie sah wie ihre Hände zitterten.

Die widerlichen *Schläge* der Fäuste auf Fleisch waren lauter als ihr Keuchen. Es klang, als würde jemand mit einem Vorschlaghammer auf ein totes Tier einschlagen.

Teddy hustete und würgte. Stöhnte. Sie war fast erleichtert, dass sie nicht sehen konnte, was mit ihm geschah, aber die Bilder in ihrem Kopf waren genauso schlimm.

Noch ein, zwei, drei Schläge, und dann hörte er auf.

Das schwarze Tuch wurde zurückgezogen und der Typ kniete vor ihr nieder.

»Tu ihm nicht wieder weh«, flehte sie.

»Strafe«, sagte er und schob wieder einen Zettel durch den Käfig.

Sara nahm ihn mit zitternden Händen. Das Papier flatterte zu Boden wie eine verwundete Taube. Sie wollte es nicht lesen, weil sie Angst vor der Nachricht hatte. Welche Strafe nahm sie auf sich? Sie hat eine der Regeln gebrochen? Wenn die Strafe für sie wäre, würde sie es annehmen. Sie würde die Strafe ertragen.

Nicht die Kinder ... nicht die Kinder ... tu ihnen nicht mehr weh ... Ich werde mitspielen ...

Mit zitternden und starren Fingern öffnete sie den Zettel.

DIE STRAFE IST STRENG. KEINE HINWEISE MEHR. KEINE FRAGE FÜR DIESE RUNDE. UND JETZT MUSST DU DEINEN WEG WÄHLEN:
1. ER STIRBT - DEINE KINDER SIND SICHER UND DU KOMMST AUS DEM KÄFIG
2. ER LEBT - ICH VERRATE DIR WER ICH BIN, ABER DAS KÖNNTE FOLGEN HABEN

Eine einfache Entscheidung, die das Spiel komplett verändern würde. Sara ließ den Zettel fallen. Es war einfach. Die erste Option war klar: Befiehl Teddys Tod und deine Kindern leben. Die Zweideutigkeit der zweiten Wahl war verwirrend. Es wurde nichts darüber gesagt, dass Lacey, Callie und Jacob verletzt werden, nur dass sie ihre Identität offenbaren würde.

Sie wird nichts tun, um sie zu verletzen. Das Spiel ist vorbei, wenn sie es tut.

Ich kann es nicht riskieren. Ich kann nicht. Es ist nicht ... es ist nicht einmal eine Wahl.

Über Fragen wie diese hatte sie schon einmal gelesen. Psychologische Tests zur Beurteilung der Empathie. Ein Personenzug rast die Gleise entlang, eine einzelne Person steht auf den Schienen. Soll man den Zug entgleisen lassen, um diese eine Person zu retten aber unzählige Leben riskieren, oder die Person überfahren und damit alle anderen retten? Das Problem mit der Frage war die fehlende Garantie, dass jemand bei der ersten Option sterben würde.

Aber das hier ... das war anders. Es gab keine Alternativen.

Sie müsste Gott spielen. Wähle, wann und wo jemand sterben wird. Für den Rest ihrer Tage würde sie sich fragen, was passiert wäre, wenn sie die zweite Option gewählt hätte.

Aber das Bedauern würde verblassen im Vergleich zu dem, was sie fühlen würde, wenn sie die falschen Rückschlüsse gezogen hätte und ihren Kindern etwas passieren würde.

Der Typ sagte: »Wähle.«

»Gib mir eine Minute.«

Sie hörte Teddy atmen.

Er war ahnungslos. Sein Schicksal steckte in einer einfachen Notiz. Er hatte keine Ahnung, dass er sterben würde, dass er sterben *musste*. Wenn er wüsste, was auf dem Zettel stand – würde er sich opfern? Würde er sagen, »Tu es, rette die Kinder«, oder wäre er derselbe egoistische Balg, der er schon immer war? Könnte er ausnahmsweise einmal seine Selbstsucht vergessen und sich um eine andere Person kümmern? Sie hörte Geschichten von Soldaten, die sich auf Handgranaten warfen und ihr Leben opferten, um andere zu retten. Dieses Maß an persönlicher Selbstlosigkeit war fast nicht nachvollziehbar. Sie würde es für die Kinder tun. Würde Teddy so etwas tun? Wenn er wüsste, was hier auf dem Spiel steht, würde er diese Wahl treffen?

Nein. Er würde eine Entschuldigung finden. Weglaufen, wenn er könnte.

Ihr Mitleid zu vertreiben machte die Entscheidung nicht einfacher. Aber sie hatte nur eine Wahl.

Sie trat gegen den Käfig, nah am Gesicht des großen Mannes, und es überraschte ihn. Sie sah zu, wie er rückwärtsfiel und auf seinem Hintern landete. »Nummer Eins«, sagte sie.

Er grunzte, stöhnte und stand langsam auf. Er griff den Käfig und schüttelte ihn. Seine einzige Form der Vergeltung.

Sara überlegte, gegen seine Finger zu treten und sie gegen die Gitterstäbe zu quetschen.

Er zog eine Pistole aus der Hose, befestigte einen Schalldämpfer am Lauf und richtete ihn auf ihren Kopf.

Sie hob die Arme vor ihr Gesicht und wusste, dass das fleischige Schild nichts nützen würde, aber es war eine natürliche Reaktion.

»Sieh hin«, sagte er, warf die Decke jetzt ganz vom Käfig und enthüllte den Raum.

Teddy war eine zerknitterte Masse, noch blutiger und mit noch mehr blauen Flecken übersät. Sein Körper war lila und schlaff. Bewusstlos, und sich seines bevorstehenden Todes nicht bewusst.

Der große Typ hob seine Waffe, richtet sie auf Teddy. Bewegungslos. Still.

Still.

Still.

Still.

Sara schrie: »Nicht...« als er abdrückte.

KAPITEL 17

DJ

DJ saß an seinem Schreibtisch und überprüfte eine Liste der weiblichen Angestellten bei LightPulse, während Barker Rutherfords Auto auf Beweise untersuchte. Die ersten Rückmeldungen waren entmutigend, aber der Bluthund war auf einer Spur und keiner konnte ihn vom Gegenteil überzeugen.

Neun Frauen waren bei LightPulse angestellt, einschließlich Sara, und bei den ersten fünf entdeckte er nichts Bedeutendes. Größtenteils saubere Profile, ein oder zwei Strafzettel, ein Fall von Alkoholkonsum unter 18. Junge Frauen frisch von der Uni. Immer noch in Partystimmung, erster richtiger Job, erster richtiger Gehaltsscheck. Keine von ihnen passte zu dem Profil, nach dem er suchte; aber enthüllten Soziopathen jemals ihre wahre Natur? Und da Oregon keine Augenfarben in den Führerscheinen aufführte, prüfte und vergrößerte er ihre Ausweisfotos, um sie so klar wie möglich zu sehen, und versuchte, verschiedenfarbige Augen zu erkennen. Da jede von ihnen Kontaktlinsen hätte tragen können, um diese Tatsache zu verbergen, konnte er Barker fast hören wie er ihm über die

Schulter sah und ihm sagte, wie sinnlos es sei, begleitet von irgendwelchen alten Redewendungen, die er in den vergangen Jahren schon hunderte Male gehört hatte.

Was ich brauche, dachte er, *ist etwas das heraussticht. Etwas, was ungewöhnlich ist.*

Die Fakten der nächsten beiden Frauen erwiesen sich als ebenso nichtssagend wie die anderen. Großmütter in den Sechzigern. Er machte sich nicht die Mühe, ihre Informationen durchzusehen. Es war unwahrscheinlich, dass eine von ihnen als attraktive Zwanzigerin mit einem möglichen Titten Job durchging, wie die Barkeeperin von Ladyfingers angedeutet hatte.

Die letzte Mitarbeiterin ist bei seiner Straßenverkehrsbehörde-Suche in Oregon nicht aufgetaucht. Er überprüfte erneut die Schreibweise ihres Namens. *Also ... wir fahren immer noch mit einem außerstaatlichen Führerschein? Wie lange bist du schon hier? Ein paar Monate ... woher kommst du ... woher kommst du ... Kalifornien.*

Da bist du ja, Shelley. Shelley Ann Sergeant. Aus San Diego umgezogen ... hat ein hellbraunes SUV angemeldet ... Der kalifornische Führerschein sagt, dass Ihre Augen ... grün sind.

»Scheiße.« DJ warf seine Maus gegen die Wand, und der billige Kunststoff zersplitterte in ein Dutzend Stücke. Köpfe wirbelten herum, sahen ihn an und widmeten sich wieder ihren Anrufen und Akten. Unter den Mitarbeitern, an ihren überfüllten Schreibtischen mit klappernden Tastaturen und klingelnden Telefonen, waren Frustausbrüche häufig genug, sodass ihnen niemand viel Aufmerksamkeit mehr schenkte. Solange dabei niemand verletzt wurde. Man tobte sich aus und arbeitete weiter. Ganz normal für eine Gruppe von Leuten, die nach winzigen Teilchen von Information suchten, und im Dunkeln versuchten, Puzzles zusammenzusetzen.

Ungeachtet dessen war es lange her, dass er einen solchen Ausbruch hatte, und die Verlegenheit, seine Fassung verloren zu haben, ließ ihn erröten. Er kroch auf dem Boden herum und sammelte die Reste der Maus auf und warf sie in den Mülleimer. Er lehnte sich mit dem Rücken an die Wand.

Wir haben es vermasselt. Ich habe zu viele beschissene Spuren verfolgt. Ich habe mich geirrt und Barker hat sich auch in allem geirrt.

Sergeant Davis ging zu DJs Schreibtisch und warf eine Akte nieder. »Der Richter hat deine Anfrage abgelehnt, JonJon, der Verdacht reicht nicht aus die Mietwagenfirmen zu durchsuchen. Tut mir leid.«

DJ starrte an die Decke und schlug mit dem Hinterkopf gegen die Wand, als Davis davon watschelte.

Er rief Barker an und hoffte, dass sein Kollege Fortschritte gemacht hatte.

»Barker, zu Diensten.«

»Glück gehabt?«

»Die Kellnerin auf der anderen Straßenseite sah heute Morgen einen großen Typ das Auto parken. Er ging weg und kam nicht zurück.«

»Großer Typ, was? Glaubst du, es ist derselbe?«

»Muss sein. Passt zu gut zusammen.«

»Kann sie ihn identifizieren?«

»Schwarze Kleidung, dunkles Haar. Das war's dann auch schon. Ich habe einige Blutproben eingeschickt. Ich hoffe, wir können Rutherford anhand derer identifizieren, aber wir haben einen weiteren Klotz am Bein.«

»Was denn?«

»Ich habe zwei Rechnungen von gestern in der Mittelkonsole gefunden. Rate mal, woher die erste kommt?«

»Woher?«

»Im Ernst – rate mal.«

»Barker.«

»Ladyfingers, vierundachtzig Dollar.«

»Verdammt. Ich war mir sicher, dass er ...«

»Reg dich nicht auf. Mit Uhrzeit - Viertel nach acht, war er also da, aber angesichts der Menge Blut in seinem Auto und der zweiten Rechnung muss ich zugeben, dass du recht hattest.«

»Womit?«

»Dass Rutherford nichts mit Stardust zu tun hat. Jedenfalls nicht direkt. Ladyfingers ist eine Verbindung, aber die zweite Rechnung ist vom Hotel Llewellyn. Unser Kerl war letzte Nacht vielleicht gar nicht zu Hause.«

»Es ist einfacher jemandem etwas anzuhängen, wenn er nicht zu Hause ist.«

»Aber bedeutet nicht, dass er mit dem Fall nichts zu tun hat.«

»Wenn die Verbindung da ist, ist sie da, aber ich kann nicht sagen, dass ich es dir nicht gleich gesagt habe, dass er nichts damit zu tun hat.«

»Vage Vermutungen machen dich nicht zu einem Genie, Cowboy, aber dein Instinkt wird immer besser.«

»Mach dir keine Sorgen, ich bin kein Genie. Das Ding mit der Iris-Heterochromie war eine Sackgasse.«

»Womit?«

»Die Sache mit den verschiedenfarbigen Augen. Keine der Frauen bei LightPulse hat es, soweit ich es beurteilen kann.«

»Ich wollt es ja nicht sagen, aber ich dachte sowieso nicht, dass es so einfach wäre sie zu finden. Wie steht's mit der Untersuchung der Autovermietungen?«

»Abgelehnt. Nicht genug Beweise.«

»Ohne Scheiß? Ich nahm an, Carson würde das alles durchgehen lassen. Normalerweise, wenn es um vermisste Kinder geht, ist er fix bei der Hand Anträge zu genehmigen.«

»Ich schätze, er braucht mehr als eine Stripperin in einem Krankenhausbett. Was machen wir jetzt?«

»Mehr Fragen stellen JonJon. Keine Geister mehr jagen. Himmel und Hölle in Bewegung setzen, bevor er uns entkommt.«

»Als ob er das nicht schon getan hätte.«

»Beende diesen Satz für mich: Wenn sich eine Tür schließt ...«

»...öffnet sich eine andere?«

»Nein. Dann trittst du die gottverdammte Tür ein, bis sie von den Angeln fällt. Kopf hoch, setz deinen Helm auf und geh in die zweite Runde, verstanden?«

»Jawohl, Coach.«

»Wir müssen zurück zu den wesentlichen Fakten, DJ. Ich bleibe vorerst auf der Spur des Autos und des Riesens. Du suchst nach Zeugen in den Schulen, überprüfst die Babysitterin - zur Hölle, überprüfe die Mülleimer, wenn es sein muss. Überprüfe alle, vertraue deinem Detektiv-Instinkt. Wir übersehen etwas Einfaches, ich spüre es.«

»Wird gemacht.« DJ legte auf und dachte: *Wenn es etwas Einfaches wäre, Barker, hätten wir es bereits gefunden.*

* * *

DJ NAHM seinen Notizblock heraus und erstellte eine Skizze von allem, was er über den Fall wusste. Sara Winthrop und ihre drei vermissten Kinder standen im Mittelpunkt. Die Außenlinien waren mit Teddy Rutherford, Jim Rutherford, ihrer Assistentin Shelley und den sieben anderen Frauen, die bei LightPulse arbeiteten, verbunden. Auch

Willow Bluesong, die Babysitterin, die nicht zu Hause war, als sie vorbeikamen. Widerwillig fügte er Brian Winthrop hinzu, aber nur, weil er wusste, dass Barker es verlangt hätte. Er fügte die Schulen, ihre Schulleiter und die Eisdiele hinzu. Den großen Typ, die mysteriöse Frau, Ladyfingers und Stardust. Als er fertig war, sah es aus wie eine neu entdeckte Sternenkonstellation, aber gab ihm keine neue Richtung für die Ermittlungen.

Er hatte gute Gründe, über jeden Namen ein *X* zu malen, um die Person auszuschließen. Jim Rutherford benahm sich merkwürdig, weil er versuchte, seinen Sohn zu beschützen. Teddy Rutherford war entweder verschwunden oder tot. Sie wussten fast nichts über den großen Mann oder die mysteriöse Frau außer, dass sie zusammenarbeiteten. Die Schulen hatten bereits ihre Aussagen gemacht. Er schrieb "Geist" unter dem Namen von Brian Winthrop und "Opfer" unter Anna Townsend.

Er strich alle mit gutem Grund durch.

Alle außer Willow Bluesong und Shelley Sergeant.

Er beschloss, mit diesen zwei Frauen zu beginnen, und wenn keine der beiden neue Erkenntnisse bringen würde, würde er zu Freunden und Familie übergehen. Darüber hinaus, so sehr er die Idee hasste und Barker sie verabscheute, weil er sich dadurch unprofessionell fühlte, mussten sie die Presse miteinbeziehen.

Das letzte, was sie von Sara Winthrop hörten, war, dass sie zu Fuß vom Rose Garden weggerannt war. Wenn sie dieses Spiel immer noch spielt ...

Bist du bereit, das Spiel zu spielen?

... und sollte sie immer noch durch Portland rennen, hätte sicherlich jemand schon eine verstörte und verzweifelte Frau bei den Behörden gemeldet. Sie müssen Fotos von ihr und ihren Kindern in den Nachrichten zeigen und eine offizielle Fahndung einleiten.

Es fühlte sich gut an, einen Plan zu haben, ungeachtet der Tatsache, dass er keine Ahnung hatte was es bringen würde. Der Fall war ihnen noch nicht vollständig entronnen. Er ging zu Willow Bluesongs Haus in der Hoffnung, dass etwas Greifbares am Horizont erscheinen würde.

Sie war nicht das, was er erwartet hatte.

»Mrs. Bluesong?«, fragte er, als sie die Tür öffnete.

»Ja?«, sagte sie und warf ihre hüftlangen, ergrauten Zöpfe über ihre Schulter. »Miss eigentlich«, fügte sie hinzu und strich sich ihr Batik-Kleid glatt.

Das zögernde Lächeln und die schäbigen Birkenstock Schuhe schrien geradezu nach Unschuld. DJ musste sich selbst daran erinnern, nichts als selbstverständlich anzunehmen. *Vermuten und spekulieren kann jeder, nur Fakten bringen Konkretes.* »Ich bin Detective Johnson.«

Sie lächelte. »Und ich bin Miss Willow.«

»Haben Sie etwas dagegen, wenn ich Ihnen ein paar Fragen stelle?«

»Worum geht es denn?«

»Sara Winthrop.«

Ihr Lächeln verschwand, sie presste ihre Hand vor den weit geöffneten Mund. »Ist ihr was zugestoßen?«

»Darf ich reinkommen?«

»Sie ist doch nicht tot, oder?«

»Nicht, dass wir ... wir versuchen ... ich denke, es ist besser, wenn wir uns setzen.«

»Wie ist es passiert?« Sie lehnte sich an den Türrahmen.

»Es tut mir leid ... ich meinte es nicht so ... sie ist nicht tot ... soviel wir wissen. Sie ist verschwunden. Sie und ihre Kinder.«

»Soviel sie wissen? Was bedeutet das genau?«

Er seufzte. Es war ja nie einfach. Ein paar falsche Worte und die Gerüchte trieben, wie ein ruderloses Boot im Meer. »Wir erwägen die Fakten. Wenn Sie mir fünf oder zehn Minuten geben könnten, könnte ich Ihre Hilfe gut gebrauchen.«

»Sie ist doch nicht verletzt, oder?«

»Ich ... wir wissen es noch nicht. Aber wenn Sie uns behilflich sein könnten ...«

»Ich habe sie heute Morgen gesehen. Oh Gott, gut, gut. Kommen Sie rein, kommen Sie rein.« Sie hielt die Tür auf und winkte ihn ins Haus.

DJ trat über die Schwelle und wurde von dem Duft von Räucherstäbchen und frisch gebackenen Chocolate Chip Cookies begrüßt. Er folgte ihr den Flur entlang. Die Schuhe quietschten auf dem Holzboden. Staubige Bilderrahmen standen in noch staubigeren Regalen. Miss Willow stand auf einem Foto lächelnd, in jüngeren Jahren, neben einem dünnen, zotteligen Mann mit einer Hippiemähne und einem ZZ Top Bart. Keine Kinder, mit Ausnahme der letzten paar Fotos, auf denen sie neben Saras strahlenden Kindern posierte. In einem Park saßen sie auf einer Rutsche übereinander. Auf einem anderen hielt sie ihre Balance auf einer Kinderwippe.

Sie führte ihn ins Wohnzimmer, bot ihm Tee und Cookies an, und er nahm auf der braunen Couch mit dem Waldmuster Platz. Er lehnte dankend ab. Sie bestand darauf.

Ein paar Minuten später biss DJ in eins der besten Cookies, die er je gegessen hatte.

Miss Willow saß am Rand ihres Lehnstuhls und trank ihren Tee. »Wie - wie ernst ist die Situation, Detective?«

DJ stellte den Teller auf den Kaffeetisch und leckte sich die

Finger. »Leider behandeln wir alles vorerst als mehrfache Entführung und als vermisste Person.«

»Entführung? Was ist passiert?«

»Wie gesagt, wir beurteilen die Situation noch. Im Moment fehlen alle vier. Unter ... wir glauben, unter verschiedenen Umständen.«

»Das ist schrecklich.«

»Sie sagten, Sie hätten Mrs. Winthrop und ihre Kinder heute Morgen gesehen?«

»Sie kam vorbei, bevor sie die Kinder zur Schule brachte.«

»Und sie klang okay? Hat sie etwas erwähnt, das sie beunruhigte?«

Sie schüttelte den Kopf und blies in ihren Tee, um ihn abzukühlen. »Sie war in Eile. Wer ist das nicht mit drei Kindern? Verstehen Sie mich nicht falsch, ich liebe die drei, als wären sie meine eigenen, aber sie machen immer viel Arbeit.

»Sie war in Eile?«

»Zu spät für eine Besprechung. Sie sagte etwas über Teddy, diesen Mitarbeiter, den sie nicht mag. Das ist nicht ungewöhnlich. Und ... was noch ... wir haben über Pläne für heute Abend gesprochen.«

»Pläne?«

»Sie sollte die Kinder vorbeibringen und sich dann mit einem Reporter treffen. Derzeit hat sie viel zu tun. Zeitschriften rufen ständig an. Sie schafft es gut, aber ich weiß, dass es an ihren Nerven zerrt.«

»Über sie schreiben die Zeitschriften? Welche?« *Im Blick der Öffentlichkeit; vielleicht ist jemand eifersüchtig?*

»Oh, irgendwelche Wirtschaftszeitschriften. Ich kenne die nicht alle.«

»Also ist sie erfolgreich?«

»Mehr oder weniger, ganz plötzlich, in den letzten sechs Monaten.«

»Interessant. Hat sie sich in diesem Zeitraum mit jemandem getroffen?«

Ms. Willow stellte ihre Tasse auf den Tisch. »Ich weiß, worauf Sie hinauswollen, aber nein, nicht dass ich wüsste. Sie kann ... wie soll ich sagen ... manchmal ein bisschen dickköpfig sein. In meinen Augen spielt sie einfach nur ihre Rolle.«

Donnerwetter ... das Spiel ... bist du bereit, das Spiel zu spielen? War das ein Ausrutscher? Nein, nicht sie. Kann nicht daran beteiligt sein. Was würde Barker sagen? Wahrscheinlich etwas mit Angeln und Würmern.

DJ ergriff die Chance. Ließ den Köder vor ihrer Nase baumeln, um zu sehen, wie sie reagieren würde. Er sagte: »Bist du bereit, das Spiel zu spielen?«

Sie blinzelte ihn an und schüttelte den Kopf. »Wie bitte?«

Ahnungslos. »Entschuldigung, Sie haben mich an etwas erinnert, was mein Partner gesagt hat. Er redet viel.«

»Ach so.«

»Was meinen Sie mit ‚Rolle spielen'?«

»Eigentlich nichts, nur eine Redewendung. Sie hat erwähnt, dass sie jemandem schon einmal auf die Zehen getreten ist, das ist alles. Soweit ich mich erinnere, gab es keine ... oh, wie heißt das Wort, nach dem ich suche?«

»Vergeltung?«

»Vergeltung – das ist es. Sie ist eine gute Frau, Detective Johnson. Ich kann ich mir nicht vorstellen, was sie alles durchmacht. Zuerst ihr Ehemann und jetzt das? Was ist los mit der Welt?« Ms. Willow starrte aus dem Fenster. »Als mein Mann starb, habe ich das Haus monatelang nicht verlassen. Aber Sara ist stark. Auch klug. Sehr klug. Ich habe noch nie an ihren Fähigkeiten gezweifelt.«

»Gut.« DJ tippte mit dem Stift auf den Notizblock. So nett die Frau auch war, er verschwendete Zeit hier. Sie war nicht in die Situation verwickelt und es war, genau wie die anderen auch, wieder eine Sackgasse. »Noch ein paar Fragen und ich gehe.«

Sie behielt die Welt draußen im Auge. »Es sieht so aus, als hätte ich heute Abend keine Pläne. Bleiben Sie so lange, wie Sie möchten.«

»Sie haben Saras Ehemann erwähnt. Was hielten Sie von ihm?« Er wollte keine sinnlosen Fragen mehr stellen, aber er wusste, dass Barker ihn zurückschicken würde, wenn er nicht jede mögliche Frage stellen würde.

»Ich habe ihn nie getroffen. Sara und ich lernten uns erst kennen, nachdem er verschwunden war. So wie sie über ihn sprach, war der Mann ein Heiliger.«

»Ich bin sicher, dass es sehr schwer war für sie.«

»Das war es und ist es noch immer.«

»Zweifellos. Zweifellos.« DJ warf einen letzten Blick auf seinen Notizblock, um zu sehen, ob er etwas vergessen hatte und las seine Notizen durch. *Nichts hier ... nichts da ... sie würde nichts über Ladyfingers wissen ... mal sehen ...* »Shelley Sergeant«, sagte er. »Kennen Sie die Frau?«

Frau Willow drehte abrupt ihren Kopf. »*Diese* Frau?«

Die Vehemenz in ihrer Stimme ließ DJ aufrecht sitzen. »Was ist ...«

»Haben Sie jemals jemanden getroffen, der Ihnen die Haare zu Berge stehen lässt, sodass Sie nicht einmal mit derselben Person im selben Raum sein möchten?«

»Schon oft.« Für ihn war das Gefühl ein ganz normaler Tag im Büro.

Sie sagte: »Wolf im Schafspelz.«

»Was meinen Sie damit?«

»Ich werde sie nicht mehr in mein Haus lassen. Schlechte Energie. Sie spielt die kleine graue Maus, aber, beobachten Sie sie mal, wenn sie denkt, dass gerade niemand hinschaut. Sie trägt diesen Diamantanhänger mit den Buchstaben *S.D.* Ich kann Ihnen nicht sagen, was sie bedeuten, aber in meinen Augen ist es *She-Devil*. Eine Teufelin.«

DJs ließ seinen Notizblock fallen. *Der Anhänger …*

KAPITEL 18

Sara

SARA NAHM die Hände von ihren Ohren. Die Schreie, die sie hörte, waren nicht ihre eigenen. Leise und gedämpft kamen sie von anderswo im Raum.

Sie blickte auf und sah, dass der große Kerl die Waffe auf Teddy gerichtet hatte. Still. Bewegungslos.

Sie drehte schnell den Kopf.

Teddys Augen waren schreckgeweitet. Er lehnte sich gegen seine Fesseln und jammerte durch den Knebel in seinem Mund. Er war am Leben. Keine frischen Wunden. Keine Einschusslöcher, soweit sie sehen konnte. Ein nasser Fleck verdunkelte die Mitte seiner Hosen.

Der Schuss war in die Decke gegangen.

Sara griff nach unten und spürte die Trockenheit ihrer Jogging Shorts. Irgendwie hatte sie die Kontrolle über ihre eigene Blase behalten.

Der große Typ ließ die Waffe zur Seite fallen, ließ sich auf den Boden neben Saras Käfig nieder und nahm seine Ski Maske ab. Sein dunkles, zerzaustes Haar war verfilzt.

Er ist es. Ich wusste es.

Er schüttelte den Kopf und sagte: »Ich kann es nicht ... ich kann es einfach nicht.«

Teddys Geheul verstummte zu einem Wimmern der Erleichterung.

Sara rutschte zur Käfigwand, lehnte die Stirn an das kühle Metall und starrte ihn an. *Was jetzt? Wenn er nicht ... die Kinder ...* »Schau mich an«, sagte sie. »Wenn du nicht ... meine Kinder ... was passiert mit ihnen?«

Das gleiche Gesicht, das sie im Supermarkt gesehen hatte, verzerrte sich vor Bedauern. Die Mundwinkel krümmten sich nach unten. Augen weit aufgerissen, unsicher. »Ich ... ich weiß es nicht.«

»Kannst du sie belügen? Kannst du ihr sagen, dass du es trotzdem getan hast?«

»Sie würde es wissen. Sie weiß es immer.«

»Wie heißt du?«

»Ich kann es nicht ...«

»Sag mir deinen *Namen*!«

Er schlug den Pistolenlauf gegen seine Handfläche, schaute zur Tür hinaus und dann zurück zu Sara. Er zögerte. »Michael.«

»Michael, okay. Ich wollte das ja auch nicht, aber meine Kinder – was passiert, wenn du es nicht tust?«

»Sie wird sich etwas einfallen lassen.«

»Wer ist sie?«

»Sie sagte, es wäre einfach.«

»Du meinst das Spiel?«

»Ich hätte nie gedacht, dass ich ... Gott, wie konnte ich da nur einstimmen ... ich sagte immer keine Kinder. Nie mit Kindern.« Er knurrte frustriert, richtete die Pistole nach oben und feuerte noch drei Schüsse in die Decke.

Das Knallen der dumpfen *Schüsse* erfüllten den Raum. Sara

wich zurück. Sie hatte kein Mitleid mit ihm, spürte aber, dass sie bei ihm durchkam. »Hilf mir«, sagte sie. »Hilf mir, bevor sie etwas tut.«

»Das wird sie nicht.«

»Woher weißt du das?«

»Weil die Kinder nicht das ultimative Endziel sind – du bist es.«

Verdammt, gib mir klare Antworten. »Bitte«, sagte sie, »sag mir, worum es hier geht. »

»Das müsstest Du jetzt aber schon wissen.«

Sara schlug auf den Käfig und spürte den Schmerz auf ihrer Handfläche. »Wer seid ihr Leute? Wenn du nicht helfen willst, lass mich wenigstens hier raus. Ich verspreche dir, mit jeder Unze Wahrheit, die ich in mir habe, dass ich kein Wort sagen werde, wenn du mich rauslässt.«

»Ich bin nicht blöd, Sara, wenn ich dich ...«

»Teddy wird es auch nicht, oder?«

Teddy sah beim Klang seines Namens auf und schüttelte den Kopf. »Nichts«, murmelte er durch den Lappen. »Hab dich nie gesehen.«

»Es ist nicht so einfach«, sagte Michael.

»Doch, das ist es«, sagte Sara. »Das verspreche ich. Du wirst uns nie wiedersehen. Lass mich raus. Bitte, lass mich raus.«

»Du kennst meine Schwester nicht, du weißt nicht, wie sie ist. Dein Mann kannte sie auch nicht. Zumindest nicht, bis er versucht hat, sie zu verlassen.«

Saras Brust spannte sich an. Der Käfig war plötzlich viel zu eng.

Oh Gott, Brian, du hast doch nicht... Also ist es wahr. Ich kann es nicht fassen.

»Er war ahnungslos. Er versuchte, sie zu verlassen. Er

wollte nach Hause gehen, wollte weg. Wollte sehen, ob er alles wieder gut machen könnte, weißt du?«

»War es das, was sie meinte, als sie sagte, ich hätte ihr etwas weggenommen? Weil er nach Hause kommen wollte?«

Der Riss im Damm seines schlechten Gewissens wurde immer größer. »Mehr oder weniger. Brian hat es versucht. Die Schuld fraß ihn die ganze Zeit auf. Er kam zu mir und fragte, was er tun sollte, aber was sollte ich ihm sagen? Was er tat war falsch, das weiß ich absolut und es tut mir leid, was du durchmachen musstest, aber wie soll man jemandem sagen, dass es *keinen* Ausweg *gibt*? Du kannst einem Mann nicht ins Gesicht sehen und sagen: »Wenn du sie verlässt, bist du tot.« Er hätte mir sowieso nicht geglaubt. Oh nein, nicht meine süße, unschuldige kleine Schwester. Sie ist zu süß, zu schüchtern. Niemand weiß, wozu sie fähig ist. Niemand. In ihr ist etwas Schwarzes, etwas Dämonisches, und ich kann nicht mehr mitmachen. Egal, was ich für sie tue, egal, wie weit ich gehe, um sie zu beschützen oder ihr zu helfen, es gibt keinen Weg, die Dinge wiedergutzumachen, die man ihr angetan hat und die sie bis zu diesem Punkt getrieben haben. Ich kann nicht mehr. Ich mach nicht mehr mit. Ich kann nicht mehr. Fertig.«

Was Sara sagen wollte, war: *Erzähl mir doch keine blöden rührseligen Geschichten. Es ist mir egal, was mit euch beiden passiert ist, und ihr beide könnt in der Hölle verbrennen, was mich angeht.* Aber sie hatte Angst, er würde sie eingesperrt lassen, und sie und Teddy würden langsam und qualvoll warten und ihre letzten Stunden in der gottverlassenen Hütte verbringen, bis der Tod an die Tür klopfte. Während Sara ihm zuhörte, kämpfte sie mit der Erkenntnis, dass sie gleich etwas aufdecken würde. Etwas, das sie nicht hören wollte, aber nach dem sie fragen musste.

»Hast du ... hast du ihn getötet, Michael?«

Michael ließ den Kopf hängen. »Sie war es. Ich machte nur das Vorher und Nachher. Ich konnte diese Grenze nie so gut überschreiten wie sie. Aber dein Mann hatte definitiv ein gutes Herz. Ich weiß nicht, wie er so lange durchgehalten hat. Zu lange. Ich konnte nicht mehr zusehen.«

Sara lehnte sich gegen die Käfigwand zurück, nahm Brians Ring von ihrem Daumen und drehte ihn zwischen ihren Fingern. Sie ließ ihn auf den Käfigboden fallen. Er prallte ab, rasselte und verschwand dann durch die Gitterstäbe.

Die Tränen wollten nicht kommen.

Sie fühlte den Schmerz. Einen Schmerz, der tiefer begraben war als Brian, in seinem vermutlich seichten Grab. Aber die Tatsache, dass sie jetzt endlich wusste was passiert war, reichte aus um ihre Trauer, für den Moment, einzudämmen. Die große Trauer würde später kommen, wenn sie noch einmal eine Minute für sich hätte, wenn sie alles lebend überstehen würde, wenn der Tag jemals käme, an dem sie die Chance hätte, zurückzublicken und zu trauern. Und wenn sie diese Gelegenheit haben wollte, musste sie jetzt klug weiterspielen und diesen Mann auf ihre Seite holen.

Sie sah zu, wie er herumrutschte und seinen Kopf an die Wand lehnte. Er schloss die Augen. Sara winkte Teddy zu, um Augenkontakt zu bekommen. Sie murmelte: »Alles wird gut.«

Teddy blinzelte zweimal.

Ich hätte ihn fast umbringen lassen. Wie werde ich ihm jemals wieder in die Augen sehen, ohne mich immer wieder daran zu erinnern?

Kannst du nicht. Du bist tief in seiner Schuld.

Ich frage mich, ob er weiß, dass ich eine Wahl treffen musste …

Vielleicht wird es ihn ja wenig interessieren, wenn du nur dafür sorgst, dass er hier rauskommt.

Und wenn ich erkläre, was auf dem Zettel stand …

Später. Du musst erstmal hier rauskommen.

»Michael?«

»Ja?«

»Was ist mit deiner Schwester passiert?«

»Lange Geschichte.«

»Nun, du hast ja ein gefesseltes Publikum hier, sozusagen.«

»Wie, du hast noch Sinn für Humor?«

»Es ist das einzige, was ich noch habe.«

»Versteh ich.«

»Deine Schwester ...?«

»Ich weiß, was du hier versuchst.«

»Ich bin neugierig.«

»Und eine miese Lügnerin.«

»Wurde sie missbraucht?«

»Das könnte man so sagen.«

»Wie würdest du es sagen?«

»Ich würde nichts sagen. Die Vergangenheit ist die Vergangenheit.« Er ging auf die Knie, zündete die Laterne an und setzte sich wieder.

Das neue Licht im Raum zeigte das Ausmaß von Teddys Blutergüssen, der Rotz lief ihm aus seinen Nasenlöchern. Der feuchte Fleck zwischen seinen Beinen hatte sich ausgedehnt und bedeckte seinen Schrittbereich und die Innenseite seiner Oberschenkel.

Sara starrte Teddy an.

Michael sagte: »Der ist hart im Nehmen.«

»Genießt Du es Menschen zu quälen?«

»Genug mit der Therapiesitzung, Sara.«

»Ich versuche zu verstehen.«

»Das kannst du nicht verstehen. Das kannst du nie verstehen. Ich habe die schrecklichen Sachen gesehen, die sie mit ihr gemacht haben.«

»Wer, Michael? Wer hat das gemacht?«

»Du willst wirklich wissen, was passiert ist? Du möchtest wirklich wissen, warum du in einem Käfig sitzt?«

»Ich könnte ...«

»Du kannst *nichts*, Sara. Es gibt keine Hilfe für sie. Glaub mir, ich habe alles versucht.«

»Was ist passiert?«

Michael stand auf und ging in den größeren Raum. Sie hörte wie er das Eis in der Kühlbox durchwühlte. Er kam mit einem Bier zurück, machte es auf, leerte die Flasche in einem Zug, drehte sich um und warf sie zur Tür hinaus. Das Glas zersplitterte. »Sie ... sie hat Probleme.«

»Wer hat die nicht?«

»Nicht solche. Nicht wie die meisten Leute. Unser Vater ... Er ist abgehauen, als wir noch Kinder waren. Wir wussten nie warum. Kein Grund. Eines Tages stand er vom Esstisch auf und ging zur Tür hinaus. Ich habe ihn nie wiedergesehen. Es machte mir nicht so viel aus. Er war streng. Gemein sogar. Immer betrunken. Aber meine Schwester liebte ihn über alles auf der Welt. Als er ging, war sie fertig. Zerstört. Verlustängste. Sie mag es nicht, wenn Menschen von ihr wegwollen. Deshalb tut sie das ja, wenn Leute versuchen sie zu verlassen. Melodrama. Wie eine Seifenoper, wie du gesagt hast. Und dann, unsere Mama ... Sie nahm ungefähr eine Woche später eine Handvoll Pillen. Wir sind in diesem Pflegeheim gelandet ... Gott, ich sollte dir das nicht erzählen. Sie würde es nicht erlauben.«

»Wenn du reden musst, rede. Sie wird es nie erfahren.«

Michael ging auf und ab. »Sie zwangen uns, sie Mutter und Vater zu nennen. Meine Schwester hasste die Leute und sie wussten das. Unser echter Vater war ein Schmusebär im Vergleich zu den beiden. Und weißt du, was noch schlimmer war? Sie haben mich regelrecht angebetet. Ich weiß nicht warum. Vielleicht, weil ich brav war. Gehorchte. Sie gaben mir alles, was ich wollte, und Mutter ... Mutter steckte meine Schwester in einen Käfig, wenn sie sich nicht benahm. In einen echten Käfig, Sara.«

»Sie war, in einem fensterlosen Schlafzimmer eingesperrt, saß in diesem Käfig und musste sadistische Spiele spielen, um herausgelassen zu werden. Ich weiß, sie fand es am Anfang schrecklich, aber nach einer Weile ... als sie älter wurde ... ich denke, sie hat es sogar *genossen* und ich schwöre, dass sie sich mit Absicht schlecht benommen hat, damit sie bestraft wird und in den Käfig kommt. Ich wünschte, ich hätte früher etwas tun können. Vater hat sie in Ruhe gelassen und ich konnte nichts tun, um ihr zu helfen, weil ich zu ängstlich war. Was hätte ich auch tun können? Aber dein ... dein Mann ... er hat versucht sie zu verlassen und jetzt lässt sie ihre Wut an dir aus. Verstehst du? Du wolltest es wissen, du wolltest es wissen. Siehst du jetzt den Zusammenhang? Siehst du's jetzt? Ja? *Siehst du's*? Das Spiel, der Käfig, die Folterung einer Mutter? Was sie früher gemacht hat war schon scheußlich, aber das hier geht zu weit. Ich kann nicht mehr. Es reicht.«

Zu weit, Sara. Bring ihn zurück.

»Lass uns über etwas Anderes reden, etwas Netteres. Hast du wirklich einen kleinen Jungen?«

»Du hast erfahren, was du wissen wolltest.«

»Ich meine es ernst. Ich möchte es wirklich wissen. Du hast einen Sohn?«

»Hatte.«

»Hatte? Was ist passiert?«

»Er ist weg.«

»Hat deine Schwester ...?«

»Oh Gott, nein«, er unterbrach sie. »Er ist bei seiner Mutter.«

»Siehst du ihn oft?«

»Nie.«

»Warum?«

»Seine Mutter hat mich vor die Wahl gestellt. Meine Schwester oder meine Frau. Als ich ihr sagte, ich hätte keine andere Wahl, ging sie. Ich habe seitdem weder sie noch William gesehen.«

»Wo sind sie jetzt?«

»Keine Ahnung.«

»Hast du noch nie versucht, sie zu finden?«

»Das wäre keine gute Idee. Sie würde das nicht erlauben.«

»Deine Frau oder deine Schwester?«

»Schwester.«

»Sie hat so viel Kontrolle über dich?«

»Ich schulde es ihr.«

»Nein, das tust du nicht. Du hast es selbst gesagt, du willst das nicht mehr. Lebe, ab sofort, dein eigenes Leben.«

»Das ist nicht so einfach.«

»Es *könnte* einfach sein. Du hast meine Erlaubnis.«

»Ich brauche deine Erlaubnis nicht, Sara. Was ich brauche, ist, dass diese kleine schwarze Wolke aus meinem Kopf verschwindet.«

»Sie besitzt dich.«

»Besitzt? Ich glaube, das ist das richtige Wort.« Er verstummte. Die flüsternde Laterne übertönte alles andere im Raum, bis er wieder sprach. »Sie ist wie eines meiner Organe. Etwas in mir, das ein Arzt noch nie zuvor gesehen hat, ein Ding, das mein Herz nur schlagen lässt, wenn sie es erlaubt.«

»Vielleicht ist sie dein Blinddarm?«

»Mein Blinddarm?«

»Etwas, ohne das man gut leben kann.«

»So funktioniert es nicht.«

»Und wenn es doch funktioniert?« Sara versuchte sich zu strecken. Jeder Muskel war wieder angespannt und schmerzte. »Wie wäre es, wenn du verschwinden könntest?«

»Sie hat mich in Chicago gefunden. Sie hat mich in Atlanta gefunden. Sie hat mich in San Diego gefunden. Ich weiß nicht wie, aber sie findet mich immer. Sie findet mich, hat immer wieder Kontrolle über mich und ich kann mir nicht helfen. Sie hat gesagt, wenn ich mich noch einmal vor ihr verstecke ... ist das Spiel vorbei.« Er lehnte sich mit dem Rücken an die Wand und rutschte auf den Boden.

Die Verzweiflung in seiner Stimme und der besiegte Ton gaben Sara neue Hoffnung. Er versuchte es alleine und versagte, aber wenn er vielleicht Hilfe hätte, wenn er wirklich rauswollte ...

Sie sagte: »Vielleicht ist das Spiel für dich vorbei, aber nicht für mich. Lass mich raus, lass *mich* den Kampf mit ihr aufnehmen. Ich kämpfe *mit* dir und *für* dich. Du könntest frei sein. Wenn du es nicht versuchen willst, lass mich wenigstens. Gib mir eine Chance.«

»Ich kann nicht. Sie würde mir nie verzeihen.«

»Bitte, Michael. Ich möchte, dass meine Kinder leben und eine gute Zukunft haben.«

»Ich wollte ein gutes Leben. Sie wollte ein gutes Leben.«

»Ich weiß. Natürlich wolltet Ihr das, aber ich kann an der Vergangenheit nichts ändern. Aber meine Kinder haben noch eine Chance.«

Er fuhr sich mit einer zitternden Hand übers Gesicht. Er schlug wieder mit dem Pistolenlauf gegen seine Handfläche. K*litsch* ... *klatsch* ... *klitsch*, wie eine tickende Uhr. »Du musst zuerst an Samson vorbeikommen.«

»Samson?«

»Der Typ, der deinen Sohn heute Morgen entführt hat.«

»Wer ist er?«

»Das spielt keine Rolle.«

»Ist er ein Ex-Freund von ihr?«

»Ich habe dir gesagt, spielt keine Ro... Mein Gott, bist du hartnäckig. Er wohnte eine Weile bei uns. Mit Mutter und Vater. Er war damals schon ein Tyrann.«

»Und sie hat auch die Kontrolle über ihn? Wie über dich?«

»Bedingungslos.«

»Aber wie ...?«

»Ich kann dir das nicht erzählen, Sara. Sie würde es nicht erlauben.«

»Komm schon, es ist okay. Ich werde nichts sagen.«

Michael schlug sich auf den Oberschenkel, atmete ein paarmal scharf ein und aus und kratzte sich dann mit dem Schalldämpfer Rand am Kopf. »Er wohnte erst ein paar Tage bei uns, bevor es anfing.«

»Bevor was anfing?«

»Das Schikanieren, das mobbing. Er konzentrierte sich damit total auf sie. Er verfolgte sie ständig. Tagelang ohne Gnade. Jetzt wo ich daran denke, glaube ich, dass Mutter ihn wahrscheinlich dazu aufgehetzt hat. Wann immer meine Schwester versuchte, sich gegen ihn zu wehren, ... Peng, direkt in den Käfig. Das ging eine Weile so, und dann schoss er mir eines Tages mit einem Luftgewehr in den Oberschenkel. Das kleine Mädchen durfte er tyrannisieren soviel er wollte und durfte mit ihr machen, was er wollte. Aber Mutters Liebling verletzen? Nein – das ging zu weit. Ich glaube, er war danach eine Woche lang eingesperrt, vielleicht länger. Du hättest ihn sehen sollen. Ich meine, er passte kaum in den kleinen Käfig. Also war er da drin und meine Schwester sagte ihm '*Ich kann dafür sorgen, dass du da rauskommst, aber du musst für immer und ewig tun, was ich sage. Schwöre es*'. Sie war sogar mit zwölf Jahren schon manipulierend. Ich denke, er war zu diesem Zeitpunkt schon schwach, aber er sagte kein Wort, nickte nur und schwor ihr immer und ewigen Gehorsam. Am nächsten Tag warf sie Mutter eine Handvoll Spaghetti ins Gesicht und das war das Ende. Seitdem hat sie ihn unter ihrer Fuchtel. Er fragt sie wie hoch er springen soll, bevor sie ihm überhaupt sagt, er soll springen.«

In gewisser Weise war es traurig, aber Sara konnte kein Mitleid aufbringen für den jämmerlichen Bastard, der ihren kleinen Jungen entführt hatte. »Hat sie sonst noch jemanden?«

»Den sie kontrolliert? Sie kann jeden manipulieren, um zu bekommen, was sie will, aber wir sind die einzigen ... wir sind die einzigen zwei ...«

»Die einzigen zwei was?«

Michael seufzte. »Sklaven.«

»Was ist mit der Fahrradfahrerin auf der Brücke?«

»Eine Schauspielstudentin, die sie engagiert hat. Ich habe ihr gesagt, wir spielen einen Streich - dieses Spiel - und sie sollte dir nur folgen und berichten, was sie gesehen hat.«

»Ihr hattet keine Angst, dass sie zur Polizei gehen würde?«

»Es war riskant, aber wenn man jemandem gerade genug Details gibt, glauben die, dass alles harmlos ist.«

»Ich bat sie um Hilfe.«

Seine Überraschung war sichtbar. »Wirklich? Wir hätten nie gedacht ...«

»Sie sagte, dass das Spiel nicht so gespielt wird.«

Michael nickte. »Genug, um dich zu erschrecken, um dich wissen zu lassen, dass du beobachtet wirst. Sie hat ihren Teil beigetragen, aber jetzt spielt sie keine Rolle mehr. Aber

Samson – du kommst unmöglich an ihm vorbei. Er wird nicht zulassen, dass meiner Schwester etwas passiert.«

»Ich werde es ja sehen. Ich kann es schaffen. Du musst es mich nur versuchen lassen.«

»Du wirst nicht gewinnen.«

»Man kann nicht gewinnen, wenn man nicht spielt. Gib mir eine Chance. Gib meinen Kindern eine Chance. Denk an deinen kleinen Jungen. Du würdest doch alles für ihn tun, oder?«

Die Sekunden vergingen. Eine Minute. Sara wartete und beobachtete ihn. Klitsch ... klatsch... klitsch. Was auch immer in seinem Kopf vorging, sein Gesicht war ausdruckslos. Sie wagte es nicht, noch mehr zu sagen, wollte ihre Chancen nicht dadurch zerstören, dass sie ihn zu weit drängte.

Eine weitere Minute verging, bevor er sich von der Wand abwandte und zu ihr herüberkroch. Er zog den Schlüssel aus der Tasche und griff nach dem Schloss. Zögernd zuerst, dann drehte er ihn um.

Das Schloss fiel auf den Boden; es war das befreiendste Geräusch, das Sara jemals gehört hat. Sie krabbelte aus dem Käfig und fiel fast um, als sie versuchte, sich auf ihre schwachen, schmerzend pochenden Beine zu stellen.

Er stand neben ihr auf.

Sie zuckte zusammen, als er ihre Hand nahm, aber entspannte sich, als er ihre Finger um die Autoschlüssel schloss. »Nimm die« sagte er. »Sie ist in meinem Keller. Die Kinder auch.« Er sagte ihr seine Adresse und wollte, dass Sara sie wiederholte.

»Verstanden«, sagte sie.

»Wenn du reinkommst, ist die Kellertür links, gleich hinter dem Wohnzimmer, aber Du brauchst noch jemanden der mitgeht. Sie wird wissen, dass etwas nicht stimmt, wenn sie nur die Schritte einer Person oben hört.

»Kommst Du nicht mit?«

»Ich kann nicht ... ich sollte ... ich habe andere Pläne.«

Sie wusste nicht, was er damit meinte und wagte es nicht zu fragen. Sie zeigte auf Teddy, der während des Gesprächs ohnmächtig geworden war. »Was ist mit ihm?«

Michael sah über seine Schulter auf den geschlagenen und gebrochenen Körper.

»Er sollte der Sündenbock sein.«

»Ich meine, kann ich ihn mitnehmen?«

»Er spielt jetzt keine Rolle mehr. Er kann gehen, wenn du ihn tragen kannst.« Er löste Teddys Fesseln und warf den durchnässten Knebel auf den Boden. Er brachte ihn zu ihr und legte seinen Arm um Sara. Er drückte sein eigenes Handy in ihre Hand. »Ihre Nummer ist da drin. Unter ‚Schwester'. Etwa zwei Kilometer weiter hast du Empfang, aber ruf nicht an, ruf auf keinen Fall an, oder du siehst die Kinder nie wieder. Schick eine SMS: Strafe vollstreckt, bereit für Level drei. Sie wird denken, dass ich es bin und dir Anweisungen geben. Willst du wirklich wissen, wie man gegen sie am besten gewinnt? Spiele dein eigenes Spiel. Das ist das allerletzte was sie erwartet.«

»Wie?«

»Du hast gesagt, du kannst es schaffen. Jetzt geh, bevor ich es mir anders überlege.«

»Kannst du mir nicht einfach sagen, was ...«

»Ich sagte geh ...«

»... das dritte Level sein soll?«

Michael sagte: »Nein. Sie würde es nie ...«

»Es ist mir egal, ob sie es erlauben würde oder nicht. Hilf mir bitte.«

Er atmete aus, trat zurück und warf einen Blick auf seine

Füße. »Du solltest noch einen Anruf von ihr auf deinem Handy erhalten. Dann sollte ich dich zum Haus und in den Keller bringen und dir noch einen Zettel geben. Anweisungen wie alle anderen und sie würde auch gefesselt sein, nur um jeden Verdacht von ihr abzulenken.«

»Ist das alles?«

»Sie erwähnte Rätsel, eines für jedes deiner Kinder, aber sie ändert ihre Pläne oft in letzter Minute. Ich weiß nie, was sie am Ende wirklich tut. In deinem Fall steht nur das Endergebnis fest.«

»Was ist das Endergebnis?«

»Du bist tot und deine Kinder sind in einem Pflegeheim. Genau, was auch mit uns passiert ist.«

»Tot? Aber sie hat doch gesagt ...«

»Es schert sie einen feuchten Dreck, was sie *sagt*. Du kannst nicht gewinnen. Keiner gewinnt in ihren Spielen.«

»Was soll ich dann tun?«

»Ich habe dir gesagt, spiel dein eigenes Spiel, und das ist alles, was ich dir sagen kann. Geh jetzt! Los! Los!«, rief er.

Sara nickte, sich darüber bewusst, dass sie kurz davorstand, wieder in den Käfig zu kommen, wenn sie jetzt nicht ginge.

Sie benutzte ihre Hüften und Schultern, um Teddy mitzuschleppen, zog ihn durch die Hütte und kämpfte mit seinem schlaffen Körper. Er konnte nur ein oder zwei Schritte schaffen, bevor er stolperte. »Komm, du schaffst das«, flüsterte sie. »Wir sind frei.«

Sie waren auf halbem Weg zum Auto, bevor Michael ihr nachrief.

»Sara«, sagte er.

Sie drehte sich, so gut es mit Teddy ging, um.

Er stand auf der Veranda, die Waffe an seiner Seite.

Bitte nicht ... nicht schießen ...

»Was auch immer du tust«, sagte er, »sag ihr nicht, dass ich dich freigelassen habe. Sie hätte das nie erlaubt.«

»Ich verspreche es.« *Du versuchst immer noch, ihr alles recht zu machen. Immer noch ihr Sklave.*

Sara bückte sich und half Teddy hoch, ging von der Hütte zum Auto und achtete darauf, nicht auf den Tannennadeln auszurutschen.

Windstille. Die Bäume standen hoch und regungslos über ihnen. Durch die Gelassenheit des friedlichen Waldes hörte sie den plötzlichen, scharfen Luftzug aus dem Schalldämpfer, und dann das Aufschlagen eines Körpers auf Holzboden.

Sie schaute nicht zurück.

KAPITEL 19

DJ

DJ FLUCHTE auf den Stoßverkehr auf der I-5. Es war schon seit Ewigkeiten nicht mehr so schlimm. Radioberichte deuteten auf einen Unfall hin. Umgekippte Autos mit Schwerverletzten. Ambulanz war unterwegs.

Ich hätte es besser wissen sollen, dachte er. Die Interstate zu nehmen war immer ein Roulette Spiel, auch wenn er es nicht eilig hatte. Entweder kämpft man gegen den Stoßverkehr, der in die Vororte ging, oder man kroch in der Stadt von Ampel zu Ampel wie alle anderen Zombies, die versuchen nach Hause zu kommen.

Barker beantwortete seine mehrfachen Anrufe nicht, also stand DJ in der Schlange und schlich zentimeterweise voran. Er nutzte die Zeit zum Nachdenken und Analysieren.

Nach der Erwähnung der Halskette war er aus Willow Bluesongs Haus gestürmt, ohne darüber nachzudenken, wohin er gehen, oder was er als Nächstes tun sollte. Seine erste Reaktion war, sich in Bewegung zu setzen, sich zu beeilen, um irgendwohin zu gelangen, und jetzt, da er völlig zum Stillstand gekommen war, kostete ihn der Entschluss wertvolle Zeit.

Blinklichter und Sirenen. Raus aus diesem Schlamassel. Aber wohin?

Shelley Sergeants Haus war das offensichtlichste Ziel, obwohl es unwahrscheinlich war, dass er sie zuhause antreffen würde. Aber spielt sie eine Rolle in dem Fall? Wäre es möglich? Ihren kalifornischen Führerscheindaten zufolge sind ihre Augen grün. Nicht ungleich. Nicht braun und blau.

Warte mal ... ich habe ihre Vergangenheit gar nicht überprüft ... was wäre, wenn es ...

Der Mazda vor ihm schaffte es, weiterzufahren, und DJ nahm den Fuß von der Bremse und rollte mit. Er rief Davis im Revier an und sagte ihm, er solle sich über Shelley Sergeant erkundigen, speziell mit Hinsicht auf eine mögliche Diskrepanz in ihrer Augenfarbe.

Er wartete. Er hoffte. Er kroch noch einen halben Meter weiter.

Sein Handy klingelte. Es war Barkers Nummer. Er antwortete »Höchste Zeit.«

»Immer locker, JonJon, davon krieg‘ ich schon genug von meiner Ex-Frau. Sieht so aus, als hättest du ein paar hundertmal angerufen. Hast du etwas neues?«

»Diese Halskette. Den Anhänger, den diese Barkeeperin erwähnt hat.«

»Ich dachte, du hättest das aufgegeben.«

»Es ist weit hergeholt, aber ...«

»Wir gewinnen Fälle mit Zufällen, Cowboy. Was hast du herausgefunden?«

»Shelley Ann Sergeant. Sara Winthrops Assistentin.«

»Sie hat dir gesagt, wem die Kette gehört?«

»Nein«, sagte er und rollte wieder vorwärts, »ich glaube, es ist ihre.«

»Was? Woher weißt du das?«

»Ms. Bluesong.«

»Die Babysitterin?«

»Ich dachte, ich würde mal von vorne anfangen und sie als erste befragen. Wenn man auf das Wesentliche zurückkommt, dann kommt man der Lösung näher, dachte ich. War auch gut. Wie auch immer, du hättest den Ausdruck auf ihrem Gesicht sehen sollen, als ich den Namen Shelley Sergeant erwähnte.«

»Wollte ihr die Augen auskratzen, was?«

»Sie war so sauer. Die Sache ist die: Sie sagt, dass Sergeant diese Halskette mit den Buchstaben *S.D.* trägt. Sagte, sie denkt, dass es für 'She-Devil' steht. Teufelin.«

»Im Ernst? Und hat sie diese Augenkrankheit, auf die du so scharf warst?«

»Davis überprüft es gerade. Sie kommt aus Kalifornien, laut Führerschein sind ihre Augen jedoch grün.«

»Lügner lügen. Wo genau hat sie gewohnt? Du lässt ihn doch nach Vorstrafen suchen, oder?«

»Ja. Letzte bekannte Adresse war ... heilige Scheiße.«

»Was?«

»San Diego ... S.D. Zu weit hergeholt?«

»Ich habe schon Fälle mit weniger gelöst, also lass uns damit anfangen. Die Barkeeperin sagte, die Buchstaben seien – was war das Wort, das sie benutzte? Verflochten?«

»Genau. Könnte es ein Logo sein?«

»Möglich. Was bedeutet SD in Kalifornien? Vielleicht ein Symbol? Sportmannschaft?«

»Die Chargers?«

»Die haben einen Blitz als Logo, JonJon. Du bist kein großer Football Fan, oder?«

DJ ignorierte den Witz. »Die Padres? Sie haben einen S.D. auf ihren Kappen, oder?«

»Ja, aber das gibt uns nicht viel. Überprüfe auch die Universitäten. Wer ist in der Gegend? University of San Diego?«

»Ja, und San Diego State University, das weiß ich.«

»Benutzen die SD für irgendwas?«

»Ich komme aus Texas, Barker. Ich kenne nur Orange und Hörner.«

»Lass Davis nachforschen, wenn er sich bei dir meldet.«

»Auf meiner Liste. Was gibt es Neues bei dir?«

»Blut- und Haarproben sind im Labor. Mein Gespür sagt mir natürlich Rutherford. Aber hör dir das an, Cowboy, die haben das Auto auf Fingerabdrücke untersucht und fanden einen vollständigen Handabdruck am Fenster. So sauber wie frische Unterwäsche. Einen großen, vollständigen Handabdruck.«

»Amateur oder nicht, er wäre doch nicht so dumm, oder?«

»Der Mann ließ am helllichten Tag ein Auto mit Blut stehen und mit einem perfekten Handabdruck auf der Innenseite der Windschutzscheibe. Entweder ist er ein verdammter Idiot oder ...«

»Oder er will erwischt werden.«

»Haargenau. Ich gehe zurück zum Revier, um mir die Laborergebnisse anzusehen. Wo bist du gerade?«

»Im Stau auf der I-5.«

»Was zum Teufel, Junge? Du verschwendest Zeit im ...«

DJ hörte einen Piepton im Telefon. »Warte, Davis ist auf der anderen Leitung.« Er klickte um. »Sag mir bitte, dass du was gefunden hast.«

Davis sagte: »Bist du darauf gekommen oder Barker?«

»Die Augensache? Ich – warum?«

»Klingt nach einer seiner untypischen Theorien. Er färbt auf dich ab, JonJon.«

Komm schon, bisschen Respekt? Ja? »Ich werde es ihm sagen. Was hast du gefunden?«

»Autounfall letztes Jahr. Shelley Ann Sergeant aus San Diego hat wegen rücksichtslosen Fahrens einen Strafzettel bekommen. Die Fahrerin gab an, dass sie ihre Kontaktlinsen nicht trug ... Der Beamte stellte eine Diskrepanz zwischen der angegebenen Augenfarbe auf dem Führerschein und der tatsächlichen Augenfarbe fest. Da steht nicht, welche Diskrepanz und es gab keine Vorladung wegen Angabe falscher Informationen. Süßes Mädchen. Wahrscheinlich hat sie ihm leidgetan.«

DJ spürte das Blut in seinen Kopf schießen, während er nach einer Öffnung im Stau suchte. Ein Sattelschlepper links von ihm transportierte eine Ladung Holz. Festgeklemmt. Ein Krankenwagen kreischte vorbei und steuerte auf den Unfall zu. Er schaltete seine Lichter und die Sirene an und ging auf die rechte Spur, um zwischen einem SUV und einem Möbel-Lieferwagen durchzukommen. »Gute Arbeit, Davis. Ich brauche noch ein paar Sachen. Finde heraus, zu welcher Uni sie gegangen ist ...«

»Schon gemacht. Sie hat einen Abschluss von der San Diego State University. Schlaues Köpfchen. Mit wahnsinnig guten Noten.«

»Hast du Zugriff auf einen Computer?«

»Ja, eine Sekunde.«

»Suche nach dem Symbol der Sportmannschaft von der Uni.«

»Ihre Sportmannschaft? Welche?«

»Ist egal. Football. Fotos vom Football Helm. Sag mir, was du findest.« Eine Hupe ertönte und DJ warf einen Blick über seine Schulter und erwartete, einen sauer gewordenen Fahrer zu sehen, der einen Polizisten anhupte. Stattdessen hielt eine

Frau an und winkte ihn vor, was ihm endlich Raum gab, durchzukommen.

»Ähm ... sieht aus wie ... rote, schwarze Buchstaben ... hier steht 'Azteken'... eine andere mit *S.D.* darauf, irgendwie verflochten.«

»Bingo. Beweg dich, verdammt!«

»Was machst Du denn?«

»Entschuldige, bin im Stau. Verdammte Idioten gehen mir nicht aus dem Weg. Ich brauche ihre aktuelle Adresse. In Portland.«

»Mal sehen ... 121 Blaylock Avenue.«

»Danke, Davis«, sagte er. Er schaffte es knapp, rechts auf die Standspur zu fahren, klickte auf die andere Leitung mit Barker und gab wieder Gas. Der Motor heulte und presste ihn in den Sitz. »Bist du noch da?«

»Ja, und drehe Däumchen. Hat Davis was gefunden?«

»Vergiss die Blutuntersuchung und die Fingerabdrücke. Fahr zu Sergeant, so schnell du kannst.« Er gab die Adresse durch, schoss die nächste Ausfahrt hinunter und legte auf, bevor Barker die Chance hatte, ihn noch irgendwas zu fragen.

* * *

ER HOLTE die Zeit auf, indem er durch Seitenstraßen fuhr. Lichter und Sirene waren aus, aber für die Wohngegend fuhr er zu schnell. Fast hätte er einen Radfahrer angefahren, als er ein Stoppschild überfuhr und um eine Frau herum manövrierte, die aus ihrer Einfahrt kam. Solange er vorsichtig war, waren die Gefahren in den Seitenstraßen minimal im Vergleich zu dem unmöglichen Verkehr auf der Lombard Straße, wo ein stetiger Strom von Kunden vor den Pizzerien, Bars und Wäschereien parkten, wo auch immer sie ein Auto in eine Lücke klemmen konnten.

DJ bog rechts in die Blaylock Straße ein, rollte langsam näher und hielt schließlich zwei Häuser vor Shelley Sergeants Haus an. Er stellte den Motor ab und verschaffte sich einen Überblick über die Gegend, während er auf Barker wartete. Selbst, wenn es seinem Partner gelingen würde, sich mit heulenden Sirenen durch den Stoßverkehr zu kämpfen, würde er trotzdem noch mindestens zwanzig bis dreißig Minuten brauchen.

Das dauert zu lang ... viel zu lang. Aber, es ist besser, wenn ich warte.

Aber was ist, wenn sie jetzt Sara da drin hat? Und vielleicht auch die Kinder. Ich gebe dir zehn Minuten, Barker.

Autos parkten auf beiden Seiten der Straße. Eine dicke Joggerin schleppte ihren Körper über den Bürgersteig, ihre Kleidung war bis auf die Haut durchnässt. Lichter beleuchteten Wohnzimmer und Esszimmer. Er stellte sich Familien vor, die sich gerade zum Abendessen hinsetzten, oder Eltern, die sich über Algebra Bücher beugten und versuchten, ihren Teenagern bei den Matheaufgaben zu helfen, aber genauso verwirrt waren wie ihre Kinder. Es ließ ihn an Jessica und das gute Abendessen denken, das er heute verpassen würde. Wieder mal. Es machte ihr nichts aus. Zumindest sagte sie, dass es ihr nichts ausmachte. Sie beschwerte sich nie, stellte nie Fragen. Sie küsste ihn einfach und ließ ihn versprechen, heil nach Hause zu kommen. Jeden Morgen die gleiche Routine.

Und bisher hatte er seine Versprechen immer gehalten. Der einzige Vorfall, der ihn beinah im Leichensack nach Hause geschickt hätte, war ein Familienstreit, als er noch Streifenpolizist war. Der Knall einer 9-Millimeter und die anschließende Explosion eines Ziegelsteins, nur wenige Zentimeter über seinem Kopf. Viel zu knapp. Er war wie gelähmt, unfähig, zu reagieren oder auch nur seinen Körper zu bewegen.

Das war ja die Sache. Sie wussten nie, wann sie an der Reihe waren. Stecke deinen Kopf durch eine Tür und du kriegst zu spüren wie eine Kugel schmeckt. Er hatte oft denselben Albtraum, dass es irgendwann mal was ganz Banales wäre, eine Routineuntersuchung vielleicht, um jemandem ein paar Fragen zu stellen.

Im Traum betrat er jedes Mal dasselbe Gebäude: Einen heruntergekommenen Reifenladen. Ein roter Mustang, ein Modell aus den späten 60er Jahren, stand da mit offener Motorhaube und die Beine eines Mechanikers ragten unter dem Auto heraus. Es ließ ihn an die Beine der bösen Hexe des Westens im Film ‚The Wizard of Oz' denken, nachdem das Haus auf sie gefallen war. Er ging auf das Auto zu, steckte seinen Kopf unter die Motorhaube, betrachtete alle Teile, sah wie sie zusammenpassen, zusammenarbeiten, bewunderte, wie sauber sie waren, wie makellos. Dann drehte er seinen Kopf und bemerkte das grinsende Gesicht des Mechanikers, der zu ihm aufblickte. Er konnte die 9-Millimeter sehen, die auf seinen Kopf gerichtet war und sah dann zu, wie der messerförmige Funken aus dem Lauf schoss. Er hörte das *Knacken* des Abzugs und starrte auf die Kugel, die im Zeitlupentempo auf ihn zu kam.

Er wachte immer auf, bevor ihn die Kugel traf.

Immer.

Er verstand die Symbolik, verstand, was sein Gehirn zu verarbeiten versuchte. Oder zumindest glaubte er es zu wissen. Es spiegelte sein Leben wider. Die Fragen, die Neugierde, das Schnüffeln unter der Haube, der Versuch herauszufinden, wie der kriminelle Verstand funktioniert. Die Angst, überrascht zu werden und nicht rechtzeitig reagieren zu können.

Alles gerechtfertigt und verständlich. Sowohl seine Ängste als auch die von Jessica. Er überlegte, ob er sie anrufen und ihr sagen sollte, dass er heute wieder zu spät kommen würde. Er entschied sich dagegen, schickte ihr stattdessen eine SMS und sagte ihr, dass es eine lange Nacht werden könnte und, dass sie das Bett für ihn warmhalten soll.

Sie antwortete sofort. Sie sagte, sie liebe ihn und vermisst ihn und er solle auf sich aufpassen.

Er lächelte und sah auf die Uhr. Zwölf Minuten waren vergangen und Barker war immer noch nicht da.

Er dachte an Shelley und versuchte in Gedanken ihr Profil zu überprüfen. Atypisch für das, was er sonst sah und gewöhnt war. Anfang zwanzig weiblich, hochintelligent. Sie arbeitete so nah wie möglich mit Sara Winthrop zusammen. Noch keine wirkliche Verbindung zu den Kindern, aber es war nah genug, um eine Rolle zu spielen. Wenn sie in die Entführung der Kinder verwickelt war, was sollte dann der ganze Ärger mit der Stripperin? Um Teddy Rutherford verdächtig zu machen? Es könnte sein. So wie die Leute im Büro über ihn sprachen, war er der offensichtliche Sündenbock.

Aber was zum Teufel hat eine hübsche junge Frau aus San Diego gegen ihre Chefin? Muss etwas Großes sein, um sowas zu machen ... hübsche junge Frau ... San Diego ...

San Diego ... San Diego ...

Plötzlich tauchte etwas auf seinem Radar auf. Etwas über San Diego. Etwas vom selben Morgen. Etwas, das er gelesen hatte.

Wo habe ich das bloß gelesen? Barker ... Barker ... das Revier ... Saras Ehemann ... seine Akte ... San Diego ...

Brian Winthrop war nur wenige Monate vor seinem Verschwinden nach San Diego gereist.

Gibt es da einen Zusammenhang ...?

Er versuchte die Szenarien in seinem Kopf abzuspielen.

Brian Winthrop reist nach San Diego ... er trifft Sergeant irgendwie ... sie arbeitet in der Bar im Hotel ... er trinkt ein paar Drinks ... macht mit einer jüngeren Frau rum ... denkt, er ist verliebt ... fliegt nach Hause, kann nicht aufhören, an sie zu denken... verschwindet wie ein Feigling ... lässt seine Frau und drei kleine Kinder zurück ...

Plausibel. Passiert ja öfter – jedenfalls öfter als es unschuldige Ehefrauen und Familien verdienten.

Aber wenn es so abgelaufen ist, fragte er sich, warum Sergeant in Portland Seite an Seite mit Sara arbeitete und ihre Kinder entführte.

Er wusste, was Barker sagen würde: »Nur Gott und die Wände wissen, warum Menschen tun, was sie tun.«

Er sah wieder auf die Uhr. Zwanzig Minuten.

Ich kann nicht länger warten.

Er öffnete die Autotür und trat auf die Straße hinaus. Langsam ging er den Bürgersteig entlang.

Alleine vorzugehen, war immer beängstigend und er fürchtete es jedes Mal.

Und dann kam die Rettung, mit dem zuknallen einer Autotür und einem lauten Flüstern von Barker: »DJ, warte.«

Barker lief auf der Strasse auf ihn zu.

Erleichtert sagte DJ: »Verdammt noch mal. Wieso hast du denn so lange gebraucht?«

»Ich musste anhalten und dir ein frisches Höschen besorgen«, sagte Barker und tätschelte ihm den Rücken. »Ist sie zu Hause?«

»Sieht nicht so aus. Glaubst du, unser Verdacht reicht aus sie fest zu nehmen?«

»Ich würde meinen Gehaltsscheck nicht darauf wetten, aber in diesem Fall ist mein Motto: *Erst schießen, dann fragen*. Ich glaube, du hast dir das Recht verdient, diesmal die Tür einzutreten. Dann mach mal, JonJon.«

DJ nickte und ging die Stufen hinauf. Er versuchte das Bild von seinem Kopf unter der Motorhaube eines Mustangs zu verdrängen.

KAPITEL 20

Sara

SARA ließ Teddy ins Auto fallen, hob seine Beine und half ihm ganz hinein. Es gelang ihm, die Tür selbst zu schließen und er ließ sich im Sitz zurückfallen.

Bevor sie ins Auto stieg las sie die neuesten SMS auf Michaels Handy an seine Schwester. Die Konversation hatte am selben Morgen begonnen.

Michael: Pakete sichergestellt. Keine Probleme.
Schwester: Gut. Samson bestätigte.
Michael: Napoleon?
Schwester: Überzeugte ihn. Triff Samson wie besprochen. Schaff Auto weg.
Michael: Genug Zeit für Gänsemutter?
Schwester: Ja. Halte dich an den Plan.

Sara konnte sehen, dass zwischen dieser und der nächsten Serie der Nachrichten, einige Zeit verging.

Michael: Habe mich um Auto gekümmert. Kaum geschafft. Sie kommt.
Schwester: Hör auf zu schreiben, Idiot. RUF MICH AN!

Nach einer Pause folgte eine Serie, die stattgefunden haben musste, während ihr auf dem Rücksitz die Augen verbunden waren.

Michael: Auf dem Weg zur Hütte. Gänsemutter ist außer Kontrolle.
Schwester: OMG – SMS am Steuer?
Michael: Ja fahre. Hab Zweifel. Kinder?
Schwester: Sie sind okay. Schreibe NICHT zurück. Fahre!
Michael: GM und Napoleon kein Problem, aber Kinder? Zu viel. Kann nicht.
Schwester: Du kannst und wirst. Wenn sie aus der Reihe tanzt, verwende die Strafe.
Michael: Ok hast recht. Tu den Kindern nix. Bitte.
Schwester: Du wirst mir nichts befehlen, verstanden?
Michael: Sorry, meine Schuld.
Schwester: Mutter würde diesen Ungehorsam nicht erlauben.
Michael: Ich weiß. Sorry. Aber quäle die Kids bitte nicht, ok?
Michael: Schwesterchen?
Michael: Schwesterchen?
Michael: Schwesterchen?

Das Gespräch endete da. Sara bekam eine eiskalte Gänsehaut.

Michael kämpfte die ganze Zeit mit dem schlechten Gewissen, dass sie beide die Kinder entführt hatten.

Sara stieg ins Auto, sah zu Teddy und fühlte seinem Puls. Er war bewusstlos, und verletzt, und saß da in seiner pissbefleckten Hose. Getrocknetes Blut klebte an seiner Nase, seine Augen waren lila wie Pflaumen und seine Lippen waren geschwollen. Der Rand seines Mundes war wund vom Knebel. Prellungen, so groß wie Auberginen, sich auf seinen Rippen und seiner Brust.

Er atmete langsam und unregelmäßig. Er brauchte Wasser und sie wünschte, sie hätte daran gedacht, den Rest ihrer Flasche mitzubringen.

Er hatte das Meiste abgekriegt. Sein Schmerz, seine Qualen waren körperlich – ihre waren psychisch. Er würde sich am Ende, mit der richtigen Pflege, erholen. Wenn er überlebt. Sie musste zuerst ein Krankenhaus finden für ihn.

Sara drehte den Schlüssel in der Zündung und fuhr, so schnell sie konnte, die Schotterstraße hinunter, an Bäumen Felsen, Blättern und dem Fluss vorbei. Sie hatte keine Ahnung wo sie war, wohin sie fuhr, oder wie weit sie von der Stadt und ihren Kindern entfernt war. Sie erinnerte sich, dass sie ursprünglich Richtung Osten fuhren. Jedenfalls hatte sie den Eindruck gehabt, als sie hinter Michael im Auto saß.

Die Sonne, wo ist die Sonne? Dort. Dort hin. Westen.

Sie überprüfte das Telefonsignal.

Suchen ... Suchen ... Suchen ...

Und genau wie Michael gesagt hatte, bevor er seinen eigenen Käfig mit einer gut platzierten Kugel aufschloss, erschienen die bekannten Empfangssignale etwa eine Meile von der Hütte entfernt. Sie hielt an der nächsten breiten Stelle am Randstreifen an und starrte auf die Tastatur. Sobald sie eine Nachricht schicken würde, ging das Spiel weiter. Sie fühlte sich wieder alleine und versuchte nachzudenken wie man einer Psychopathin den Spieß umdrehen könnte.

Wo soll ich anfangen? Mein eigenes Spiel?

Sie wird denken, dass ich Michael bin... das kann ich zu meinem

Vorteil gebrauchen... Irreführung... Überraschungseffekt wie im Juggernautspiel ... der Verbündete ist der Bösewicht...

Oder ... ich werfe sie aus der Bahn ... sag ihr, dass ich es vermasselt hab ... das Spiel ist vorbei ... lass sie denken, dass ich tot bin ...

Ohne mich gibt es kein Spiel ... Wenn ich tot bin, braucht sie die Kinder nicht mehr ... oh nein, schlechte Idee.

Sara schrieb: »Strafe vollstreckt. Bereit für Level drei.« Dann holte sie tief Luft und ließ ihren Finger über die Sendetaste gleiten.

Bring es hinter dich. Zögere nicht mehr.

Sie drückte darauf und wartete.

Teddy atmete tief ein und öffnete die Augen wie zwei Schlitze. »Warum hast du angehalten?« Er versuchte sich aufzusetzen. Zuckte zusammen. Grunzte. Und fiel dann zurück in den Sitz.

»Wir werden gleich weiterfahren«, sagte Sara. »Ich warte auf etwas. Hoffentlich dauert es nicht lange, bis wir dir helfen können.«

»Es geht mir so weit okay.«

»Teddy, du musst jetzt nicht den Starken spielen.«

»Mein rechter Arm ist völlig taub und mein Herz schlägt komisch, aber ansonsten ... Wann habe ich mir in die Hose gepisst?«, sagte er und betrachtete den trocknenden Fleck auf seinem Hosenschritt.

»In der Hütte, als du dachtest, er würde dich erschießen.«

»So ein Arsch. Wer *war* dieser Typ?«

»Ist egal.«

»Ist es nicht, zum Teufel, wir müssen zu den Bullen.«

»Er ist tot, Teddy.«

»Tot? Gut. Er hat es verdient.«

»Er hatte ... Probleme.«

»Was du nicht sagst.«

Sara konnte den Sarkasmus nach dem, was er durchmachte, verstehen. »Es ist keine Entschuldigung, ich weiß, aber er war nicht wirklich – er hatte keine Kontrolle über sein eigenes Leben, wenn du weißt, was ich meine.«

»Du verteidigst ihn auch noch?«

»Nein … er war einfach … ich fühlte – er tat mir leid.«

»Komm schon, Sara. Im Ernst?«

»An wie viel erinnerst du dich? Hast du eine Idee, wie du hierhergekommen bist? Warum bist du hier?« Sie schaute auf das Telefon. Keine Antwort. *Warum braucht sie so lange?*

»Du hast mich doch gesehen, oder? Ich war halb ohnmächtig.«

»Aber woran erinnerst du dich? Du wolltest mir sagen, wer die Frau am Telefon hätte sein können, kurz bevor er …«

»Mich halbtot geschlagen hat? Ehrlich gesagt habe ich keine Ahnung. Shelley und ich haben heute Morgen gegen zehn Uhr das Büro verlassen …«

»Shelley? Du bist *mit* Shelley gegangen? Warum?«

Er wandte sich von ihr ab, atmete scharf durch seine Zähne ein und legte eine Hand auf seine Rippen.

»Teddy?«

»Etwas Dummes. Ich hätte es besser wissen sollen. Wie auch immer; ich bin in mein Auto gestiegen und in dieser Hütte aufgewacht.« Er rieb sich die Augen. »Können wir jetzt gehen? Die Bäume werden immer verschwommener.«

Sara sah auf das Handy. Immer noch nichts. Sie sah auf die Uhr, biss sich auf die Lippe, sah wieder auf die Uhr. »Noch ein paar Minuten, dann gehen wir.«

»Fein. Zwei Minuten.«

»Shelley?« Sie wusste nicht warum, aber die Erwähnung von Shelleys Namen rief etwas wach in ihr. Intuition, etwas Seltsames, Unerklärliches. Seltsam, dass sie mit Teddy wegging, wie er sagte. Shelley verachtete ihn so sehr wie alle anderen im Büro. Sie vertraute ihr hinter verschlossener Tür an, dass er sie anmachte. Sie sagte, er sei widerlich. Sie erinnerte sich deutlich daran, dass sie ihn ein Schwein nannte.

Schwein ... Schwein ... Teddy sagte, die Stimme sagte ihm, er hätte es verdient, weil er ein Schwein sei. Nein ... Shelley? Niemals.

Sie wiederholte es noch einmal. »Shelley?«

»Um Gottes willen, Sara, lass es sein.«

»Teddy«, sagte sie mit erhobener Stimme. »Wer auch immer uns das antut, hat meine Kinder. Erinnerst du dich daran, dass ich dir das gesagt habe? Ja? Wenn du etwas weißt, wenn du auch nur eine Ahnung hast was hier abläuft, und den Kindern passiert etwas, weil du es mir nicht gesagt hast, werde ich deinen dürren kleinen Arsch wieder hierher zurück schleppen und zu Ende bringen, was Michael angefangen hat. Verstanden? Also, warum bist du mit Shelley weggegangen?«

»Okay, okay, beruhige dich. Es ist mir peinlich, das ist alles.«

»Und?«

»Sie sagte ... sie kam in mein Büro, nachdem du gegangen warst. Sie sagte, sie würde etwas früher gehen und wollte wissen, ob ich mit ihr zum Lunch gehen wollte.«

»Das ist alles? Du bist gegangen, um Mittag zu essen?«

»Ich dachte, sie wollte ... du weißt wie ich bin ... so wie sie es gesagt hat ... Ich hatte seit einer Woche keinen Sex ... Ich dachte, es wäre einen Versuch wert.«

Sara verdrehte die Augen. »Und du hast nichts Außergewöhnliches gesehen?«

Michaels Handy piepte und rettete Teddy vor ihrem Schimpferei.

Sara warf einen Blick auf das Telefon.

Schwester schrieb: Gut. Entschuldige die Verspätung. Bin eingenickt.

Schwester schrieb: Sie hat #1 gewählt? Du fährst doch nicht, oder?

Sara sagte: »Still, sie hat was geschrieben.«

»Wer?«

»Sch ... lass mich nachdenken.« *Was würde er tun? Was würde er sagen?*

Michael schrieb: Sorry. Fahre langsam.
Schwester schrieb: HALTE SOFORT AN.

Sara hielt Teddy den Zeigefinger vor sein Gesicht und zählte schweigend bis zwanzig.

Michael schrieb: #1 ja, Teddy erledigt.
Schwester schrieb: Keine Namen! Wie oft muss ich dir das noch sagen?
Schwester schrieb: Moment
Schwester schrieb: Woher weißt du seinen Namen?

Sara schnappte nach Luft. »Scheiße.« *Tu den Kindern nicht ... tu ihnen nichts an.*

Teddy sagte: »Was ist passiert?«

»Jetzt hab' ich's vielleicht vermasselt.« *Denk nach!*

Michael schrieb: Von Gänsemutter.
Schwester schrieb: Okay. Wie auch immer, gute Arbeit. Du KÖNNTEST eine Belohnung bekommen, wenn es gut läuft.

Sara wusste nicht, wie sie antworten sollte. Sie hatte sich

von dem Fehltritt erholt, aber was würde ein Mann im Bann seiner psychopathischen Schwester dazu sagen?

Michael schrieb: Ich war brav. Bitte, bitte?
Schwester schrieb: WENN du brav bist.
Michael schrieb: Eine Sekunde. Gänsemutter dreht durch.

Sie sagte zu Teddy: »Das war knapp.«
»Was war knapp?«
»Sei still. Ich muss nachdenken.«

Michael schrieb: Ok, bin wieder da. Verrückte Frau. Ohrfeige half.
Michael schrieb: Was für eine Belohnung?
Schwester schrieb: Lass mir noch was übrig. Das ist MEIN Job.
Schwester schrieb: Belohnung? Mal sehen ...
Schwester schrieb: Soll ich rote oder schwarze Spitze tragen? ;-)
Das Telefon fiel Sara fast aus den Händen. Was hatte er ihr sonst noch vorenthalten?
Michael schrieb: Rote!
Michael schrieb: Bitte.
Schwester schrieb: VIELLEICHT. Bring Gänsemutter schnell her.
Schwester schrieb: Kann Weinen nicht mehr ertragen.

»Zeit zu gehen«, sagte sie. »Du musst ins Krankenhaus.« *Und ich zu den Kindern. Ich komme meine Kleinen, ich komme. Haltet noch ein bisschen durch. Mama kommt.*

Sara startete das Auto und fuhr zurück auf die Schotterstraße.

»Worum ging es – die SMS?«

»Habe sie gefragt, was ich als Nächstes tun soll.«

»Du schreibst der Entführerin eine SMS?«

»Sie denkt, ich sei ihr Bruder. Der in der Hütte.«

»Kann ich irgendwie helfen?«

»Du kannst nicht einmal alleine aufstehen. Ich bringe dich in die erste Notaufnahme, die wir finden.«

»Dafür hast du keine Zeit.«

»Nein, habe ich nicht, aber …«

»Bring mich einfach in die Stadt, setz mich irgendwo an einer Tankstelle ab. Ich werde was regeln.«

»Teddy, nein.«

»Sara, ja. Ende der Diskussion – deine Kinder sind wichtiger. Fertig, keine Widerrede.«

Soweit Sara sich erinnern konnte, war es das erste Mal, seit sie ihn kannte, dass er ein Zeichen der Menschlichkeit, und Mitgefühl für einen anderen Menschen aufbrachte und nicht nur an sich selbst dachte. Es war bedauerlich, dass es eine Folge der letzten sechs Stunden war, die es zum Vorschein brachte.

Sara würgte an dem Kloß in ihrem Hals. *Ich bat um seinen Tod.*

Sie sagte: »Es tut mir leid.«

»Wofür?«

»Alles.«

»Das waren nicht *deine* Fäuste.«

»Es ist etwas komplizierter, als du denkst.«

»Ehrlich gesagt, ich möchte es nicht wissen. Hör einfach auf, mich Kleiner zu nennen und wir sind quitt.«

»Einverstanden.« *Aber ich kann dir nie sagen, wie einseitig diese Abmachung tatsächlich ist.*

* * *

DREISSIG MINUTEN SPÄTER hielt Sara vor einem gut beleuchteten chinesischen Restaurant im Ostteil von Portland an. Der Parkplatz war voller Autos. Sie war nervös, besorgt, bereit, ihr Spiel weiterzuspielen, bereit, zu ihren Kindern zu kommen und bereit, sich dem Unvermeidlichen zu stellen. Sie fühlte sich jedoch hin- und hergerissen, schuldig, als sei sie verantwortlich für Teddy und sollte noch mindestens ein paar Sekunden warten, um sich von ihm zu verabschieden. Sie sagte ihm, er solle vorsichtig sein und sich in ein paar Tagen bei ihr melden.

»Es sei denn ...«, sagte sie, »es sei denn, du siehst mich in den Nachrichten.«

»Denk nicht so«, sagte er. »Wer auch immer sie ist, sie hat keine Ahnung, mit wem sie es zu tun hat.«

Sara schüttelte den Kopf. »Ich bin ... ich weiß nicht.«

»Weißt Du was der größte Unterschied ist zwischen uns beiden?«

»Unterschied?«

»Selbsterkenntnis. Ich *weiß*, dass Leute mich hassen und es macht mir nichts aus. Ich akzeptiere es. Ich kann verstehen warum und es ist mir egal. Es macht mir Spaß zu sehen, wie weit ich Menschen treiben kann; aber du? Du hast keine Ahnung, wie sehr die Leute dich respektieren. Das hat seinen Grund und ich verspreche dir eins – wenn ich deinen Namen in den Nachrichten sehe, wird es eine Schlagzeile sein«, sagte er und fuhr mit der Hand über einen unsichtbaren Titel *Knallharte Mutter Überlistet Entführer*.

»Darauf würde ich nicht wetten.«

Teddy zuckte die Achseln, öffnete die Tür und hielt sich mit einem Arm die Rippen, während er ausstieg. Er machte einen Schritt vorwärts und sagte »Sara?« Und lehnte sich gegen das Auto. »Acht Uhr, Montagmorgen. Ich habe ein paar gute Ideen für Juggs 3, die ich dir zeigen will.«

Er schloss die Tür, humpelte davon und schlurfte zum Restaurant.

Sie beneidete ihn um sein Vertrauen in sie.

Die Restaurantgäste starrten ihn aus den Fenstern an und zeigten verwirrt auf ihn. Ein Mann stand auf und legte die Hände auf das getönte Glas, in der Hoffnung, einen besseren Blick zu bekommen. Teddy winkte ihnen zu und torkelte zum Eingang. Er winkte, als wäre er ein Mitglied der englischen Königsfamilie, Hand halb geöffnet, langsam drehend. Sie konnte sein Gesicht nicht sehen, aber sie stellte sich vor, wie er lächelte und jede Sekunde dieser prekären Aufmerksamkeit genoss.

Sie sah ihm jetzt mit etwas weniger Ekel hinterher, aber auch nicht gerade mit Bewunderung. Sie dachte, dass ihr Erzfeind, dieser Bazillus, der sie seit so vielen Jahren plagte, auf irgendeine Art tatsächlich sympathisch sein konnte.

Teddy schaffte es bis zur Tür, bevor er zusammenbrach. Ein Kellner ging vorsichtig auf ihn zu.

Geh jetzt, bevor jemand die Polizei ruft.

Fuß aufs Gas; die Beschleunigung presste sie in den Sitz. Sie war weg, ließ Teddy zurück und fuhr so schnell wie möglich durch ein Meer von Rücklichtern und Neonschildern. Sie wusste wohin, aber fuhr blind in den auf die zukommenden Sturm.

KAPITEL 21

DJ

DJ trat, mit gezogener und bereitgehaltener Waffe, an die Haustür von 121 Blaylock heran. Die Jalousien waren geschlossen, aber er hielt ein wachsames Auge auf die Fenster, um subtile Bewegungen zu entdecken. Als er sicher war, dass er niemanden sah, winkte er zu Barker, sich ihm anzuschließen. Froh, dass sie nicht in einer Schusslinie standen, riskierte er einen Blick durch das dekorative Fenster über seinem Kopf.

»Siehst Du was?«, flüsterte Barker.

»Leer.«

»Niemand zu Hause?«

»Nein, ich meine *leer*-leer. Keine Möbel, soweit ich sehen kann. Nichts.«

»Was? Bist du sicher, dass wir die richtige Adresse haben?«

»Per Polizeiakte, ja. Sollen wir anklopfen?«

»Probiere zuerst den Türgriff.«

DJ griff nach dem kühlen Messingknauf, drehte ihn und hörte das Klicken des Schlosses, gefolgt vom Knarren verrosteter Scharniere.

Barker sagte: »Hat uns einen großen Auftritt erspart. Jetzt aber Vorsicht.«

Sie schritten über die Schwelle. DJ zuerst, Barker folgte ihm. Geduckt gingen sie Schritt für Schritt und erwarteten, voll konzentriert, einen Hinterhalt. Der dünne Berber-Teppich gab ihnen den Vorteil, dass man ihre langsamen, vorsichtigen Schritte nicht hören konnte.

Zurück zu den Wänden, langsam von einer Stelle zur nächsten. Jede Tür ging auf, jeder Raum ohne Anzeichen von Behausung. Keine Zahnbürste, keine Duschvorhänge. Makellose Küchentheken, makelloser Kühlschrank, zwei leere Eiswürfelschalen im Gefrierfach.

Eine einzelne Tasse stand neben dem Waschbecken. Blau. Plastik. Knochentrocken.

Sie entspannten sich und steckten ihre Waffen ein. DJ kratzte sich am Nacken und atmete heftig aus.

Barker stemmte die Hände in die Hüften und sagte: »Leer wie mein kaltes Bett jede Nacht, Cowboy. Was jetzt? Hast du noch ein paar kluge Ideen?«

»Ich war mir sicher ...«

»Nicht deine Schuld. Du bist auf die Information angewiesen, die sie dir geben.«

»Wir sollten nach Abdrücken auf der Tasse suchen.«

»Ich habe schon Krankenhäuser gesehen, die nicht so steril waren wie dieses Haus, aber man weiß ja nie. Ich habe ein paar Asservatenbeutel im Auto. Sieh dich ein bisschen um. Ich bin in einer Minute zurück.«

DJ ging um die Küchentheke herum und ins Wohnzimmer. Überall an den Wänden waren Löcher, Dellen und Kratzer. Typisch für eine Mietwohnung, genau wie sein Haus, als er mit Jessica zusammenzog. Sie sagte, sie gäben einem Haus Charakter, zeigten Zeichen von Leben. Er hatte sich über den mangelnden Respekt der Vormieter beschwert.

Er bückte sich und prüfte den Teppich genauer. Keine Druckstellen von Couchbeinen oder Tischen.

Hier wohnt schon seit Monaten niemand. Falsche Adresse. Wo wohnt sie dann?

Sie könnten den Besitzer ausfindig machen, fragen, ob jemals eine Shelley Ann Sergeant hier gewohnt hat, ob sie jemals einen Mietvertrag unterschrieben hat. Aber wenn sie der Behörde eine falsche Adresse gegeben hat, ist sie höchstwahrscheinlich schlau genug, ihnen auch einen gefälschten Namen zu geben. Falsches Bankkonto auch.

Sie hat ihren richtigen Namen bei LightPulse angegeben. Da müssten sie auch ihre echte Adresse haben, oder?

So dumm wäre sie nicht. Das ist wahrscheinlich auch nicht ihr richtiger Name.

Also verlässt sie Saras Ehemann in Kalifornien, zieht hierher und bekommt irgendwie einen Job, arbeitet für sie. Sie wartet ein paar Monate ... beobachtet Verhaltensmuster ... ihren Alltag ... schnappt sich die Kinder ... bringt sie zurück nach San Diego ... Winthrop hat seine Kinder zurück ... alle leben glücklich bis ans Ende ihrer Tage.

Da stimmt was nicht.

Verdammt. Der Zettel.

Er hörte, wie sich die Haustür öffnete, und griff nach seiner Pistole. »Barker?«

»Hände von der Peng-Peng, JonJon. Ich bin's nur«, sagte Barker, als er um die Ecke bog und den Beutel aufschüttelte. »Ich habe eine Fahndung nach Sara Winthrop eingeleitet. Aber ich bezweifle, dass es etwas bringt.«

»Sie ist noch nicht abgehauen.«

»Ja? Wieso denkst du das?«

»Der Zettel, Barker. Der von heute Morgen.«

»Was meinst Du?«

»Zuerst mal würde ich sagen, du hattest recht mit dem Ehemann«, sagte DJ und erklärte dann seine Theorie über Brian Winthrop und warum Shelley Sergeant möglicherweise in Portland war. Er sah, wie Barker nickte, sah, wie Verständnis in seinen Augen aufflackerte, hörte, wie er seine Zustimmung grunzte.

Als er fertig war, sagte Barker: »Wenn du so weitermachst, kann ich vielleicht früher in den Ruhestand gehen, als ich dachte.«

»Kauf noch kein Flugticket. Wir haben wer und was. Wie ist zweifelhaft, und wo und warum ... gar nichts, null. Ich weiß nicht, was dieses Spiel mit irgendetwas zu tun hat, sehe den Zusammenhang nicht.«

Barker warf die Tasse in den Beutel und zog den Verschluss zu. »Klingt, als ob sie Rache nehmen möchte. Vielleicht hat unser Kumpel Brian zu viel über sein Ehefrauchen gesprochen. Miss Shelley kann es nicht ertragen, kommt nach Oregon, um sich um die Sache selbst zu kümmern.«

DJ verschränkte die Arme. »Warum ist Sara dann nicht das Opfer? Warum die Kinder miteinbeziehen?«

»Sie hätte sie irgendwo auf einem Parkplatz erstechen können, aber das macht ja keinen Spaß, oder? Sie ist höllisch rachsüchtig, sie will sie da treffen, wo es am meisten weh tut.«

»Manchmal macht mir dein Verstand Angst.«

Barker tippte an seine Schläfe »Je mehr Du wie Kriminelle denkst, desto einfacher kommt man ihnen auf die Schliche.«

»Was machen wir jetzt?«

»JonJon, ich fürchte, ich bin für heute fertig damit im Kreis herumzurennen. Schlaf mal darüber und wir fangen morgen früh frisch an.«

* * *

ABER DJ WUSSTE, dass er nicht drüber schlafen *könnte*. Sicher, er könnte nach Hause gehen, sich auf die Couch fallen lassen oder eine lauwarme Mahlzeit essen, während Jessica las oder sich eine Heimwerkershow anschaute. Dann, wie immer, wenn ihn etwas an einem Fall störte, könnte er nicht schlafen und würde letztendlich, bis 4 Uhr morgens, an seinem Schreibtisch sitzen, um im Internet zu surfen, oder würde im Kühlschrank nachsehen, ob es da was Neues gäbe, was vorher noch nicht da war. Er würde für eine weitere Runde unruhigen, unterbrochenen Schlafs zurück ins Bett kriechen, dann wieder aufstehen und auf dem Laufband, in der Garage, schnell fünf Kilometer joggen, bevor die Sonne aufging.

Anstatt nach Hause zu fahren, wie Barker es tat, fuhr er die Lombard Street auf und ab, überlegte, analysierte und versuchte sich vorzustellen, wohin Shelley die Kinder hätte bringen können. Er las dieselben Straßenschilder, immer und immer wieder. Er trank eine Tasse Kaffee in einem Tankstellenshop und unterhielt sich ein paar Minuten lang mit den Angestellten darüber, was sie von den Timbers hielten und ihrem letzten Fußballspiel. Er stieg in sein ungekennzeichnetes Polizeiauto ein und setzte den langsamen Marsch Richtung weiterer unbeantworteter Fragen fort.

Was für ein Spiel spielte Sara? Ein buchstäbliches Spiel? Figuratives? In der Schule nahm sie einen Anruf entgegen und rannte in Panik weg. Jemand, der ihrer Beschreibung entsprach, war nackt im Rose Garden entdeckt worden, und dann gab es Berichte, dass sie von da wieder weggerannt ist.

Diese Person spielte mit Sara. Das war klar. Sie spielte mit ihr, testete sie, um zu sehen, wie weit sie gehen würde, um ihre

Kinder zu retten. Demütigte sie, weil sie es konnte. Ihr Spiel, ihre Regeln.

Wohin ging Sara, als sie weglief? Zu der nächsten erniedrigenden Episode die Shelley sich ausgedacht hatte? Seit diesem Morgen gab es keine weiteren Berichte, dass Sara gesehen wurde. Sie könnte überall sein. Die Kinder könnten überall sein. Zehntausende Gebäude und Häuser. Versteckt, während Shelley sich an einer Frau rächte, die nichts anderes als ein Opfer eines untreuen Mannes war, der seinen Schwanz nicht in der Hose behalten konnte.

Sie könnte inzwischen tot sein. Alle vier. Sie könnten morgen von einem armen Hauswart aufgefunden werden, auf seiner ersten Runde, oder von einem Wanderer, der eine Abkürzung durch den Wald nahm und über ihre Leichen stolperte.

Denk nicht so. Es ist immer noch Zeit.

Wie viele Fälle bleiben jedes Jahr ungelöst? Wie oft sind schon Kinder auf einem Spielplatz verschwunden und nie nach Hause gekommen?

Egal wie hoch die Zahl sein mochte, er weigerte sich, sie zu addieren.

Nicht diese Kinder. Diesmal nicht. Barker wird sich schon etwas einfallen lassen.

Und was passiert, wenn Barker weg ist? Eines Tages wirst du den Luxus seiner Intuition nicht mehr haben. Eines Tages musst du selbst nachdenken.

Sein klingelndes Handy war eine willkommene Unterbrechung. »Johnson.«

»JonJon, ich habe einen Anruf für dich.«

»Davis? Was machst du noch auf dem Revier?«

»Dir bei Deinem Job helfen. Soll ich Sie durchstellen oder eine Nachricht entgegennehmen?«

»Wer ist es?«

»Sie sagte, Sie sei Sara Winthrop.«

Sie lebt … »Stell sie durch.« Er wartete auf das Klicken in der Leitung und sagte: »Sara? Sind Sie okay? Kinder gefunden?« *Bitte sag ja …*

»Ich weiß, wo sie sind, aber ich könnte Hilfe gebrauchen.«

»Womit denn? Wo sind Sie? Was ist los?«

»Das sag ich Ihnen alles, wenn Sie hier sind. Im Moment brauche ich einfach jemanden der mit mir in das Haus geht. Aber kommen Sie alleine, ich glaube, es funktioniert sonst nicht.«

KAPITEL 22

Sara

SARA saß auf einer Parkbank von wo sie Michaels Haus gut sehen konnte. Es war in einem ihr unbekannten Stadtteil. Sie sah Häuser in verschiedenen Stadien des Verfalls: fehlende Dachziegel, durchhängende Verandas. Vorgärten, die seit Tagen, wenn nicht sogar seit Wochen, nicht mehr gemäht wurden. Müll lag auf den Bürgersteigen. Schuhe baumelten an Stromleitungen.

Wenn sie Michael glauben konnte, waren ihre Kinder im Haus, gefesselt und geknebelt, weinten, litten und fragten sich, warum ihre Mutter noch nicht gekommen ist, und fragten sich, wer diese schreckliche fremde Frau war, die sie den ganzen Tag terrorisiert.

Ich komme, meine Kleinen. Mama kommt, aber ich muss vorsichtig sein. Nur noch ein bisschen länger.

Sie hat mit der Entscheidung gerungen, Detective Johnson mit einzubeziehen, aber wie Michael sagte, würde seine Schwester Schritte von *zwei* Leuten erwarten, wenn sie sich *wirklich* mit Lacey, Callie und Jacob im Keller versteckt hatte.

Ihr Herz hämmerte gegen ihren Brustkorb. Die Sehnsucht, die kleinen Gesichter der Kinder wiederzusehen, wuchs zu einem überwältigenden Drang sofort *in das Haus zu stürmen*, aber sie musste jetzt klug vorzugehen, konzentriert bleiben und das Spiel so spielen, wie Schwester es spielen wollte. Eine falsche Bewegung, ein subtiler Ausrutscher und sie würde die Kinder vielleicht nie wiedersehen, lebendig oder - Gott bewahre - tot.

Ungefähr fünfundvierzig Minuten waren seit ihrer letzten Kommunikation mit Schwester vergangen und Sara hatte sich noch immer kein eigenes Spiel ausgedacht. Wenn sie vielleicht einen klareren Kopf hätte ... Aber die Minuten liefen dahin und Schwester erwartete einen Anruf oder eine Nachricht oder irgendetwas, um sie wissen zu lassen, dass das dritte Level beginnen könnte.

Irreführung, dachte sie. *Das ist meine einzige Chance hier. Ich habe keine Zeit, mir mein eigenes Spiel auszudenken.*

Sie dachte an all die Momente, in denen sie sich mit einer Gruppe ihrer schlauesten Köpfe, im LightPulse-Besprechungsraum, um den großen Tisch versammelt hatte, zum Brainstormen, zum Planen, um sich auszutauschen und zu versuchen, jede Menge von gefährlichen Situationen zu erfinden, in die sie die Helden von Juggernaut verstricken könnten. Hätte sie jetzt diesen Luxus, mit einem Notizblock voller Ideen und einer Truppe von Experten, die sie leitete, wäre es einfacher, die Entführerin auszutricksen. Nicht garantiert, aber planbar. Wenigstens hätte sie eine Chance.

Aber jetzt, alleine auf der Parkbank, war es ihr ein Rätsel. Egal welche Form von Trick oder Täuschung sie sich ausdachte, es führte alles zu der ultimativen Konsequenz, die sie am meisten fürchtete.

Zu etwas Schrecklichem, das sie nicht aufhalten konnte.

Der einzige Plan, der Sinn machte, war, das letzte Level mit dem Wissen darüber zu spielen, was Schwester vorhatte. Sie hatte die Informationen, die Michael ihr gegeben hatte, brauchte aber mehr.

Sie brauchte ihren eigenen Schummel-Code.

Wie in den ruhmreichen Tagen der Nintendo-Spiele, als man eine Reihe von Tastenanschlägen auf dem Controller eingeben und zusätzliche Leben gewinnen konnte. Spielprogrammierer machten das damals schon und machen es immer noch. Die LightPulse-Jungs veranstalteten Wettbewerbe, um herauszufinden, wer den kreativsten Weg finden könnte, etwas in Juggernaut zu verstecken, und bis heute waren einige dieser geheimen ‚Schätze' nicht gefunden worden.

Das ist mein Vorteil. Ihr Spiel wird mein Spiel.

Sie nahm Michaels Handy in die Hand für die nächste SMS.

Sei schlau, stell dich dumm.

Michael schrieb: Blöder Verkehr. Stillstand. Unfall.
Michael schrieb: Gänsemutter versucht, mich gegen dich zu wenden.
Die Antwort kam schnell.
Schwester schrieb: Überrascht, dass sie so lange brauchte.
Schwester schrieb: Wie weit?
Michael schrieb: Paar Meilen. Bin bald da. Kinder okay?
Schwester schrieb: JA, Michael. Fang nicht wieder mit dem Scheiß an.

Sara starrte auf die Tastatur. *Wie bringe ich sie dazu, mir zu sagen, was sie plant? Was würde er sagen?*

Michael schrieb: Ich möchte nur sicher sein, dass sie okay sind.
Michael schrieb: Erzähl mir nochmal von diesem Level. Hast du etwas geändert?
Michael schrieb: Ich kann nicht anrufen. Sie hört zu.
Schwester schrieb: Du KENNST den Plan.
Schwester schrieb: Du widerst mich an.
Michael schrieb: Entschuldige. Will dich nicht enttäuschen.
Schwester schrieb: Dafür ist es zu spät.
Schwester schrieb: Aber manchmal mache ich mir Sorgen, dass Mutter dich zu hart geschlagen hat.
Schwester schrieb: Der Hammer muss dein Gedächtnis beschädigt haben.
Michael schrieb: Stimmt. Ich erinnere mich an so etwas.
Michael schrieb: Der Verkehr fließt. Bitte erinnere mich.
Schwester schrieb: Jesus, du bist hoffnungslos. Lies das, und komm dann so schnell wie möglich her. Keine SMS am Steuer!
Michael sagt: Ok.
Schwester schrieb: Bring sie runter in den Keller. Ich werde auch gefesselt sein.
Schwester schrieb: Du und Samson nehmen die Kinder und gehen. Vergiss NICHT, meine Fesseln zu lösen.
Schwester schrieb: Samson wird nicht mehr gebraucht, verstanden? Kinder ... hängt ganz von dir ab.
Schwester schrieb: Der Rest ist mein Job. Ich kann es kaum erwarten, ihren Gesichtsausdruck zu sehen.
Schwester schrieb: Von ihrer scheuen kleinen Assistentin verraten. Das wird ein Spaß.

Sara starrte die letzte SMS mit zitternden Händen an. Die Schmetterlinge in ihrem Bauch schlugen um sich, als stünden ihre Flügel in Flammen.

Es war die ganze Zeit Shelley. Sie hatte es geraten, änderte aber ihre Meinung und kam dann wieder auf sie zurück. Jetzt hatte sie die Bestätigung.

Alles machte jetzt Sinn - eine Frau, jemand bei LightPulse – die Teddy aus dem Büro lockte. Und noch früher, in ihrem Vorstellungsgespräch, wie sie Sara mit all den Fakten, die sie über sie wusste, all den Nachforschungen, die sie anstellte, überzeugte, dass sie den Job kriegen musste. Sie bestand darauf, dass sie nur mit den Besten arbeiten wollte. Die jetzt bedeutungslosen, Komplimente von Saras professionellen Fähigkeiten .... Es war Sara peinlich zuzugeben, dass sie auf diese oberflächlichen Komplimente reingefallen war. Die Schmeicheleien funktionierten. Sie stellte Shelley eine Woche später ein.

Als nächstes kamen die Angebote, Besorgungen für sie zu machen, die Kinder abzuholen, zu ihrem Haus zu kommen zum Babysitten. Sie arbeitete unglaublich viele Stunden, um sie zu beeindrucken und um ihr Vertrauen zu gewinnen. Jeder einzelne Schritt, der in den letzten Monaten von ihr unternommen wurde, zielte darauf ab, so nah wie möglich an Sara heranzukommen, sich mit ihr vertraut zu machen, alles über sie zu lernen und in ihr Leben *einzudringen,* und sich dann an ihr zu rächen, weil Brian gehen wollte.

Der Betrüger wurde der Betrogene.

Die Duplizität war unfassbar.

Sara gab sich selbst die Schuld, dass sie Shelley nicht durchschaute, sie in ihr Leben ließ und den Teufel mit offenen Armen in ihr Leben aufnahm.

Ich konnte es ja nicht ahnen. Die Frau war einfach perfekt.

Das andere Telefon klingelte neben ihr.

Sie ruft wieder an. Sei vorsichtig. Du weißt nichts.

Sie antwortete: »Hallo?«

»Da bist du ja, Sara. Mir wurde gesagt, dass du dich schlecht benommen- und im letzten Level eine schwierige Entscheidung getroffen hast.« Die vertraute, digitalisierte, apathische Stimme rollte träge durch den Hörer.

»Kann ich mit den Kindern reden?«

»Wenn ich bereit bin. Wie hat es sich angefühlt?«

»Wie hat sich was angefühlt?«

»Zu entscheiden, ob jemand lebt oder stirbt. Du kannst diese Wahl wieder treffen, wenn du hierherkommst. Willkommen auf Level drei. Ich nenne es ... *Konsequenzen*.«

»Du kannst es, von mir aus, einen Hotdog-Esswettbewerb nennen. Ich habe diesen Mist satt.« Sie überschritt die Grenzen, aber Giftigkeit wurde erwartet und sie hoffte, dass sie nicht zu weit ging. Sie könnte diese Fassade nicht aufrechterhalten, wenn sie wieder einen Schmerzensschrei von einem der Kinder hörte.

»Na, na, Sara. Diese Ausbrüche werden nicht toleriert. Vergiss nicht wer hier die Kontrolle hat.«

Wenn du nur wüsstest, Shelley.

»Können wir das bitte hinter uns bringen? Sag mir einfach, was ich tun soll.«

»Dein Begleiter wird dich an den richtigen Ort bringen. Dann und nur dann werden die Regeln des letzten Levels erklärt. Aber bevor ich gehe, hast du noch eine Frage frei für diese Runde. Schade, dass du im letzten Level deine Chance etwas zu fragen, verloren hast. Es wäre hilfreich gewesen, aber du wirst es jetzt nie erfahren, oder? Für diese Runde gelten die gleichen Regeln. Du kannst am Anfang oder am Ende fragen. Am Ende zu fragen ist jedoch nur möglich, wenn du noch ... *am Leben* bist.«

Sie tat so, als würde sie stottern, es sich überlegen. »Ich werde ... ich denke, ich sollte fragen ... nein, ich warte.«

Ich weiß noch nicht, was ich mache, aber du kannst mir glauben, du wirst es nicht kommen sehen.

»Was für eine Schande, Sara. So eine ... so eine Verschwendung. Ich war bereit, dir über alles die Wahrheit zu erzählen. Aber jetzt, wo du deine Wahl getroffen hast, müssen wir weitermachen.«

Sie wusste, dass es nicht erlaubt sein würde, aber sie bat trotzdem, um den Schein aufrecht zu erhalten. »Kann ich jetzt mit den Kindern sprechen?«

»Das geht leider nicht, Sara. Nicht in den Regeln, aber es erinnert mich daran, dass ich seit einiger Zeit keinen Schrei mehr gehört habe. Ich muss zugeben, meine Ohren vermissen diesen süßen Klang. Wir sehen uns ja bald. Vielleicht lasse ich dich mithören, und ich hoffe, du bist bereit«, sagte die Stimme und legte dann auf.

Sara stand auf, ging zum nächsten Mülleimer und warf ihr Handy weg.

Ich hoffe, du bist bereit für mich, Shelley.

* * *

WÄHREND SIE AUF DJ WARTETE, ging ein junges Paar mit einem Kinderwagen an Sara vorbei. Anfang dreißig, wahrscheinlich das erste Kind, eine glückliche Familie auf dem Weg zu jahrelangem Lachen und Spaß und zu noch mehr Babys. Fußballspiele, Aufkleber, High-School, College und dann Enkelkinder, die sie verwöhnen würden.

Es erinnerte sie an die früheren Tage mit Brian. Die Pläne, die sie machten, den Spaß, den sie hatten, passende Kleider für Lacey und Callie auszuwählen, während die zwei immer denselben Prinzessinnen-Film anschauten, bis die DVD endlich nicht mehr funktionierte. Brian scherzte, dass das

Ding die weiße Fahne schwang und sagte, dass alle DVDs in den Himmel kommen, bis auf diese, weil sie ihren eigenen besonderen Platz in der Hölle verdiente, für die Tortur die sie den Eltern beschert hatte.

Und dann kam ihr kleiner Junge und der Zyklus begann von neuem. Wieder Strampler, begeisterte Verwandte, ein frischer blauer Anstrich im Arbeitszimmer, das in ein neues Kinderzimmer umgewandelt wurde. Brian hätte nicht glücklicher sein können. Er brachte einen Baseballhandschuh und Modelleisenbahnen mit nach Hause, die jahrelang nicht benutzt werden konnten. Spielsachen - Feuerwehrautos, Plastikschwerter und Bausteine, die weggeräumt werden mussten, weil die Teile zu klein waren. Sie waren den Mädels immer noch zahlenmäßig unterlegen, aber er war begeistert, einen »Mann« auf seiner Seite zu haben, nach Jahren in einem Östrogen-dominierten Heim.

Brian.

Gottverdammter Brian.

Zwei vergeudete Jahre, in denen sie Sehnsucht nach ihm hatte, in denen sie ihren Gefühlen für ihn erlauben musste langsam zu schwinden, in denen sie sich weigerte zu den, von ihren Freunden arrangierten, Blind Dates zu gehen, in denen sie jeden Morgen im Internet nach Neuigkeiten suchte, in denen sie den Kindern immer wieder tröstend sagte »Papa kommt heute Abend nicht nach Hause, vielleicht kommt er morgen«, in denen sie Anfälle von Depression hatte aber dennoch allen um sie herum eine gute Miene zeigte, in denen sie nur von Hoffnung und guten Erinnerungen genährt, überlebt hatte ... Nach all dem, kam es nun dazu.

Zu diesem Ende.

Zu diesem einzigen Moment, in dem sie beschloss, sich

still von ihm zu verabschieden. Es wurde spät und sie sah zum dunkler werdenden Himmel auf. Die Sonne ging unter, bereit Licht und Leben zu einem anderen Ort der Welt zu bringen.

Brian, wenn das, was er mir gesagt hat, wahr ist und du es nicht geschafft hast, wenn du ... wenn du tot bist ... es tut mir leid. Was du getan hast war falsch, aber du hast es nicht verdient, dafür zu sterben. Das ist ... ich kann mir nicht vorstellen, was sie dir angetan hat und ich will es nicht wissen, aber du hast es nicht verdient zu sterben. Ich habe auf dich gewartet. Ich habe gewartet und gewartet und gewartet. Es hat sechs Monate gedauert, bis ich ins Bett gehen konnte, ohne mich in den Schlaf zu weinen. Sechs Monate!

Hast du wirklich versucht, zurückzukommen? Was hättest du gesagt, wenn du nach Hause gekommen wärst? Hättest du mir die Wahrheit gesagt? Hättest du? Hätten die Lügen dich aufgefressen, während ich weiterhin ahnungslos und glücklich gewesen wäre, dass die Liebe meines Lebens durch die Hölle gegangen war, um zu mir zurückzukommen?

Ich war eine gute Ehefrau, das weiß ich. Wir hatten eine gute Familie. Wir waren glücklich, oder? Oh, scher dich zum Teufel. Weißt du, wie schwer es war? Hast du auch nur einmal darüber nachgedacht, was ich durchgemacht habe, während du neben ihr im Bett lagst? Ja? Mein Gott. Ich hasse es, so erbärmlich zu klingen. Aber ich habe das Recht, egoistisch zu sein. Nach dem was du getan hast, habe ich das Recht. Und wie. Du hast uns in diese Situation gebracht. Es ist deine Schuld. Unsere Kinder sind in diesem Haus mit dieser Verrückten, für die du mich verlassen hast. Es ist alles deine Schuld. Du hast uns das angetan.

Und weißt du was? Es ist Zeit, dass ich mich um mein eigenes Leben kümmere. Ich glaube, ich bin jetzt dazu bereit. Vielleicht werde ich dir eines Tages verzeihen. Vielleicht ziehe ich ein schwarzes Kleid an und besorge dir einen Grabstein und lege Blumen nieder. Das werde ich tun. Aber siehst du, was mir gerade über die Wange läuft? Das ist die Letzte.

Es ist deine Schuld ... und du verdienst meine Tränen nicht mehr, Brian.

KAPITEL 23

Sara & DJ

SARA BEOBACHTETE den jungen Detektiv, als er auf sie zukam. Sein Hemd hing aus der Hose, die Krawatte war gelockert, seine Schultern hingen schlaff nach unten. Er sah aus, als wäre er seit diesem Morgen zehn Jahre älter geworden.

Als er sie sah, winkte schnell und beschleunigte sein Tempo. In seinen Augen sah sie eine Mischung aus Besorgnis und Erleichterung.

Als er nur noch ein paar Schritte entfernt war, sagte sie: »Sind Sie alleine?«

»Ja. Mann, Sie sehen aus ... ich meine, schön zu sehen, dass Sie am Leben sind. Wir dachten, Sie wären ...«

»Tot? Noch ist es nicht vorbei.«

»Ich habe mein Abzeichen und eine Waffe. Sie sind normalerweise ganz nützlich. In wessen Haus gehen wir also?«

Sie erzählte ihm die gekürzte Version von allem. Von dem Spiel, Rose Garden, Rennen durch die Stadt, von den Telefonaten, von Michael und von der Hütte. Sie erzählte ihm von Teddy, aber nicht davon, dass sie ihn zum Sterben verurteilt hatte, und auch nicht von ihrer Reue.

DJ sagte: »Ich habe den halben Tag nach ihm gesucht. Wir dachten, er steckt dahinter.«

»Dachte ich auch. Sie wollte, dass der Verdacht auf ihn fällt.«

»Shelley Sergeant?«

Sara trat einen Schritt näher, senkte ihre Stimme und fragte: »Wie haben Sie das herausgefunden?«

»Ich war mir nicht sicher. Viel Rätselraten, nichts Konkretes. Was ist jetzt Ihr Plan?«

»Wir sollten jetzt gehen. Ich erzähle alles auf dem Weg.«

Sara und DJ gingen die Straße entlang. Sie erklärte die Situation im Haus, was sie erwarten sollten, was Shelley erwartete und was das letzte Level des Spiels sein könnte. Sie hielten an der Hecke eines Nachbarhauses an und duckten sich dahinter.

DJ flüsterte: »Ich lasse Sie da nicht alleine hineingehen. Kommt gar nicht in Frage!«

»Bei allem Respekt, Detective ... *meine* Kinder, *mein* Plan.«

»Lassen Sie mich wenigstens ...«

»Seien Sie einfach bereit, okay? Beeilen Sie sich. Sie erwartet mich *und* Michael.« Sara huschte um die Hecke und auf die Veranda zu, während DJ hinterherlief und etwas über schlechte Ideen und mangelnden Respekt murmelte.

Sie stiegen die fünf Stufen zur Haustür hinauf, gingen an toten Pflanzen in rissigen Tontöpfen vorbei, und mieden die verfallene Latte auf dem Holzboden vor dem Eingang. Sara fühlte sich wie ein Verbrecher, ein Eindringling, der sich in Michaels ehemaliges Zuhause schlich.

Sie stieß die Haustür auf und trat in das fremde Haus. Sie hielt DJ eine Hand entgegen und flüsterte: »Hart auftreten. Er war riesig.«

DJ wisperte: »Wie denn?«

»Versuchen Sie laut zu sein ... ich weiß nicht ... versuchen Sie groß zu klingen. Stampfen Sie hart auf, aber nicht zu offensichtlich.«

»Das ist doch lächerlich. Lassen Sie mich zuerst reingehen.«

Sara stach mit einem Finger nach unten. »Ich sagte *nein*. Wenn Sie jetzt hier wild herumschießen, sind meine Kinder tot, hören Sie mich? Sie bleiben hier oben und lassen mich das machen.«

»Aber ich soll doch ...« DJ blieb stehen, hob die Hände und ließ sie fallen. Er ließ den Kopf hängen. »Ich bin damit gar nicht einverstanden, aber ich bleibe Ihnen aus dem Weg. Zumindest für jetzt.«

»Gut. Jetzt tun Sie so, als würden Sie mich schieben. Es muss real klingen.«

DJ stampfte vorwärts und schubste Sara voran.

Sie stolperte, landete auf dem Boden und flüsterte: »Noch einmal« und stand auf.

DJ stampfte noch ein paar Schritte weiter, half ihr hoch und schubste sie erneut. Diesmal stärker.

Sara stolperte, streckte die Hand aus und fegte eine Vase von einem Tisch. Sie stürzte und fiel auf Hände und Knie. Sie schrie »Okay, ich gehe ja schon«, und nickte ihm zustimmend zu.

Er drängte sie voran. Er stampfte auf die Scherben und hörte sie unter seiner Sohle knirschen.

Sara kroch um die kaputte Keramik herum zur Kellertür, schaute zurück zu DJ und sah, wie er seine Lippen zusammenpresste. Wartend. Wartend.

Er schloss die Augen und zog fest an seiner Krawatte. »Gehen Sie«, flüsterte er. »Seien Sie vorsichtig. Wenn etwas passiert, komme ich runter.«

Sie griff nach dem Türknauf und zog sich hoch. Sie warf einen letzten Blick auf DJ und sagte: »Nur, wenn ich Sie rufe.« Sie drehte den Griff und ließ die Tür aufschwingen. Sie quietschte wie ein Sargdeckel. Verhängnisvoll. Bedrohlich.

Sie setzte einen Fuß auf die knarrende erste Stufe, hielt inne und schritt auf die nächste.

Ihr Herzschlag war beschleunigt und ihr Gehör gedämpft als wäre ihr Kopf mit Watte umhüllt. Die die Kühle des muffigen Kellers prickelte auf ihrer Haut. Sie ging langsam die Treppe hinunter.

Runter, runter, runter, bis sie schließlich im Keller stand.

* * *

ZUERST ROCH sie den vertrauten, aber fremden Geruch von Waschmittel und blinzelte dann unwillkürlich um ihre Augen an das gleißende Licht einer einzelnen, nackten Glühbirne zu gewöhnen, als sie in den offenen Raum trat. Die niedrige Decke war nur eine Armlänge entfernt. Links von ihr stand ein antiker Porzellanschrank an einer nackten Betonwand. Rechts von ihr, in einer Nische, standen Waschmaschine und Trockner deren schmuddelige weiße Farbe sogar im Schatten zu sehen war. Hinter ihr waren, auf drei fast leeren Regalen, eine Schaufel, eine Plastikplane und eine Rolle Seil. Instrumente für die schnelle, diskrete Entsorgung einer Leiche.

Ich weiß, wofür die sind, dachte Sara.

Nicht wofür, für wen.

Es ist so still. Wo sind die Kinder?

Wo ist Shelley? Hat Michael gelogen? Verdammt, hat er mich angelogen?

Er sagte, sie änderte die Pläne oft in letzter Minute.

Er sagte, das einzige, was feststeht, ist das Endergebnis.

Und schließlich standen da drei große Holzkisten in der Mitte des Kellers. Schwarz gestrichen und fleckig wie mit der Spraydose lackiert. Sara trat einen Schritt näher, um besser sehen zu können, da sich ihre Augen noch an das unangenehme Licht gewöhnen mussten.

Alle drei Kisten waren identisch. Sie hatten alle eine LED-Anzeige, auf der in Rot **05:00** aufleuchtete, an einer Tür angebracht, die an den Rändern mit einer Art Gummidichtung isoliert war. Auf der Oberseite der Kisten waren silberne Zylinder, die mit Metallbehältern verbunden und um welche durchsichtige Schläuche gewickelt waren, die in das Innere der Kisten verschwanden. Davor waren grüne drei Zentimeter große Knöpfe.

Der einzige Unterschied, den Sara sehen konnte, waren die aufgedruckten grauen Zahlen unter jeder LED-Anzeige.

Die erste Kiste: 42

Die zweite Kiste: 91

Die dritte Kiste: 18

Sara stand erstarrt da, bis die neblige Verwirrung verschwand. Die Zahlen waren bedeutungslos, aber da Lacey, Callie und Jacob, nirgendwo zu sehen waren, konnten die Kisten nur eines bedeuten:

Drei Kisten, drei Kinder.

»Nein. Bitte, nein.« Sara, beinahe verzweifelt, hob ihre Stimme und sagte: »Kinder, seid ihr da drin?«

Sie eilte auf die Kisten zu und in dem Bruchteil einer Sekunde, bevor sie sie erreichte, bemerkte sie instinktiv eine Bewegung aus der Nische. Bevor sie hinschauen konnte, knallte etwas mit aller Wucht, wie eine tonnenschwere Abrisskugel, in ihre Rippen. Ihr Kopf peitschte zur Seite, sodass ihr Ohr auf ihre Schulter prallte. Sie verlor das Gleichgewicht, ihre Füße hoben vom Boden ab und dann wurde sie von ihrem Angreifer auf den gnadenlos harten Betonboden gepeitscht. Sie rollten, ihre Körper schlugen gegen den Porzellanschrank, Glastüren explodierten.

Sara versuchte sich zu bewegen und spürte einen Stich in ihrer Seite. Gebrochene Rippe? Messer?

Glasscherben bohrten sich in ihre Arme, sie war benommen, hob aber den Kopf und sah, wie das Ungetüm mühsam versuchte auf seine Füße zu kommen.

Sie hörte Shelleys Stimme: »Geh' nach oben, Samson. Geh' los. Töte ihn, wer auch immer es ist, und finde Michael.«

Sie sah eine ausgestreckte Hand, die Reflektion von Licht auf Metall, und sah, wie sich seine dicken Finger um den Kolben einer Pistole schlossen. Er bewegte sich schnell trotz seiner Größe. Er rannte zur anderen Seite des Kellers und donnerte die Treppen hoch.

Sara versuchte sich aufzusetzen, aber Schwindel und pochender Schmerz hielten sie zurück.

Shelley setzte sich auf sie.

Ihr Gesicht, ganz nah an Saras, grinste sie hämisch. »Fast, Sara. Du hattest mich fast. Da war etwas an der Art und Weise seiner SMS, das einfach seltsam war. Er fragt immer nach *schwarzer* Spitze und dieser Kommentar über den Hammer? Totale Lüge. Mutter hat ihn nie misshandelt.

Sara hörte Geschrei oben. Dann zwei kurz hintereinander fallende Schüsse und einen dumpfen *Aufprall*.

Als Nächstes kamen unsichere, stolpernde Schritte die Treppe heruntergepoltert.

Sei bitte DJ. Oh Gott, bitte lass es DJ sein.

Und dann: *bumm, bumm, bumm*, DJ fiel die Treppe hinunter und prallte gegen die Wand. Sein linker Arm war gebrochen und hinter seinem Rücken verdreht, Blut quoll aus einem

Einschussloch in seiner Brust und sickerte auf sein Hemd. Er spuckte einen Mund voll Blut und Speichel aus, sagte dann »Polizei« und sackte in sich zusammen.

Seine Brust hob und senkte sich, hob und senkte sich.

Shelley grinste. »Am Ende sterben sie alle, oder? Samson. Du. Deine kleinen Engel. Brian. Besonders Brian, weil er es *verdient* hat. Willst du wissen, warum er dich verlassen wollte? Du warst *langweilig*, Sara. Das ist genau das, was er mir gesagt hat. Langweilig.« Shelley schlang ihre Hände um Saras Hals und schüttelte sie. »Und das machte es so viel schlimmer, als er versuchte, *mich* zu verlassen - wegen *dir* - du, dumme, *langweilige Fot...«*

Sara sammelte, was sie an Kraft übrighatte, und schwang ihre Faust gegen Shelleys Kopf.

Shelley blockierte, ergriff Saras Arm und benutzte ihre Hebelkraft, um ihn nach hinten zu drücken.

Glas grub sich in Saras Rücken, schnitt durch Hemd und Haut, als Shelley sie über den Boden schleppte und sie vor die Kisten legte.

Shelley benutzte ihre Knie, um Saras Arme festzuhalten, schlug sie zuerst auf eine und dann auf die andere Wange. Sie griff nach Saras Hemd und zog sie hoch und brüllte ihr ins Gesicht: »Wo ist mein Bruder? Wo ist Michael? Was hast du mit ihm gemacht? Los, sag schon!« Jedes abscheuliche Wort wurde lauter und lauter.

Shelley hob ihre Hand und ballte die Faust.

Sara, nach Luft schnappend, keuchte: »Tot. Er ist tot.«

Shelley schlug ihr ins Gesicht, hart und schnell.

Saras Nasenrücken brach mit einem lauten *Knack*. Der Raum wurde weiß. Shelley zögerte und Sara spürte, wie sie ihr Gewicht verlagerte, und sah mit tränenden Augen, wie ihre frühere Assistentin nach etwas in ihrer Tasche griff, und dann wurde das eindringliche Verhör fortgesetzt.

»Hast du ihn getötet?«, fragte Shelley mit zusammengebissenen Zähnen. »Antworte mir. Hast du ihn umgebracht?«

Sara würgte an einem Strom von Blut. Sie versuchte, es zu schlucken, würgte wieder und hustete. Sie sagte: »Nein, er hat sich ... er hat sich selbst erschossen.«

»Elende Lügnerin«, schrie Shelley. Sie holte aus, lehnte sich mit aller Kraft in den Schwung und schlug zu.

Sara sah es kommen und war vorbereitet. Sie wand sich zur Seite und spürte, wie der Schlag knapp ihre Schläfe verpasste.

Shelleys Faust rammte mit aller Wucht in den Betonboden.

Sara hörte neben ihrem Ohr wie die Knochen knirschend brachen.

Shelley schrie auf, lehnte sich zurück und hielt ihre Hand.

Das war ihre Chance: Sara schwang ihre Beine hoch, wickelte sie um Shelleys Nacken und riss sie nach unten.

Der Körper folgte dem Kopf. Shelley stürzte.

Sara drehte sich und rollte mit dem Schwung, drückte mit ihren Beinen Shelleys Kehle zu und würgte sie. Shelley schlug und trat und hämmerte so gut sie konnte auf Saras Beine.

Sara presste ihre Schenkel mehr und mehr zusammen und wartete, bis die Schläge an Kraft verloren. Sie ließ kurz los und kletterte auf Shelleys Brust, schlug mit der Faust gegen ihren Kiefer, ihre Zähne und die Schläfe. Schlag, um Schlag, um Schlag.

Sie packte Shelley bei den Ohren, beugte sich vor und zog das sabbernde Gesicht näher an sich heran. Blut tropfte aus Saras gebrochener Nase, spritzte auf Shelleys Wangen und rann in ihre geschlagenen, fassungslosen Augen. »Was hast du mit ihnen gemacht?«

Shelley grinste und sagte: »Wenn du mich umbringst, sterben sie.«

»Nein«, sagte Sara. »Du *darfst* nicht sterben.«

»Gut, weil ich es sehen will.«

»Was sehen?«

Shelley deutete mit ihren Augen auf die Kisten. »Schau.«

Die roten LED-Nummern tickten langsam von 5:00 auf...

... 04.05 ... 04.04 ... 04.03 ...

»Was ist das? Wofür ist die Schaltuhr?«

Shelley zischte wie Dampf, der aus einem undichten Rohr entweicht. »Cyanwasserstoff. Sobald es freigesetzt wird, haben sie weniger als eine Minute Zeit.«

Sara bohrte ihre Fingernägel in Shelleys Ohren und schüttelte sie gewaltsam. »Michael sagte, *ich* sei das Endspiel, nicht die Kinder.«

»Michael hat nie die Regeln gemacht.«

»Wie kannst du sowas machen? Sie haben dich angebetet. Sie sind noch so klein. So jung. Lass sie sofort da raus. Hörst du mich? Jetzt sofort.«

»Aber das Spiel ist noch nicht vorbei, Sara. Hier ist ein Hinweis. Sie sind alle zusammen in einer Kiste. Kein Treten, kein Schreien – dafür habe ich gesorgt.«

03:43 ... 03:42 ... 03:41 ...

»Wenn du die falsche Kiste wählst, wird das Gas automatisch freigesetzt. Der letzte Hinweis ist in meiner rechten Tasche.«

Saras Lippe zitterte. Sie stieß Shelleys Kopf gegen den Beton, gerade genug, um sie für einen Moment zu betäuben, rannte dann zum Regal, packte das Seil und band, in rasender Eile, ihre Hände und Füße zusammen.

03:15 ... 03:14 ... 03:13 ...

Shelley murmelte: »Beeil dich lieber. Tick, tack, tick, tack, tick ... tick ... tick ...«

Sara griff in Shelleys Tasche und zog den letzten elenden Zettel heraus.

Sie las:

Wähle Die Richtige Reihenfolge:
10-21-7-7-5-18-14-1-21-20

DIE RICHTIGE REIHENFOLGE? Was bedeutet das? Soll ich diese Nummern neu anordnen?

Eins ... fünf ... sieben ... sieben ... zehn ... nein, das bringt mir nichts. Ist es eine Telefonnummer?

Vorwahl? Vorwahl ... Lieber Himmel, wie lautet die Vorwahl hier? Fünf-null-drei!

Da steht eine Eins, Fünf, Null aber keine Drei.

Verdammt. Ich weiß nicht - was ist das denn? Ich weiß nicht einmal, wo ich anfangen soll.

Sara las die Zahlen noch einmal und schaute, wie die Zeit verging.

02:49 ... 02:48 ... 02:47 ...

Unter drei Minuten und der Countdown läuft so schnell.

Sara ging zu den Kisten und ging vor ihnen auf und ab.

Vom Boden aus schrie Shelley: »Tick ... tack ... tick ... tack!«

Sara ignorierte sie. Die Ablenkung würde sie nur mehr Zeit kosten.

Okay, hör auf, beruhige dich. Denk' nach ... atme. Die Zahlen, die Zahlen. Was ist, wenn sie - vielleicht sind sie von den Wörtern getrennt? Vielleicht soll es dich auf die falsche Spur bringen?

Sie zusammenaddieren? Was ist, wenn es mit einer Kistennummer übereinstimmt? Zehn plus einundzwanzig, einunddreißig. Plus vierzehn ist fünfundvierzig, plus fünf ist fünfzig ... plus achtzehn ... plus vierzehn ... einhundert vierundzwanzig insgesamt. Stimmt nicht überein. Scheiße. Geteilt durch drei ... drei in zwölf ist vier ... drei in vier ist eins ... einundvierzig und ... und etwas.

Sie trat an die erste Kiste heran und dachte, sie hätte es gelöst. Tränen und Panik trübten ihre Sicht, als sie die 42 auf der Vorderseite sah. Sie schrie gen Himmel.

02:20 ... 02:19 ... 02:18 ...

Sara setzte sich benommen auf den Boden und wischte sich die Augen trocken.

Shelley kicherte und sagte: »Du hast addiert und geteilt, nicht wahr? Ich *wusste*, dass du das tun würdest. Gott, du bist so berechenbar. Vielleicht hat Brian deshalb gesagt, dass du langweilig bist. So berechenbar.«

Wieder versuchte Sara, sie zu ignorieren, aber diesmal war es nicht so einfach. Es war egal, warum Brian sie verlassen hat. Es interessierte sie nicht mehr.

Oder etwa doch?

Shelley war so besessen von ihm ... hatten die Zahlen etwas mit Brian zu tun?

Hat er mir jemals gesagt, ich sei langweilig? Habe ich jemals etwas getan, was er für langweilig hielt? Er hasste diese Kochshows, die ich mir immer ansah. Er hat mich ausgelacht, als ich stricken lernen wollte. Was sonst ... vielleicht war es unser - nein, nie langweilig. Was war denn dann langweilig?

Sie suchte in ihrer Erinnerung nach ihren täglichen und wöchentlichen Ritualen. Aufstehen, Duschen, zur Arbeit gehen, die Kinder abholen, zu Abend essen. Das übliche Zeug. Normales Familienleben. Nie langweilig.

01:45 ... 01:44 ... 01:43 ...

Samstags spielte er Softball. Manchmal kam eine Babysitterin und sie gingen Samstagabends ins Kino. Gemeinsame

Abende. Routine, aber nicht langweilig, zumindest nicht für sie.

Und sonntags ...

Sonntagmorgen! Zuerst das Kreuzworträtsel und dann das andere Wortspiel – die Chiffre. Er meinte immer, das sei ... langweilig. Könnte es eine Chiffre sein?

Sara fiel auf die Knie.

01:27 ... 01:26 ... 01:25 ...

Sie hielt den Zettel hoch und las die Zahlen noch einmal.

Du kannst das. Einfach, genau wie in der Zeitung. Die zwei Siebenen wiederholen sich. Gleicher Buchstabe. Welche Buchstaben verdoppeln sich? B ... S ... T ... D ... so viele von ihnen. Großes Wort, großes Wort. Zehn Buchstaben. Die zwei Siebenen wiederholen sich ... Was wäre, wenn– stimmen sie mit dem Alphabet überein?

A-eins, B-zwei, C-drei ... vier ... sechs ... G-sieben. G, G.

Ich hab's! Heilige Scheiße, das ist es.

Sie war so aufgeregt, dass sie das Wort laut ausrief. »Juggernaut!«

Shelley strampelte und kämpfte gegen das Seil und fluchte wie eine Wilde.

01:05 ... 01:04 ... 01:03 ...

Sie rief: »Und jetzt kannst du es vergessen, den Rest kriegst du nie raus.«

Sara blickte auf die Zahlen, die auf die Kisten gedruckt waren.

Wähle die richtige Reihenfolge. Muss ich sie anordnen? Achtzehn, zweiundvierzig, einundneunzig. Rechts, links, Mitte. Nichts. Es sagt mir nichts. Wähle die richtige Reihenfolge. Juggernaut. Ist da vielleicht eine Verbindung? Bedeuten die Zahlen etwas in Juggernaut?

Zweiundvierzig? War das nicht die Anzahl der versteckten Missionen? Warte ... nein ... das war vierzig, als ich das letzte Mal nachgesehen habe. Was kann es sonst sein? Was gab es noch?

Mach weiter. Konzentriere dich.

Sara ging zur nächsten Kiste.

Einundneunzig. Ich kann mir nichts – gar nichts. Einundneunzig? Neunzig Sekunden in einer Power-Runde. Pass nicht ... nicht genau ... hat nichts mit einer Reihenfolge zu tun ...

Das ist unmöglich!

Hör auf, du schaffst das. Versuche es mit der nächsten.

Sara ging zur dritten und letzten Kiste.

00:37 ... 00:36 ... 00:35 ...

Sie hielt inne und versuchte, ihre verzweifelte Atmung in Kontrolle zu halten.

Die muss es sein.

Sei dir sicher! Denke erst nach. Denk nach, Sara.

Achtzehn. Achtzehn in Juggernaut. Warum kommt mir das so bekannt vor? Warum kann ich nicht denken? Verdammt. Konzentriere dich. Das neue Juggernaut Spiel ... neue Außerirdische ... Angriff auf die Erde von einem neuen Sonnensystem aus ... Angriff von ... ich hab's!

Sie starrte die LED-Anzeige an. Die Zeit lief ihr davon.

00:22 ... 00:21 ... 00:20 ...

Sara wischte sich mit zitternder Hand das Blut von der Nase.

Angriff vom Planeten 18 ... der komische Programmierer, der in Shelley verknallt ist ...

Jeremy ... er nannte es Araneae ... hat er nicht gesagt, dass die Außerirdischen aussahen wie Spinnen?

Was war das Wort, das er benutzte? Taxonomie, war's das?

Klassifikation der Lebewesen ... Grundschule ...

Grundschule ... Biologieunterricht ... Klassifikation oder Taxonomie ...

Lehrer Walker an der Tafel ...

Königin Sara Kichert Oft ....

Also: Königreich, Stamm, Klasse, Ordnung ...

Reihenfolge.

Wähle die richtige Reihenfolge.

Planet 18.

Sie erinnerte sich, Jeremy gefragt zu haben: »Warum Araneae?«

»Taxonomie, Mrs. Winthrop. Es ist die Reihenfolge für Spinnen.«

Der Countdown raste auf 00:00 zu.

00:09 … 00:08 … 00:07 …

Sie war sicher, dass sie recht hatte … musste recht haben, Sara atmete tief ein, versuchte ihre fieberhaft zittrige Hand still zu halten und drückte auf den grünen Knopf auf der Kiste mit der Nummer 18 … und wartete.

00:05 … 00:04 … 00:03 …

Der Timer stoppte. Die Tür ging auf.

Shelley schrie und wurde wild.

Und in der Kiste saßen Lacey, Callie und Jacob. Lebendig, gefesselt und geknebelt, aber unversehrt. Alle drei explodierten schier vor Aufregung. Sara hörte ihre gedämpften Rufe durch die weißen Knebel: »Mama!«

Sara brach zusammen. Sie kroch zu ihren Kindern, Tränen und Blut vermischten sich, tropften auf den Beton. Schluchzend befreite sie Beine und Hände der Kinder, entfernte ihre Knebel und entschuldigte sich immer wieder dafür, dass Shelley ihnen so etwas antun konnte und sie sie nicht früher fand. Sie umarmten sich und weinten, bis keine Tränen mehr kamen.

Sie stand auf, zog ihre Kinder in einem weiten Bogen um Shelley herum, drehte sie zur Seite und schirmte ihre Augen vor DJ, der blutend auf dem Boden lag.

Sie drängte die Kinder die Treppen hoch. »Wartet oben auf mich. Geht *nicht* weg. Mama kommt gleich, sie muss nur für eine Sekunde mit Shelley sprechen, okay? Erinnert ihr euch an die Affen, die wir gesehen haben? Sieh nichts Böses, hör nichts Böses? Ja? Macht ihr das bitte? Stellt euch vor, ihr seid alle drei Äffchen gleichzeitig. Schließt eure Augen und haltet euch die Ohren zu. Ich komme gleich nach. Das verspreche ich. Und wenn ich hier fertig bin, gehen wir nach Hause und essen Eis.«

Sie protestierten, aber ihre Mutter bestand darauf und so gingen sie, widerstrebend, die Treppe hinauf und setzten sich auf den Treppenabsatz; Augen und Ohren zu. So brav, so vertrauensvoll, warteten sie geduldig.

Sara schaute auf DJ. Er atmete kaum noch. Sie fand einen alten Lappen, sagte ihm, er solle ihn auf die Wunde drücken, so gut er kann, und durchsuchte seine Taschen nach seinem Handy. Sie wählte den Notruf und meldete einen verletzten Polizisten. »Du hast uns gerettet«, sagte sie. »Ohne dich wären wir alle tot. Alle vier. Die Ambulanz ist auf dem Weg. Halte durch.«

Sie hasste es, ihn so zu zurück zu lassen, aber Hilfe kam und sie musste sich noch um Shelley kümmern.

Sara ging hinüber zu der jungen Frau, setzte sich auf sie und beugte sich über ihren besiegten Feind.

Shelley sagte: »Du wirst mich niemals los.«

»Bist du dir da sicher?«

»Gewöhne dich daran, dich immer umzuschauen.«

»Michael hat mir von deiner Pflegefamilie erzählt. Zugegeben, sie haben dir schreckliche Sachen angetan, aber davor warst du einmal ein kleines Mädchen. Das süße kleine Baby einer Mutter. Schau dich jetzt an. So ... so ein *Teufel*. Und vielleicht hast du es geschafft Michael zu deinem Komplizen zu machen, aber er hatte trotzdem noch ein Gewissen.«

»Er war schwach.«

Sara packte Shelley an den Seiten ihres Kopfes. »Nein, er

war ein Mensch. Du bist ein Monster und es ist mir scheißegal, was in deiner Kindheit passiert ist, aber das sind *meine* Kinder da oben. Verstehst du mich? Du hast dich mit der falschen Frau angelegt«, sagte sie und schlug Shelleys Kopf von einer Seite zur anderen. »Wie *konntest* du nur! Ich hoffe, du verrottest in der Hölle.«

Shelley grinste. »Wenn ich dort ankomme, werde ich Brian von dir grüßen.«

Sara verstärkte ihren Griff. »Ende des dritten Levels, ja? Bevor ich hier hereinkam, hast du mir gesagt, ich dürfte eine letzte Frage stellen. Okay hier ist sie du Schlampe: Bist du bereit *mein* Spiel zu spielen? Ich nenne es ... *Auflösung.*«

Sie schlug Shelleys Schädel, ein, zwei, dreimal auf den Boden bis sie endlich bewusstlos war.

Sara fiel um. Erschöpft. Erleichtert.

Sie wusste, dass das Spiel zu Ende war.

Sie wusste, dass ihre Kinder okay waren und auch sein würden.

Sie wusste, dass sie das Spiel ... gewonnen hatte.

EPILOG

SARA KONNTE noch monatelang, die Kinder nicht aus ihren Augen lassen. Wie bei den meisten Kindern verging die Zeit für sie schnell und die Ereignisse von diesem Tag waren eine ferne und nur leicht schmerzliche Erinnerung. Etwas, das sie mit »Erinnerst du dich noch an den Tag?« ansprachen, während Sara nächtelang davon träumte, in einem Käfig neben Teddys leblosem Körper zu sterben.

Im Büro war sie ein erschöpftes Bündel von Nerven in einem sorgfältig gepressten Anzug.

Das Einzige, woran Lacey, Callie und Jacob dachten, war das unvermeidliche Ende der Sommerferien und der Schulanfang in einer Woche. Sie wollte sie nicht in dieselben Schulen schicken, wo alles anfing und dachte, dass sie die Kinder vielleicht zu Hause unterrichten könnte.

Aber das Leben musste weitergehen. Sie erinnerte sich immer wieder daran, dass sie zwar das Spiel gewonnen hatte, aber in keiner Weise ihren Seelenfrieden.

Ihr einziger Trost, war ein kurzer Artikel über einen Vorfall in der Coffee Creek Strafanstalt für Frauen, in der Nähe von Portland. Er war vage, aber deutete darauf hin, was dort mit den Frauen geschieht, die Verbrechen gegen Kinder begangen hatten. Man konnte annehmen, dass viele der Gefangenen selbst Mütter waren und sie die neue Insassin nicht sehr freundlich aufgenommen hatten. Im Artikel wurden keine Namen genannt, aber Sara hatte eine gute Vorstellung davon, wer das Opfer war.

Miss Willow spielte jetzt eine größere Rolle in ihrem Leben, blieb oft bei ihr und hielt um drei Uhr morgens Saras Hand, redete mit ihr und machte Kamillentee. Diese spontanen Therapiesitzungen halfen Sara den Rest der Nacht durchzuschlafen.

Manchmal.

Sara wusste, dass sie sich eines Tages von dem Kokon der Schuldgefühle und Selbstzweifel befreien würde, und sie dann als eine stärkere, resolutere Person hervor käme. Aber im Moment musste man dem Genesungsprozess Zeit lassen; auch, wenn es nur langsam voranging. Aber, es war immer noch besser als mit einer Zwangsjacke in einer Gummizelle zu sitzen.

Sie hatte angefangen Jacob 'Jake' zu rufen, um, wegen der Ähnlichkeit mit seinem Vater, weniger Erinnerungen an dessen Verrat aufkommen zu lassen. An manchen Tagen funktionierte es. An anderen Tagen schien es ihr dumm, es auch nur zu versuchen. So viele seiner Gesichtszüge – sein Lächeln, die Grübchen auf seinen Wangen – erinnerten sie alle an seinen Vater, was es schwierig machte ihn zu vergessen, und ihr Leben neu anzufangen. Aber, sie hatte Hoffnung, dass sie es eines Tages schaffen würde.

Teddy, dank seines narzisstischen, egoistischen Wesens,

war bei LightPulse zu seinen alten Charakterzügen zurückgekehrt. Beleidigte alle, überschritt die Grenzen der Akzeptanz und brachte zwei der besten Mitarbeiter dazu, zu kündigen. Er hatte dem Tod in die Augen gesehen und kam mit einem neu belebten Glauben davon, unantastbar zu sein. Jim rief Sara eines Nachmittags in sein Büro und fragte um Rat, wie er seinen eigenen Sohn entlassen könnte. Sie hielt ihn davon ab und, was sie betraf, waren sie und Teddy ein kleines bisschen näher dran, quitt zu sein.

Außerdem behandelte er sie, hinter geschlossenen Bürotüren, mit Höflichkeit und dem Respekt, der ihnen seit so vielen Jahren in ihrer beruflichen Beziehung fehlte. Er sagte »Ja, Mrs. Winthrop« und »Nein, Mrs. Winthrop«. Er nannte sie gern 'K.M.', Abkürzung für 'Knallharte Mutter'. Sie hörte auf ihn 'Kleiner' zu nennen, wie versprochen, und empfahl dem Rest der Betriebsleitung, dasselbe zu tun. Ein weiterer Schritt in der Wiedergutmachung, nachdem sie mit seinem Leben gespielt hatte.

Und dann, an einem nassen Samstag im September, stieg sie mit den Kindern in den Minivan, holte Miss Willow ab, und fuhr zum Friedhof.

Sara parkte ihr Auto und trat alleine in den nebligen, grauen Morgen. Sie spürte den Nieselregen in ihrem Gesicht und zog den Reißverschluss ihrer Jacke hoch, um sich vor dem Wind zu schützen. Sie drückte den Blumenstrauß aus Lilien und Schleierkraut fester an ihre Brust und schritt den grasbewachsenen Hang hinauf, während die Brise den Saum ihres schwarzen Kleides flattern ließ. Sie ging an einfachen grauen Grabsteinen vorbei, die nur mit einem Nachnamen gekennzeichnet waren und die im schlammigen Boden standen. Andere hatten Kennzeichnungen mit aufwendigen Mustern auf Granit. Manche waren auch reich verziert mit Engelchen Statuen, von Leuten, die genug Geld oder Liebe dafür aufgebracht hatten.

So viel Tod ist um sie herum vergraben. So wenig Zeit hatten sie alle. Wie viele gebrochene Herzen gab es auf der Welt, während ihre Lieben friedlich unter ihren Füßen ruhten?

Sie blieb an dem Grab stehen, das sie besuchen wollte. Der Stein befand sich inmitten einer Gruppe schlichter grauer Rechtecke mit einfachen Mustern und einfacheren Schriftzügen. Sara strich sich das regennasse Haar aus dem Gesicht und starrte auf den Namen, der in den Stein gemeißelt war. Sie kniete dicht davor nieder.

»Du warst ein guter Mann«, sagte sie, »und es hätte alles ganz anders laufen sollen. Aber wie oft laufen die Dinge schon so, wie sie sollen? Nicht jedes Happy End ist happy für alle Beteiligten. Ich denke oft an dich. Ich wundere mich, was du jetzt machen würdest, wo du jetzt wärst. Du bist meinetwegen hier und ... und ich weiß immer noch nicht, wie ich damit fertig werden soll. Aber, bis ich das herausgefunden habe, verspreche ich, dass ich dich besuchen werde. Vielleicht auch danach noch. Also dann, bis nächste Woche.«

Sie legte die Blumen vor den Grabstein und las, wie so oft zuvor, die Worte:

DET. JONATHAN JOHNSON

GELIEBT UND RESPEKTIERT

1977-2012

Sara stand auf, strich mit den Fingern über den Granit und ging dann wieder den Hang hinunter, zurück zu ihrer Familie.

Zurück, wo sie alle zusammen waren.
Zusammen ... und in Sicherheit.

~ das Ende ~

VOM AUTOR

Um immer auf dem Laufenden zu bleiben, wenn ich ein neues Werk veröffentliche, melden Sie sich bitte bei der Lindsey Novel-Dispatch an.

Jetzt beitreten

Weitere deutsche Übersetzungen werden folgen, also schauen Sie bitte wieder rein!

Wenn Ihnen dieses Buch gefallen hat empfehlen Sie es bitte Ihren Freunden. Nichts hilft einem Schriftsteller mehr als Mundpropaganda. Bitte hinterlassen Sie auch eine Rezension und teilen Sie diese mit Ihren Freunden und Ihrer Familie in Ihrem sozialen Netzwerken. Es muss nicht viel sein. Ein paar kurze Sätze helfen schon!

Nochmals vielen Dank. Bisher war es eine wundervolle Erfahrung zu schreiben, und es folgen noch viele weitere Bücher. Ich werde weiterschreiben, wenn Sie weiterlesen!

Alles Gute,

Ernie

Website: http://www.ernielindsey.com
Facebook: http://www.facebook.com/ErnieLindseyFiction
Twitter: http://twitter.com/Ernie_Lindsey
Instagram: https://www.instagram.com/ernielindsey/

Printed by Amazon Italia Logistica S.r.l.
Torrazza Piemonte (TO), Italy

33671216R00153